星途无界

一位民办教育开拓者的奋斗史

王晨福◎著

中国文史出版社

图书在版编目（CIP）数据

星途无界：一位民办教育开拓者的奋斗史 / 王晨福著. -- 北京：中国文史出版社，2025. 8. -- ISBN 978-7-5205-5350-6

Ⅰ. I25

中国国家版本馆 CIP 数据核字第 20253A1C71 号

责任编辑：胡福星

出版发行：**中国文史出版社**

社　　址：北京市海淀区西八里庄路 69 号　　邮编：100142

电　　话：010-81136606　81136602　81136603　81136605（发行部）

传　　真：010-81136655

印　　装：廊坊市海涛印刷有限公司

经　　销：全国新华书店

开　　本：787×1092　1/16

印　　张：17.25　　插页：8

字　　数：228 千字

版　　次：2025 年 8 月北京第 1 版

印　　次：2025 年 8 月第 1 次印刷

定　　价：72.00 元

1995 年，赵国良怀揣着对教育的赤诚初心，毅然投身民办教育领域，白手起家创办义乌市私立群星中学。他以其坚韧不拔的信念与矢志不渝的热情，踏出了一条温暖人心的教育之路。

王晨福，小学语文高级教师，市级优秀教师，义乌市教育科研先进个人。1999年3月加入义乌市群星外国语学校。出版有专著《做人教育论》《责任教育研究》《班组课外阅读的激活与创生》《跋涉与收获：义乌市群星外国语学校做人教育纪实》，发表论文10篇、获奖30篇，课题获奖10项。

1995 年 10 月，赵国良在租用的校舍内办公。

1995 年，赵国良租用义乌火车站海军机械营营房为校舍，确立学校“做人、求知、成才”的办学宗旨，突出“德才兼备，以德为先”的实践理念。

2000 年 11 月，赵国良在办公。

至 2000 年，义乌市私立群星学校已迁入机杨路 577 号新校园 4 年。赵国良提出“教育不仅要为孩子的今天着想，更要对孩子的明天负责”的教育理念，突出“德育为首，做人为先”的实践理念。

2005 年 11 月，赵国良在建校 10 周年庆典仪式上讲话。

赵国良提出“教会学生做人，是学生综合素质中的基础因素、核心因素、导向因素”的教育理念，突出“品质发展，多元培养”的实践理念。

2012 年 7 月，赵国良在全国特色教育表彰大会上发言。

赵国良在教育实践中，帮助孩子发展内在的善良本性。提出“人生快乐来自善，天下财富藏于书”的教育理念，突出“知行合一，实践育人”的实践理念。

2015 年 11 月，赵国良在建校 20 周年庆典仪式上讲话。

赵国良在教育实践中，提出“立足于做人教育，培育对话世界的未来精英”的办学愿景，突出“融界启智，共生育人”的实践导向。

1995 年，“义乌市私立群星中学”初创。

2014 年，更名为“义乌市群星外国语学校”。

2018 年，赵国良接受中央电视台记者采访。

目录

CONTENTS

星途无界：一位教育开拓者的奋斗史

第一章

初心萌芽

义乌市化工路230号。

早春清晨，寒风中仍透着几分倔强。空旷的义乌市工业学校操场，冷冷地泛着光。一台横梁上还裹着气泡的凤凰自行车，在清脆的“叮铃铃”声中，载着一个中年男子冲进校门。

此人正是校长赵国良。

自行车铃声惊起了在地上觅食的麻雀，藏在梧桐树嫩芽间的一群麻雀也扑棱棱地飞向教学楼斑驳的灰墙。这校舍是由旧厂房改建的，围墙上用红色油漆刷着“团结紧张、严肃活泼”八个大字，格外醒目。

办公室里，那张见证岁月的老办公桌，像忠实的老伙计一样立在原地。赵国良进门后，顺手拎起外壳用竹篾编的暖瓶，往掉漆的旧搪瓷杯子里倒开水。茶叶碎末伴着点点白色茉莉花在水中飞舞，缕缕清香飘散开来。他捧起杯子，闻了闻，赶紧暖暖手。

一束调皮的晨光，偷偷地从窗缝钻进来，洒在赵国良棱角分明的脸上。随着他的一举一动，那光影仿佛在表演一场无声的木偶剧。他走到墙边，翻开新的一页日历，日期是1992年3月9日。

义乌市工业学校坐落在义化小区的斜坡处。校外，叫卖声夹杂着油条、干菜饼的香味飘进校内，卖菜、卖豆腐的吆喝声此起彼伏。住校生们洗漱完毕，叮叮当当的声音过后，朗朗的读书声便淹没了围墙外的市井烟火气……

1988 年，赵国良从教育系统调离，来到义乌市经济委员会管辖的义乌市工业学校。这是一家财政差额拨款的事业单位，日常工作主要为工厂企业培训各类专业人员，适当收取培训费，年终市财政会给予一定数额的补助。

当时，不少企业面临改制转制，学校的培训任务逐渐减少。上级允许学校开办高考复习班，以及学历教育的电大、职业高中班，以此拓宽办学渠道，增加创收，提升职工收入的水平。

回顾过往四十多年的人生，赵国良觉得自己被无知、无奈和无为浪费了许多宝贵时光，虚度岁月，一事无成。所以，他格外珍惜校长这个职位，一心想借此平台做点实事，回报社会，也慰藉自己的人生。

岁月不应悄无声息地流逝，总该掀起些浪花，发出点声响。

经过一段时间的调研和思索，赵国良发现学校能做、该做的事情有很多。他简单梳理了一番，发现有不少工作大有可为。

岗位培训方面，市场空间巨大。随着市场经济体制改革的推进，国有企业、集体企业有的转制改制，有的改行改业，都在探寻新出路。新产业、新技术不断涌现，催生出新岗位，老职工们都需要经过培训才能上岗。

而最急需岗位培训的，并非上述两类企业，而是蓬勃发展的乡镇企业和异军突起的私营企业。这些企业厂房新、产业新、工人新，且工人大多数是农民工，生产技能欠缺，文化程度普遍不高。

企业主们为此焦虑不已，常有人找上门来咨询，问学校能否帮忙培训。有的甚至不得不把工人送到外地培训，成本高不说，还极为不便。所以，岗位培训工作面临的不是没业务，而是业务太多，忙不过来，以及该如何开展的问题。

学历教育也具备很大的发展潜力。学校与省职工电视大学联办的三年制半脱产会计班，因办班形式灵活、学费不高，深受青年职工喜爱，完全可以创造条件扩班招生。

开办多年的高中职业班，更是学校未来发展的基础项目。其开设的工业会计和机电两个专业，契合企业发展需求，毕业生供不应求，很受企业和学生家长欢迎。每年招生时都门庭若市，扩大招生规模根本不愁生源。

并且，随着社会经济的发展，职业教育必将成为基础教育改革的重要方向，从当时的教育改革动态中，这一趋势已十分明显。

当然，学历教育中最受欢迎的，当属开办初中班和普通高中班。当时，义乌市小升初升学率仅为 62%，初升高不到 38%，上学难成为极为突出的社会问题。每年开学前后，市教育局都挤满了前来求入学的家长和孩子，平时也有很多家长来找赵国良。

“工业学校为啥不开初中班和普高班？收费高一点我们也愿意。”

“没有课桌椅，我们自己从家里搬来。”

“教室里坐不下，让孩子坐在门口听也行。”

……

家长们的诉求十分强烈。

高考复读班也可以继续办下去，这是学校增加收入、提高教职工待遇的“短平快”项目。那些年高考升学率普遍不高，每年都有大量落榜生要求复读。高复班成本不高，主要聘用经验丰富的中学退休教师授课。开办七八年来，社会效益和经济效益都不错。

然而，要做到这些事，困难重重。最大的难题就是办学场地严重不足。那时的工业学校堪称“袖珍型”，占地面积不到 1400 平方米，还分成两块，相距五六十米。学校仅有一幢综合楼，建筑面积 1300 平方米，集教室、办公室和学生宿舍于一体，既没有实验室和图书室，也缺乏体育活动场地。

学校位于化工厂生活区，人来人往，嘈杂喧闹。在如此简陋的条件下，想要办成一所像样的学校，简直是天方夜谭。所以，若想扩大办学规模，首先得解决场地问题，最好是异地新建，否则就是巧妇难为无米之炊。

按照赵国良的初步设想，要建成一所集岗位培训、职高普高教育为一体的综合性学校，需要建设五层教学楼一幢，建筑面积约 2000 平方米；五层综合教学楼一幢，建筑面积 1200 平方米；四层培训实习楼一幢，建筑面积 800 平方米；四层学生宿舍楼一幢，建筑面积 1800 平方米；其他配套设施，建筑面积 600 平方米，建筑面积约 6400 平方米，还需征地 20 亩。

为此，赵国良特意跑到城南工业开发区管委会咨询，向主要负责人讲述了自己的初步设想。负责人听后十分高兴，说道："如今开发区进驻了一大批企业，我们在调研时发现，这些企业普遍面临员工技术素质低的问题，急需培训员工上岗，企业的需求十分迫切。我们管委会已经收到七八份相关申请报告了，正为此发愁呢。你们学校要是能迁到我们这儿，那可真是雪中送炭。征地费用我们一定给予优惠。"

这番话给了赵国良极大的信心，坚定了他迁址建校的决心。他了解到，按照当时的征地价格和建筑造价，要建成设想中的综合性学校，至少需要 580 万元资金，这在当时可是个天文数字。据说，当时一位副市长的经费审批权限仅有单笔 5 万元。

为确认建设综合性学校的可行性，赵国良特地就工业学校开办普高班一事，咨询了市教育局的有关领导。领导表示："只要政府不出钱，都可以考虑。"可见当时政府财政经费有多紧张，指望政府拨款迁址建校基本不可能，只能靠自力更生。

一次偶然的机会，赵国良得知，为鼓励企业改制转制，政府允许企业所在地块进入市场拍卖。拍卖所得约 95% 返还企业，用于扶持企业创业重生。他喜出望外，心想若工业学校也能享受这一政策，迁址建校的资金就能解决大半。

工业学校距离刚启动开发的宾王市场仅千把米，地价一路飙升，据说市场价能拍到2000多元/平方米。他据此估算，若学校地皮拍卖成功，迁址建校的大部分资金就能有着落，压力也会大大减轻。

赵国良立刻将自己的想法向市经委的一位领导作了口头汇报。领导沉思片刻后说："希望不大，但可以争取。"这话又给了赵国良不少信心。

1993年7月，赵国良向市经委正式递交了工业学校迁址建校的请示报告。为打消领导对资金问题的顾虑，他还专门写了一份承诺书，保证在自己任期内还清迁址建校产生的所有债务。

据说，市经委领导十分重视，集体研究后同意转报市政府。时间来到4月底，从那以后，赵国良便开启了如"傻瓜等老婆"般的热切期盼。其间，不时传来一些好消息，比如某领导批示该方案可论证考虑，某市长签字未反对，等等。

赵国良的期待越发强烈，时常激动不已，但又隐隐有些躁动不安，这种不安莫名而来。他不禁暗自思忖：好事真能如此顺利吗？……

未知的等待，最是让人煎熬。一个秋阳宜人的午后，赵国良在校门口意外碰到了义乌市树人中学校长朱天机老先生。树人中学是一所民办高中，创办于1984年。从创办时间推算，应该是改革开放后最早一批创办的民办学校之一。

校长朱天机之前是一位中学退休教师，当年创办该学校时已64岁。看到许多农村孩子初中毕业后，因高中升学率低、家庭贫困等无法继续求学，他便萌生了创办民办高中的想法。随后，他召集了几位志同道合的退休教师，租用几间农村民房当教室，办起了学校。

由于收费低，几位退休教师教学经验丰富且认真负责，学校教学质量不断提升。办学几年下来，深受学生和家长欢迎，不只在义乌本地口碑极佳，在邻近几个县也渐渐有了名气。每年开学，都有不少外地学生慕名前来报名。

但学校办学之路十分艰难，由于没有固定教学场所、办学资金匮乏，七八年时间里，办学场地更换了四五次，直到近年才稳定下来。

也正因如此，朱天机校长名气很大。他 64 岁时创业办学、四迁校址仍不放弃的事迹，在教育界广为流传。赵国良对朱天机仰慕已久，虽听说过其人，却一直无缘相识。他心想，朱校长今日来校，或许是来找熟人的吧？

“朱校长，您好！请问您找哪位啊？”赵国良主动迎上前询问。

朱天机显然不认识赵国良，他看了一眼，说道：“我是来找赵国良校长的。”

“啊！找我？”赵国良十分诧异，赶忙说道：“我就是。”说着便将朱校长引进办公室。

“啊！原来你就是。不好意思，之前没见过面。”朱校长说道，“我是树人中学的，今天特地来和你商量一件事。”接着，他说出了一件让赵国良做梦都想不到的事。

“树人中学创办快十年了，办学过程很艰苦，人也辛苦，但苦中有甜、苦中有乐。看着一批批孩子毕业，笑眯眯地离开学校，我就知足了。每年考上大学的学生不算多，但回到农村的孩子也都成了人才。有的当了农技员，有的去乡镇企业跑供销，有的自己创业当老板，都干得很不错。读书总比不读书好，知识多总比知识少好。”

说到这儿，朱校长停顿了一下，语气一转，满脸无奈地说：“办学是积德行善、造福社会的好事。听到自己学校毕业的学生有出息，晚上做梦都会笑醒。做人图什么呢？能为社会做点有意义的事就足够了。我已经 73 岁了，年纪大了，精力跟不上，很想找个合适的人接班。可找来找去，一直没找到……”

“听说你对教育很热心，今天特地来和你谈谈我的想法。如果你感兴趣，我想把树人中学交给你。”

听完朱校长的话，赵国良十分惊讶，他心想，朱校长从哪儿听说自己热心办学的事？工业学校迁址建校还只是初步想法，学校班子里只有几个同志知道，多数教职工都不知情。向市经委提交的请示报告，也只有几位主要领导知晓。

惊讶之余，赵国良又有些不知所措。他和朱校长素不相识，朱校长却要把自己苦心经营的树人中学交给他，这等于把朱校长一生的希望和追求都托付给了他。他何德何能，怎敢接受这份信任与重托？

朱校长见赵国良迟疑不语，大概以为他有顾虑，赶忙补充道：“赵校长，你别多想，我不是把学校转让给你，而是无偿赠与。我没有别的要求，唯一的心愿就是让树人中学这块牌子一直挂下去。”

刹那间，赵国良感觉朱校长的语气和神情变得严肃起来。透过他脸上那一道道沟壑般的皱纹，赵国良读到了一种使命、一份责任，以及一份真诚而沉重的托付。一股突如其来的感动与激动涌上心头，顷刻间化作了受命于危难之际的庄重。

赵国良紧张得有些手足无措，他连忙站起身，双手紧紧握住朱校长的手，说道：“朱校长，非常感谢您对我的信任，您太抬爱我了，我心里满是感动和激动……”

赵国良停顿了一下，缓了缓神，接着说道：“我知道自己能力有限，但也一心想做点实事。”随后，他简要讲述了扩大办学规模的初步打算，“工业会计、机械电器这两个职高专业很热门，毕业生供不应求，生源不成问题。高复班的生源也十分充足，现在两个班都超过七十人了。我还考虑开办初中班和普高班，咨询过教育局，他们似乎也会支持……”

“想做的事很多，但目前学校条件太差，巧妇难为无米之炊啊。”赵国良无奈地说道。接着，他简单介绍了学校的基本情况，着重谈了办学场地不足的问题。他既如实反映了学校办学面临的实际困难，心底里也想以此委婉拒绝朱校长的请求，毕竟学校办学条件如此简陋，实在难以承担这份饱含心血与梦想的重托！

没想到，朱校长听得十分认真，还不时插话询问，问得十分细致。比如教室面积多大、能摆几排桌子、学生坐的凳子是靠背椅还是无靠背的等。当赵国良提到校园占地总共不到1500平方米，还分成两块，其中一块900多平方米的地仅搭建了几间简易平房当作厨房，其余都闲置着时，朱校长眼睛一亮，猛地站起身说:“啊，还有这么大一块空地？快，带我去看看。”

这块闲置地位于学校综合楼外的东北角，原本不属于工业学校。为解决学校食堂用地问题，经市经委协调，化工厂生活区这块闲置空地被划拨给工业学校。这里仅搭建了几间简易房作厨房，其他地方长满了野草，堆满了瓦砾。

朱校长看了却如获至宝，笑得眼睛眯成了一条缝，说道：“有这样一块地，事情就好办了，不止900平方米吧？”

说着，他便自顾自地迈开大步，用脚步测量距离。他先从西往东走，再从南到北，一边走一边嘴里念着“1、2、3……”。量完后，他回到赵国良身边，说道：“差不多一亩半的面积。东西不到40米，南北不到30米，足够了，足够了……”赵国良不明白他说的“够了”是什么意思，只见朱校长不停地笑着。

大概是察觉到赵国良的疑惑，朱校长收起笑容，解释道：“我是说在这块地上造一幢教学楼足够了，可以盖六层，能有36间教室。每年招五个班级没问题，教师办公室、实验室和图书馆也能解决，还能给部分住校生提供宿舍。除了教学楼，后面还可以盖一幢面积小些的生活楼，下面做食堂，上面安排教职工宿舍。”

朱校长像是早有谋划，说起这些如数家珍，娓娓道来。赵国良听得目瞪口呆，心中也不由得对朱校长佩服不已。这块闲置地竟能有如此大的用场，这是他从未想过的，心底顿时涌起信心。

更让赵国良领教朱校长做事认真和执着的还在后头。自从第一次来找赵国良后，朱校长就成了工业学校的常客。不到半年时间，他来了二十多次。起初，话题都围绕着那块闲置地，好几次还带着年轻老师来帮忙测量土地面积。有一次，他甚至找了一位设计师，设计出了教学楼平面图，图纸十分漂亮，让人看了心生向往。

“要是那块闲置地上真能建起这样一幢大楼，那可真是一道迷人的风景线。”赵国良心里美滋滋地想着。

后来，朱校长不知从哪儿听说赵国良准备申请拍卖学校地皮、迁址建校的打算。他急匆匆赶到赵国良家里，脸上的皱纹里似乎都藏着笑意。一进门，他就问是不是有这回事。赵国良十分诧异。

见赵国良微笑不语，朱校长脸上绽开笑容，提高嗓门说道：“这可真是大好事啊！看来我找你真是找对人了。我一听说这事，高兴得晚饭都只扒拉了两口，叫了村里的一辆三轮车就赶到城里。我先去找了我的一个学生，他在市委办工作，对政策比较了解。”

“朱校长，”赵国良打断朱校长的话，问道，“您是从哪儿听说我准备申请拍卖地皮，迁址建校的事？学校里都没几个人知道呢。”

“我从市经委办公室主任那儿听说的，你肯定向市经委领导汇报过。这种事传得快，你还在保密，人家都当成新闻传开了。”

见赵国良微笑默认，朱校长又接着说：“我那学生说，破产企业允许拍卖地皮，是为了扶持产能落后的企业重生，确实有这个政策。学校拍卖土地倒是没听说过。要说有没有可能，要是在以前根本没门，没有红头文件怎么行？但现在就难说了，不能啥事都只看红头文件。没有先例，咱们可以创造先例，就看你怎么去认识、怎么去操作。”

朱校长喝了一口茶后，接着说：“我跟他说了工业学校的情况，说工业学校的校长很有魄力，一心想干大事，想扩大办学规模，但学校场地不够。赵国良校长有个想法，能不能像破产企业一样申请拍卖地皮，拍卖所得的大部分返还学校。然后学校到城南工业开发区买块20亩的地皮建新学校，我问他这样做政策上是否允许。”

“他说工业学校这个想法不是买卖土地，本质上是置换土地，以小换大，用地性质也没改变，还利于教育事业发展，他觉得政府应该会支持。我要的就是这句话。本来想明天到学校找你，后来越想越兴奋，就想着早点告诉你，顺便再核实一下迁址建校这件事。要是真有这回事，那之前咱们谈的教学楼方案就得改了。这可就不是只造一幢教学楼的事儿了。赵校长，你大展宏图的时候到了。”朱校长说得兴致勃勃，脸上泛着红光。

近段时间，赵国良被迁址建校的事搅得日夜不宁。一想到学校能从两亩地的旧址搬到二十亩的新校园，他就兴奋不已；时而，又忍不住担忧，要是政府不同意拍卖学校旧址怎么办？或者同意拍卖了，返还的比例却没有破产企业那么高，又该如何是好？……他的心里就像一锅永远烧不开的水，而朱校长带来的消息，就像是往锅底添了一把干柴，让火苗一下子旺了起来，烧得他热血沸腾。朱校长同样兴奋，笑容从他满脸的皱纹里溢了出来。

那天晚上，他们谈了很久、聊了很多。朱校长说：“赵校长，我看得出你是个能干事的人。你既有能力又有魄力，还赶上了改革开放的好时代。古人说，成事者需天时、地利、人和。这三个条件你都占全了，就看你下不下决心去干。”

“听说在深圳、广东那边，申办民办学校都得排队，北京好多知名的中学老校长都跑去民办学校当校长了。可惜我年纪大了，要是能年轻十岁，我还真想再大干一场……”

朱校长临走时说的这番话，让赵国良热血沸腾，内心萌发出希望。当天晚上，他做了一个梦，梦见朱校长带着一大群学生，敲锣打鼓地抬着“义乌市树人中学”的牌子向他走来。在学校门口挂上牌子后，朱校长拉着他的手说：“树人中学就交给你了……”

梦想很美好，现实却充满迷茫。赵国良递交迁址建校的申请已经过去四个月了，请示报告却依旧没有下文。终于有一天，赵国良再也按捺不住焦急的心情，跑到市府办询问一位他熟悉的负责人。

那位负责人像是不认识赵国良似的，上下打量了他一番，说：“那个报告不会有下文了。”说完，又满脸疑惑地看着赵国良，“这是领导们考虑的事，你跟着操什么心？你就踏踏实实地当好你的校长吧。”

这句话如同一盆冷水，浇醒了赵国良。是啊，迁址建校这样的大事，本就是上级领导们谋划的，他一个普通书生又何必参与呢？……好在，此时改革开放的春风正浩荡地吹过各地，越来越多还在沉睡的人渐渐被唤醒……

义乌市工业学校迁址建校的事最终不了了之，树人学校并入工业学校的设想自然也没了下文。但朱天机校长对民办教育事业那份执着追求的热情与精神，却如同种子一般，悄悄地在赵国良的心底扎了根，成为他日后走上办学道路、攻克艰难险阻的动力与力量源泉。

第二章

种子被催发

灰心归灰心，失意归失意，该做的工作还是要做好的，正如熟人所说，老老实实当好校长。

下午三点。赵国良正坐在办公室，忽然瞥见对面保安亭边上有个中年妇女。她反手揪着躲在身后的孩子，正跟保安老李说着什么。那孩子约莫十来岁，从母亲背后探出半个脑袋，眼睛直勾勾盯着面露难色的大人，身子绷得紧紧的，好像动一下就会被人赶走似的。

赵国良抓起电话打给保安室："老李，什么情况啊？我看你跟外头那位大姐吵起来了？"

"校长您不知道，这大姐都来好几回了，非说要找领导，想来我们学校上学。可孩子只有十三四岁，不符合我们学校的入学年龄。我哪敢为这个惊动您啊。"电话里传来老李为难的声音。

"上学的事啊！"赵国良手指在桌面上敲了两下，"这样，你带他们来我办公室了解一下情况，看有无其他渠道可以帮上一点忙。"

没想到几分钟后电话又响了："校长，人走了，您看……"

"知道了。"赵国良放下电话，心里像压了块石头。

"若人真的来了，我又能帮到多少呢？现在义乌有太多的外来经商务工人员，他们的子女入学真是个大问题，从幼儿园、小学到初高中，学生都爆满。"

赵国良发现每到暑假，外来人员的子女就像迁徙的候鸟，奔向父母口中能赚钱、能让他们上学、能让他们过上好生活的城市。当入夏的蝉鸣声响起，有的孩子留恋有父母陪伴的日子不愿返乡，宁愿辍学在义乌做手工。

一些回到爷爷、奶奶身边继续上学的孩子，父母满眼的不舍，在外也是牵肠挂肚。常有租住在同小区的外地人拦住赵国良问："老师，我家孩子可以进你们学校读书吗？"

回家的路上，赵国良的眼前总是浮现一幕幕。家里姐妹众多，父母克服重重困难把自己培养成大学生。对普通人家来说，跳出农门是唯一的金钥匙。那会儿他就暗下决心：等将来有能力了，一定要让更多的孩子上得起学。

这件小事触动了他，让他驿动的心产生了涟漪。

1994 年 10 月中旬，赵国良接到通知，让他参加金华市教委召开的社会力量办学现场会。

这个会议极其普通，普通得没人在意。但对赵国良来说，却是一次极不寻常的会议。因为它改变了赵国良后半生的生活轨迹，像一阵春风唤醒了他心中的教育梦想，又似一场春雨催发了他心中的办学种子。

这次会议的主题是政府鼓励社会力量办学，但是社会力量指的是哪些力量，他们基层教育工作者不是很清楚。

义乌当时去参加会议的都是部门办学校校长，还有几位分别来自市总工会的工人技校、市商务局办的商业学校、市供销社办的供销学校等。没有市教育局管辖的公办学校校长，不知什么原因，也没有看到义乌树人中学的朱天机校长。

因此，赵国良认为这里说的社会力量办学指的就是政府部门办的学校。正因为如此，当初通知他参加会议时，他还有点犹豫，想借故不参加。

经营部门办的学校实际上比管理公办学校还要困难，管理公办学校比较现成，而管理部门办的学校却是什么都要校长自己想办法。老师要自己找，学生要自己招，办学经费要自己筹，甚至教室等教学设施也要自己造。

想到一年前中途夭折的工业学校迁址建校规划，心底里冰凉冰凉的，对办好工业学校早已失去热情与信心。

会上，领导讲话的时候，他似听非听。不经意地翻看随身带来的路遥小说《人生》，也偶尔听听邻座几个人的议论，甚至也会偶尔凑过去插几句话。

台上作报告的是金华市教委副主任，开始的时候台上的讲话声音似乎很响亮，也很清晰。但是渐渐地台下的议论声大起来，讲话声很快被淹没了。主持会议的科长，看到会场氛围不对头，就以中途休息为由，让领导暂停一下。

随后他抬高声调，严肃地说："你们怎么对社会力量办学这么不感兴趣？领导的话虽不是红头文件，但是有其深刻背景的。深刻的背景什么意思，懂不懂？再过几天就懂了，听说红头文件已经在路上了！"

"刚才领导讲的社会力量办学，不只是下面在座的各部门办的学校，以后更多的是公民个人投资办的私立学校。"科长的几句话就把会场镇住了，会场变得鸦雀无声。

"不久前，我同领导去广州、深圳学习考察，算是开了眼界了，私人投资办学的那种热情，你怎么想也想不到。接待我们的一位副局长从抽屉里拿出一大摞申请报告，说那仅仅是上个礼拜的。不说每天都有，一个礼拜三四份不会少的，都要排队了。投资最少的不会少于一两千万，上亿的也不少……"

"你们今天不认真听，明天要办学可别来找我们。"

最后一句话，他是笑着说的。大家自然也都明白他的意思，也一起跟着轻松笑了起来，会场顿时变得轻松活跃起来。

科长讲完后，是会议中场休息时间，会场就像炒豆子一样热闹起来，话题比较集中的是私人办学。

“深圳人钱真多，他们怎么赚来的?”

“他们胆子真够大，投资几千万、上亿元，万一学校办不下去怎么办?”

“听说北京好多位有名校长都跑到广东、深圳去了，公办辞职南下的也不少。”

“那边私立学校教师的工资肯定很高，听说超过公办教师好几倍，普通教师也有上千元。”

“工资不高谁愿意去，听说有不少教师辞职去的，铁饭碗都丢掉不要了。”

“辞职不会吧，停薪留职去的有可能。万一学校办不下去，或者学校把你辞退了，怎么办?”

“辞职怎么不可能? 有本事的就不怕辞职，只有辞职才能把自己逼出个人样来。市场经济就是靠优胜劣汰，凭本事吃饭，靠实力打天下。”

“对。只有这样，教育才有希望。你看像现在这样，死不死、活不活，工作吊儿郎当的，三天两天请假不上班的，你拿他没有办法，工资不能少给一分。”

……

听到这些议论，赵国良的心被搅得热烘烘的，起伏不停。一会儿被推上浪尖，一会儿被摔入谷底。但是办学的心思已经萌动，火种已经被点燃。

会议期间，赵国良参观了永康的一所民办幼儿园。穿过爬满常春藤的铸铁大门时，正赶上孩子们在梧桐树下唱儿歌……幼儿园全新的办学理念，使他大开眼界，也进一步触动了他办学的心。

在那个民营企业还不多的年代，这家幼儿园每月的学费也让他暗暗咋舌。可看到排队报名的家长把传达室围得水泄不通，他心底那团办学的火苗像被人添了把新柴，噼里啪啦烧得更旺了。

在这次会议中，赵国良敏锐地觉察到金华市乡镇企业蓬勃发展，私营经济活跃。大量农村劳动力向非农产业转移，家庭收入提高后对教育的多元化需求显著增加。

进一步证实，公办教育资源，尤其是高中，供给不足，导致升学竞争激烈，许多学生难以进入理想学校。这种供需矛盾为民办教育提供了生存空间。随着九年义务教育的推进，公办小学和初中覆盖面扩大，但高中阶段教育资源依然紧缺。

返程大巴车上，赵国良靠着车窗出神。玻璃映出他泛着油光的额头，远处连绵不绝的山峦，恰似他此刻波澜壮阔的思绪：义乌的公立学校早已无法满足日益增长的教育需求，教室拥挤不堪，如同沙丁鱼罐头般窒息，亟须有人勇于开创先河。

别人能办成的事，我凭什么不行？人生能有几次放手一搏的机会，这回说什么也要试试！

赵国良鬼使神差地拿出了一枚硬币，硬币在指尖翻转，他深吸一口气，抛向空中。硬币在空中划出一道银色的弧线，他的心也跟着悬了起来。摊开手掌时，他摇了摇头。

硬币再次被抛向空中，在空中旋转、翻滚。时间仿佛在这一刻静止了，他的心跳也随之加快。落入手掌后，半天没打开，最后摊开手掌时，他心里五味杂陈。

硬币第三次被抛起，阳光照在上面，闪烁着耀眼的光芒。他屏住呼吸，眼睛紧紧地盯着硬币。硬币在空中划出一道优美的弧线，缓缓落下。

当硬币落到手掌心的那一刻，他的心提到了嗓子眼。他深吸一口气，让自己镇定下来，心中默默祈祷着，这一次能有一个不同的结果，就能给他一个前行的理由。

可是三次却是同一个结果，让他仿佛卸下了一个沉重的包袱。他告诉自己，这是命运的安排，没有必要去自讨苦吃。

邻座的一位同年，看到了他的动作和神情后，笑着对他说："有些事情，不是靠运气就能决定的，而是需要一颗坚定的心。"

从金华回来后的无数个日子，赵国良坐在办公室里，看着窗外，感到无比的疲惫和迷茫。脑海中总是浮现出同年哥的那句话，总感觉有一股无形的力量在推动着他，让他前行。

这天，赵国良巡校时，发现有个男生蹲在教室门口的角落里写东西。这孩子怎么不上课？怎么这么散漫？他心中满是疑惑，缓步走向教室门口，轻轻叩响门框，朝内喊道："张老师，能否请您出来一下？"随后，他转头温和地对男生说："你先回教室吧。"

"张老师，这孩子怎么在走廊上啊？"

"赵校长，他天天迟到！偶尔一两次还能理解，可次数多了总不能老惯着呀！"张老师无奈地推了推鼻梁上的眼镜。

赵国良往教室里瞧了一眼，那孩子单手托腮望着窗外，课本都没翻开。

"这孩子以前也有过类似的情况吗？是不是对学习失去了兴趣？他之前的成绩如何？"

"这个学生在当地农村学校是班上前三名。转学到我们这里后可能各种不习惯，成绩一落千丈，成倒数了，且经常完不成作业，有厌学情绪，等期中考试后我去家访，再具体了解原委。"

赵国良转头看向教室，那孩子正往这边偷瞄，显然知道老师在说他。

“孩子叫什么？让他课间来我办公室。”

下课铃刚响，赵国良办公室门口就传来响亮的“报告”声。看着站得笔直的付博，赵国良笑着招手：“来，坐老师旁边。”

“张老师说你最近学习上遇到一些困难？能和我说说吗？”

付博杵着没动：“校长，我没困难，谢谢您关心。”

这机灵劲儿倒把赵国良逗笑了：“别紧张，咱就当朋友聊天。早上总在校门口写什么？”

“您瞧见了？”

“嗯。”

“补作业……”

付博怯怯地、断断续续地说：“每周放学，我看见爸爸、妈妈忙得陀螺似的，老家还有一个弟弟、一个妹妹在爷爷、奶奶身边上学。爸妈暂时没有能力接过来，好像也没有这样的学校接收他们，所以只有我来了。我发现我的老乡有的年纪比我还小，他们做一些小商品买卖就能赚钱。我觉得读书也没什么用，我也想去做生意赚钱。”

赵国良轻轻拍了拍他的肩，夸他人小鬼大。转而严肃地说：“做生意也要有丰富的知识，将来要能看懂先进机器的说明书才能加工得快啊，要懂得签合同才能做更大的生意。”

孩子眼圈突然有点发红，赵国良轻轻拍了拍他的肩，给他倒了杯温水。窗外梧桐树的影子渐渐拉长，暖黄的光晕里，一老一少聊了整整一个小时。

校园里的路灯孤零零地亮着昏黄的光，把人行道边的香樟树影子拖得很长。夜风掠过树叶沙沙地响，空气里像藏着什么秘密。远处教学楼透出几缕柔和的微光，映衬着这寂静得只能听见自己呼吸声的夜晚，更添了几分神秘与不寻常。

钟表指针爬过十点的刻度，晚自习下课了，嘈杂的脚步声忽近忽远。赵国良背着手踱过来，教学楼前一排大樟树，花开得正浓，一些细小米粒般的花瓣簌簌跌落在水泥地上，走过都想踮起脚尖。多么幽静、多么幽香，不知怎的竟让他觉得有点惆怅。

月光如霜，将教学楼西侧新刷的“知识就是力量”标语映照得格外醒目。他下意识地扯了扯衣服的领口，仿佛有一股无形的重压，让他感到呼吸不畅。

办公室台灯亮起来，他端着茶杯窝进椅子，茶还没咽下去就听见自己叹气的声音。

窗外的树叶还在沙沙响，身上起了凉意，起身去关窗。玻璃上突然映出个孤零零的影子，看得他心头猛地一颤，那影子在台灯的映照下镶上了一道金边。恍惚间，仿佛是他年轻时站在讲台上的身影再现，只是如今头发已有斑白。

重新坐回椅子上时，那个男生的样子总浮现在眼前。弟弟、妹妹没有学校接收，只能在老家，稚气未脱的脸，厌学却梦想去赚钱。有天真，有诱惑，有无奈，有心疼。

茶早就凉透了。

赵国良，一个土生土长的义乌人，兄妹众多，他排行老大，能读上大学实属不易，哪里会料到如今外来务工子女的求学之路也如此艰难，需过五关斩六将。那些卡着政策上不了学的孩子，那些被升学率限制进不了高中的孩子，都才十六七岁，只能在社会上游荡从事最低端的工作。

前几日那个蹲在校门口抹眼泪的外地小姑娘，她母亲粗糙的手掌反复摩挲着暂住证，纸片都快被磨出毛边。每当想起这些，赵校长就像被一块大石头突然砸进心窝似的窒息。

他捏着茶杯的手直发紧：教育资源的匮乏，极低的中考、高考升学率让教育机构大多只盯着分数，把朝气蓬勃的孩子都教成考试机器了！

茶杯釉面映出自己弯曲的倒影，那里面分明站着二十年前初登讲台的青年教师，正捧着《爱的教育》跟学生讲人文关怀。

“从前当语文老师，把课本讲明白就行。现在当校长，手里攥着这么多孩子的未来……”他手里的茶杯砰地落在桌上，激起一阵沉闷的回响。

教师办公室的灯光逐一熄灭，而他肩头的重担，却似夜色般越发沉重。月光悄悄爬上墙角的荣誉柜，那些金灿灿的“先进单位”奖牌在暗处泛着冷光，像无数双挑剔的眼睛。

赵国良手指不自觉地轻叩桌面，思绪如电光石火般一闪，一个想法跃然心头：“我要创办一所私立学校！”重又冒出这种想法，连赵国良自己都感到吃惊。指节叩击声突然停住，震得玻璃板下压着的毕业照微微发颤，照片里五十张笑脸在泛黄的塑封膜下模糊成团。

这念头烫得他猛一激灵，慌得直摇头。可眼睛瞟见窗户玻璃上晃动的影子，里头那人分明在笑。

夜风卷着细小的香樟花瓣粘在窗棂上，细碎的黄花像揉碎的金箔，在月光里星星点点。恍然间化作二十年前大学毕业典礼上洒落在身上的礼花。

创业这条路从来都是坑坑洼洼、困难重重。放着公办学校校长的铁饭碗不要，非要去冒风险办民办学校，到底值不值呢？要是真值得的话，该不该马上行动起来拼一把呢？

深夜，笔记本上的黑墨水在台灯柔和的光晕下缓缓洇染，他凝视着窗外轻轻飘落的梧桐叶，刹那间，这熟悉的校长办公室仿佛变得狭小而压抑。

想创办一所民办学校的念头刚出现时是眼前掠过的一个影子，而今却成了日日萦绕在脑海的藤蔓，卷须勾住每一根神经。晨跑时擦肩而过的老板在和跑友说即使现在有钱，孩子也带不来身边读书，夕阳西下时在路边摆地摊的农民工说孩子在老家上学不服老人管，就是买菜时也能听到街坊抱怨学区房太贵。

参加教育工作会议时，领导念出的“适龄儿童入学率 98.7%”的报表，那些被四舍五入所忽略的数字，如同沙砾般刺痛着他的心，迫使他深入思考。

1993 年，党中央、国务院发布的《中国教育改革和发展纲要》第一次清清楚楚地提出了“积极鼓励、大力支持、正确引导、加强管理”这十六字方针。红头文件里那句“改变政府包揽办学的格局”像一道惊雷，炸开了教育界沉闷的天空。这说明国家办教育的思路变了，从只想着管住、限制，开始转向鼓励、推动和支持。

就拿北京来说，当年就冒出了第一批 16 所民办中小学和幼儿园。海淀区那所挂着彩旗的育英实验学校开学当天，家长们的自行车把整条知春路都堵成了长龙。

同一年，浙江省也出台了《民办学校设置的暂行规定》，民办教育头一回被写进政府工作计划，第二章第七条用加粗字体写着：举办者投入的启动资金最低限额为小学 20 万元、初中 30 万元。

全省各地都放开了手脚。温州老板们包下整层宾馆办英语培训班，宁波港区集装箱改装的流动教室开始招生，教育体制改革搞得风风火火。民办学校如雨后春笋般涌现。仅在台州地区，短短 3 个月内就新增了 8 所，学校数量激增，规模日益扩大，为老百姓提供了更多的教育机会。

还是 1993 年，义乌经济像坐火箭似的往上蹿，小商品成交额突破 45 亿元，火车站每天吞吐着 2000 吨货物。篁园市场扩建到 5 万平方米，摊位上阿拉伯商人的金表晃得人睁不开眼。机会遍地，义乌成了全球最大的小商品集散中心，连联合国、世界银行这些大机构都承认义乌是“世界第一大小商品市场”。

经济腾飞带来大量外地打工人，在义乌常驻的外地人数量月月刷新纪录，稠城派出所的暂住证登记簿半年换了三本。随着经济的繁荣，人们的钱包鼓了起来，但教育等民生问题也日益凸显。本地小学班级人数激增，每个班都挤满了六七十个学生，课桌椅几乎摆到了讲台上。

1993 年是改革开放的黄金年份。打从这年起，政策风向标彻底稳了，私营经济名正言顺站上了舞台。这个风口，是时代赋予的机遇。每每想起这些，赵国良就心潮澎湃。政策春风吹到了，而义乌有最旺盛的市场需求，若再有个好位置，就能办学招生了。

在教育界摸爬滚打，久经淬炼，粉笔灰都能堆满两个西装口袋的赵国良，虽然觉得民办学校在某些方面可能具有优势，如小班化教学和教学机制的灵活性，但也不能一概而论地说民办学校就一定比公办学校强。公办学校通常享有政府补贴，学费较低，且在师资力量和教学资源方面也具有一定的优势。

赵国良手指头摩挲着办公桌上那张发黄的大学毕业合照，突然“哐当”一声把茶杯放到记事本边上，陶瓷杯底磕得脆响。

中学必须办！让更多孩子有学上，这事儿说干就干！教育是一场漫长的修行，办学初心是这场修行中最坚定的指引。此刻那枚硬币已不再是简单的抉择工具，它成为赵国良信念的象征，时刻提醒着他此时破釜沉舟般的决心。

第三章

构想与行动

大清早，赵国良被爱人摇醒了。五月的晨光在蓝印花窗帘上，灶间飘来柴火气，混着霉干菜特有的香味。

“睡迷糊啦？都六点半了！赶紧来吃早饭。”爱人瞪他一眼，衣服边角还沾着玉米面，转身时塑料拖鞋在水泥地上啪嗒啪嗒响。

赵国良愣愣地坐在床边，粗布床单不经意间被他紧攥出两道深深的褶痕。床头柜上摆着儿子的初中毕业照，玻璃相框蒙着灰。他伸手想擦，指头悬在半空又缩回来。

其实他昨晚压根没睡踏实，竹席让汗浸得发亮，心里有事翻来覆去像烙煎饼。后半夜实在睡不着，他索性爬起来翻看报纸，老台灯的光晕里飘着细小的飞虫，偶尔落在脸上，让他有些心烦意乱。

“吃饭啦！”爱人又喊了一嗓子，铁盆磕在饭桌上哐啷响。

赵国良揉着眼睛往厨房走，鞋后跟踩着没提上。灶台边挂着腊肉干，油星子在晨光里晶晶亮。他突然问：“松苗呢？”

“天没亮就去学校了。”爱人边说边盛粥，勺子刮着铁锅底吱吱叫，“你这当爸的，儿子住校三个月了还犯迷糊。”

赵国良这才想起儿子在读高中。竹筷头戳着霉干菜，咸香与玉米糊的清甜在舌尖缓缓交融，弥漫开来。他们过日子向来简单，瓷碗沿的蓝釉都磕没了，照样盛得住滚烫的日子。

一到学校，满墙的爬山虎扑进眼眶。赵国良轻抚着校长室门牌上斑驳的漆痕，指尖不经意间沾染了一抹铁锈的红。这个中文系毕业的老教育人，当了二十几年教师，教案本摞起来能顶到房梁。粉笔灰染白过袖口，煤渣跑道见证过晨读。怎么把《岳阳楼记》讲得活灵活现，怎么让捣蛋鬼乖乖背古文，这些他都门儿清。

懂教育、会管理、能上课，办学的基本盘算是稳了。

赵国良平时没事就抱着报纸看，连散步都夹着几张，反复看，反复琢磨。走累了往苦楝树底下一坐，枯叶在屁股底下碎成响。有时看得入神，蚂蚁爬上裤管都不自觉。

下班也不急着回家，他常蹲在操场边青石板上发呆。春末的晚风裹着油菜花香，远处传来收废品的吆喝声。望着天上星星闪，心里那股说不清道不明的劲儿又上来了，像麦芽糖似的扯着心尖尖。

这种感觉如同乱麻一团，飘忽不定，难以捉摸。但冥冥中他总觉得，外头有个更大的天地等着他去闯——或许是小镇口那排空置的厂房，或许是义乌江畔没割尽的芦苇荡。

想着想着突然开窍：甭管啥人啥命，只要咬紧牙关不撒手，准能干出个样儿来。远处火车的汽笛声轰鸣而来，如同巨轮碾过心田，让胸腔共鸣，嗡嗡作响。

这么一想，他脸上浮出了笑容，皱纹在暮色里舒展，那是认准道儿不回头的坚定。起身之际，双腿麻木，他踉跄几步，扶住那棵老槐树。树皮粗糙，仿佛带着岁月的痕迹，深深嵌入掌心。

当晚回家，他拽着爱人就往客厅拉。吊扇在头顶吱呀转着，蚊香灰落进搪瓷盘。“我想办个私立学校。”话音未落，爱人手里的毛线团就滚到砖缝里。

“办学校？”爱人眼珠子瞪得溜圆，像两颗黑玻璃珠嵌在皱纹里。

“嗯，干点实在事。”赵国良摸出烟盒又塞回去，手指在膝盖上敲鼓点。月光从瓦缝中漏进来，在地上切出银亮的条格。

爱人盯着他看了半天，突然伸手摸他额头："别扯什么实在不实在。现在创业多难啊？就算政策鼓励，义乌经济好，办学校得要多少钱？"她掰着手指算，指甲缝里还沾着菜叶，"校舍、师资、教材……咱家存款连桌椅都买不齐，你想过没？"

"我是教书匠，不是买卖人。"赵国良抓起搪瓷缸灌凉茶，喉结随吞咽动作起伏，"现在多少外地人员的子女在义乌上不了学？多少去外地经商的本地人孩子叫老人带不放心？你知道这些家庭有多困难？"

"别人家我管不着，我就操心自己家！"爱人猛地站起来，竹椅在地上刮出刺耳的声响，"你光想着社会责任，咱家日子还过不过了？"

这话戳心窝子。赵国良知道，办学和顾家这道坎儿不好过。就像操场边那条小河，看着不宽，真要蹚过去，裤腿都得湿透。

"这么多年了，你还不懂我？"他的话语骤然低沉，宛如秋雨轻拂过芭蕉叶，沙沙作响。窗外的蛐蛐儿叫得正欢，月光将两人的身影交织在一起，斑驳地投射在古老的砖墙上。

爱人叹口气："就是太懂你才这么说。"

可不是吗，夫妻这些年，赵国良啥脾性她能不知道？可该泼的冷水还得泼。

"创业哪是容易事？别光看表面风光，人家背地里吃的苦你根本想不到。前年李会计开文具厂赔个精光，现在还在给人当帮工！再说，个人办学，国家真让搞？"

"根据国务院发布的若干意见，国家积极鼓励社会力量兴办教育，以促进民办教育的健康发展，满足人民群众多样化的教育需求。"

爱人还是不踏实："就算国家让办，老师上哪儿找？"

"有朋友说愿意来帮忙，再说了，不是可以聘请嘛。"

夜深人静，赵国良翻来覆去睡不着。回想起爱人的质问，也意识到，创办学校真的不能靠一时冲动，也不能马上就做到，资金、场地、师资、生源，哪座山都不好爬。可转念想到那些失学孩子，每个孩子背后都是一个家庭的指望，这步子哪能说收就收？

爱人心里明镜似的，知道丈夫早拿定主意了。他行事一向深思熟虑，这次恐怕也已有了周全的打算。这么一想，倒觉得凭他的本事，说不定真能成。

听见书房还有动静，见爱人推门进来说："或许，你有你的想法，我们也不必如此争论，这事是一件大事，你可以试试和你的朋友再商量一下。如果你真的下定决心要创办学校，我也会支持你，也会照顾好这个家。"

说完轻轻带上门。赵国良看见爱人眼里的柔光，心里暖烘烘的，对未来的盼头又添了几分。

往后这些天，赵国良像上了发条的陀螺。下班就蹬着二八大杠自行车在城里转悠，车筐里的地图画满红圈，哪个巷口有几家文具店都清清楚楚。

这天刚进门，饭菜香就扑鼻而来。饭桌上摆着冒热气的霉干菜扣肉，盆里金黄的蛋饺浮在葱花汤上。每次闻到这味道，就像有人往心里倒了碗热姜汤，在外头受的委屈、攒的疲惫，刺啦一声全化开了。

饭桌上，赵国良拿着碗筷滔滔不绝。从金华市社会力量办学现场会上的所见所闻，到办学的种种设想，他如竹筒倒豆子般一股脑儿地往外说。

爱人听完举起茶杯，茶杯映着日光灯管的白光："真是士别三日当刮目相看啊！祝你旗开得胜！"

"借你吉言！"赵国良仰脖干了杯中茶，喉咙里滚过一阵畅快，"就是往后更顾不上家了。儿子马上要高考，我这当爸的……"

话没说完，屋里忽然安静得能听见筷子碰碗的叮当声。电风扇在头顶吱呀转着，把墙上的“优秀学生”奖状吹起一角。半晌，爱人往他碗里夹了块红烧肉，琥珀色的糖汁顺着瓷碗边往下淌：“你只管往前冲，家里有我呢。儿子那边你放心。”

夜色渐浓，窗外的梧桐叶沙沙作响。赵国良在床上翻来覆去睡不着。天一亮就要闯的事，容不得半点差池。可越这么想，眼皮子越精神。月光悄悄爬上窗棂，把窗格子拓印在蓝布被子上，忽明忽暗像跳动的算盘珠。

他凝视着跳动的算盘珠，心中暗自嘀咕：舍弃安逸，又要去闯那费力且可能无回报的难关了。记忆突然闪回刚高中毕业时，自己执意要去做生意，结果赔得一塌糊涂，被全村人当笑话看。难不成我的倔脾气，早融在血液里了？

正想着，巷口传来早起小贩的自行车铃声。东方既白，他赶紧闭眼数羊。蒙胧间忽然觉得，前半生的沟沟坎坎——针织厂里算错账被扣工资、做生意赔了钱——倒像特意为这桩事业铺的路。待到学校真正建立起来之时，往昔的坎坷与挫折，岂不都将化作荣耀的徽章？

远处传来第一声吆喝声，赵国良裹紧被子笑了。晨风掀动窗台上泛黄的《民办教育管理条例》，新的一天，真的要来了。

一周后的早上，赵国良揣着申请材料走进教育局大门。推开领导办公室的门，想到自己要说的事，心里有点紧张。

领导热情地握住他的手：“赵校长，今天怎么有空来这里了？”

“我想办所私立学校。”赵国良直了直腰板。

“办学校？”领导手里的茶杯晃了下，“我没听错吧？”

“这可不是开玩笑啊！”领导放下茶杯，“政策上是允许民办，但资金压力大、风险高，搞不好要赔个底朝天的。”

“这些我早已细细筹谋。成功了，可为义乌的孩子们多添一处求知的殿堂；失败了，也不过如经历一场猛烈却短暂的台风。”

走出教育局大楼时，领导那句“三思而后行”还在耳边打转。赵国良望着街边背着书包的学生，攥紧了手里的规划书。

办公桌上的申报材料越来越多，有些纸页被他翻得边都卷起来了。然而，递交上去的材料各种不合格、不完善。改来改去，报告还是过不了审，令他倍感头疼。只能硬着头皮继续打电话咨询、改材料、调格式……就这么来来回回折腾着。

一周后，他总算把申请报告递交上去了。可日子一天天过去，迟迟也没得到答复。

“到底哪儿出岔子了？是报告里话说得不对，还是政策有变化？还是……”找不到原因，赵国良在办公室里来回踱步，把报告里的每个细节都掰碎了，左思右想也挑不出毛病。他心头猛然一沉，如同寒冬腊月被一盆冰水从头淋下，原本熊熊燃烧的热情瞬间熄灭。

这些日子，他茶饭不思，夜不能寐，坐在办公室的沙发上，唉声叹气不绝于耳。推开窗子往外看，晚霞烧得正艳，太阳轮廓渐渐模糊，柔光暖洋洋洒下来。远山镀着金边，池塘水面泛着碎金般的光，晃得人直眯眼。

“难不成老天爷故意不让我办学校？还是说我真这么不靠谱？办学场地校舍得先行，空有理想有什么用呢？”他坐在椅子上，喃喃自语，心中首次泛起自我质疑的涟漪。

放弃的念头刚冒出来，眼前闪过同年哥那语重心长的话，爱人顶着压力支持他的样子，还有自己心心念念的教育蓝图。此刻若退缩，怎对得起那些期待的目光？就连那枚硬币都会鄙视我！有些事情，不是靠运气就能决定的，而是需要一颗坚定的心。

正发呆犯愁时，电话机“嘟嘟”地响了起来。

“老赵啊，我先说清楚，这个电话不是领导找下属，是朋友兼老同事跟你唠两句。”

“社会力量办学这事，我可以明确告诉你，这事儿能成！你想想，现在义乌外来人口越来越多，光靠公办学校哪够孩子们上学？再说，国家政策现在也鼓励……”

领导突然话头一转：“虽然政府支持创业创新，但根据有关规定，公职人员不得参与私企项目，以确保不利用职权干扰和损害正常的工作秩序。民办学校作为社会需求，我们当然理解，但这并不意味着可以放松对公职人员行为的规范。”

赵国良一头雾水，只能含糊应答：“是，领导说得在理。”

“我看好你，但能不能转过这个弯，就看你悟性了。”领导撂下这句没头没脑的话，咔嗒就把电话挂了。

“悟性”“转方向”“公职人员”这些词在赵国良脑子里转了好几天，像卡带的录音机似的来回播。现在他总算咂摸出点味儿了——政策允许范围内能给他开绿灯，但要想真把学校办起来，就得脱了这身“官衣”。

申请报告半年也没有得到批复。这个现实使他清醒地认识到，要想办一所自己理想的学校，只能靠自己。但要让赵国良放弃辛苦多年才得到的铁饭碗，这可真是个特别难的选择。

那天，他蔫头耷脑地回家，厨房里忙活的爱人一扭头，瞧见他的样子就懂了——二十多年夫妻，她早练就了读心术。

爱人问他咋了。他欲言又止，嘴唇紧抿，生怕一句话不慎击碎了家的宁静。

他端着饭碗扒拉米饭，筷子悬在半空，偷瞄了爱人一眼，又赶紧低头。爱人捧着碗直勾勾盯着他：“老赵，有事就说呗。”

等他把憋在心里的话倒出来，爱人碗筷一放。呆坐半天，最后长长叹了口气：“你咋想的？”

赵国良闷头往嘴里塞饭，夹了块菜说：“吃吧，菜都凉了。”

爱人目光深邃地注视着他，许久，才缓缓拾起碗筷。

这顿饭，静得只能听见米饭与碗碟的轻触、筷子夹菜的细碎，以及咀嚼时隐约的回响，比往昔任何一次团聚都更加沉默。空气好像突然凝固了似的。

是啊，要丢掉人人羡慕的铁饭碗，去闯那个不知道成不成的路子，这不光得把自己的生活掀个底朝天，还得跟老规矩对着干，没点豁出去的狠劲真下不了决心。这过程就跟生孩子似的，没疼过的人哪知道有多要命。

晚上两个人走到河边，在月光底下绕来绕去还是说这个事。这道坎咋过，全看怎么选了。

走着走着，赵国良突然站住了。月光洒落，河面如银绸铺展。微风拂过，芦苇轻吟，流水潺潺，仿佛在诉说着一段激昂的传奇。看着这景象，赵国良忽然觉得浑身是劲，好像天地万物都在给他鼓劲儿。今日之拼搏，为明日之辉煌；心怀梦想，方能翱翔天际。

1995 年 4 月 25 日，对赵国良来说是特别有意义的一天。他握着钢笔在墨绿色档案袋上签完最后一个字，窗外的香樟树影正巧掠过“辞职申请”四个大字。随着印章轻轻敲下，义乌市工业学校校长和书记的“铁饭碗”应声而碎，而那份墨迹未干的“义乌市私立群星中学”办学申请书却在阳光下泛起金边。

此时，赵国良坚持要个人独资办学，原因很实在：经历过现实捶打的他算是看明白了，要想办出理想中的学校，靠谁都不如靠自己。

老同事劝他搞校企联办，他笑着摆摆手，脑海里浮现的却是十年前在乡镇中学，因为投资方撤资，不得不停办美术班的旧事。

起名“群星”也有讲究——办公桌上摊着《天体物理学简史》，扉页的星云图让他心头一颤：每颗星星都闪耀着独特光芒，聚在一起才能照亮整片夜空，这不正是教育该有的模样？

交接完工作那几天，明明该觉得轻松，可赵国良心里却有点不是滋味。他自嘲地想：如今算是彻底“脱编”了，如同一只挣脱束缚的飞鸟，奋力拍打着翅膀向远方翱翔。然而那看似绚烂的云彩背后，又隐藏着怎样的未知呢？副校长来送材料时欲言又止，最后只往他保温杯里续了点热水。

收拾东西离开学校时，赵国良的腿跟灌了铅似的，每一步都仿佛是在与往昔作别。从此，工业学校的晨钟暮鼓中，再难寻觅他熟悉的身影。

走廊拐角飘来油墨香，那是他亲自督印的《学生守则》正在装订，新修订的第三十二条还带着他的笔迹。

一想到即将离别那些朝夕相处的同事与学生，他的心便不由自主地揪紧。可开弓没有回头箭，既然选了这条路，就是跪着也得走完。想到这里，他索性加快脚步，任四月微凉的风把眼角吹得发涩。

路过保安室时，保安瞪圆了眼。老式收音机里咿呀的婺剧戛然而止，“赵校长，您这是……”玻璃窗上贴着褪色的出入登记表，最上面那行还是他龙飞凤舞的签名。

“工作调动。”

“哦……”保安目光扫过他身后的纸箱，突然转身从抽屉里掏出包未拆封的红塔山，“那什么，我……”

正要出门，赵国良突然想起那对求学的母子。春日细雨里，女人牵着男孩情绪激动的画面又浮现在眼前。他“啪”地放下箱子，掏出钢笔唰唰写下新号码，纸页在岗亭窗台上压出深深折痕。

“以后有家长问上学的事，让他们打这个电话找我。”说完头也不回地往前走。

走到大门口，终究还是忍不住回头望去。紫藤花瀑依旧悬挂在教学楼西墙，他亲手栽下的雪松又悄然长高了些许。教学楼里传来的读书声，操场上奔跑的身影，孩子们稚气未脱的笑脸……这些熟悉的场景在脑海中一幕幕回放，如同老电影一般，每一帧都记录着他在这里度过的时光。

最后望了眼旗杆上飘扬的五星红旗，他转身走进暮色中。

从工业学校离职后，赵国良把之前申报失败的经验都捋了一遍，重新规划申报方案，到处收集整理资料。那间不足十平方米的小屋里，泛黄的笔记本堆得高过窗台，钢笔水洇透了三层草稿纸。

赵国良伏案工作的身影，在台灯下一晃就是近两个月。有时日光灯爆出的灯花，在他的两鬓投下跳动的暗影。春末的飞蛾在玻璃窗上扑棱，翅膀的磷粉簌簌落在墨迹未干的申请书上，混着他额角滴落的汗珠，洇出星星点点的光斑。

1995 年6 月22 日，当盖着钢印的办学许可证真真切切摆在面前时，赵国良的手止不住发抖。红头文件上“同意设立义乌市私立群星中学”的字样，被他一遍遍摩挲，仿佛那是他初生的梦想，温柔而珍贵。

办证员递来印泥盒打趣：“赵校长，再按下去该把纸戳穿了。”窗外香樟树上，蝉鸣骤响，如同夏日的鼓点，而办公桌上的老式台历，在穿堂风的轻抚下，悄然翻到了芒种那一页，折痕里藏着时光的印记。

天擦黑时他跨进家门，故意把文件藏在身后：“猜猜，给你带了啥好东西？”厨房飘来炒青菜的焦香，铝锅盖被蒸汽顶得叮当作响。爱人笑着摇头：“猜不着。”

挂在碗橱边的腊肉在暮色里晃悠，油星子顺着竹篾滴进灶膛，滋起几缕转瞬即逝的青烟。

“再想想？”他故意把纸页抖得沙沙响。墙上的老式挂钟突然报时，惊得檐下燕巢里的雏鸟啾啾直叫。

“总不会是……批下来了？”爱人解围裙的手突然顿住，围裙带子顺着灶台滑到地上。搪瓷盆里的面团正发着酵，蜂窝状的气泡噗噗顶开湿纱布，发酵的酸香在屋里漫开。

赵国良“唰”地亮出许可证，烫金的封皮在暮色里泛着光。爱人双手接过文件，泪水悄然滑落，沿着鼻梁，最终汇入嘴角。那一刻，咸涩与甘甜交织，在舌尖缓缓绽放。

三十瓦的灯泡突然闪了闪，照见她指节上洗不掉的蓝墨水，那是帮着誊写材料时留下的。碗柜最深处那瓶没启封的杨梅酒，映着灯光泛起琥珀色的涟漪。三年前泡酒时，自己办学只是脑海中闪过的一道线，而今这酒可以为第一步的成功庆祝了。

这两年，爱人跟着自己吃了不少苦。记得初次申请遭拒的那个夜晚，他呆坐在客厅直至深夜，爱人静静地递上一杯热茶，默默无言。茶缸下压着一张字条，上面写着："明早我去信用社咨询抵押贷款事宜。"搪瓷缸底磕掉的白漆拼成个月牙形，在昏黄的灯光下泛着珍珠母的光泽。

七百多个日夜，从字斟句酌地改材料，到一遍遍重新提交申请。如今捧着这张轻飘飘的纸，那些熬红的眼、磨破的鞋、说干的嘴，忽然都有了分量。法国梧桐叶制成的书签依旧夹在《民办教育条例》的扉页间，它们此刻成为岁月流转的见证。

月亮不知啥时候爬上了老桂树，像个顽皮小孩顺着枝干往上蹭，最后稳稳嵌在夜空中，像块温润的玉盘。清辉漫过窗棂，把许可证上的钢印照得发亮，窗外的梧桐叶在夜风里沙沙作响，蝉鸣声忽远忽近。

赵国良的指尖无意识地摩挲着青瓷茶杯，温凉的触感沁入掌心。"人这辈子啊，总得守着点什么。"叹息般的话语刚出口，就被穿堂风卷着掠过八仙桌。桌角的檀木镇纸压着泛黄信笺，旁边那本蓝布封皮的笔记本微微翘角，扉页上"让学生学会做人"的办学誓词依然墨迹淋漓，铁画银钩的笔锋刺破六月夜露。

行动破冰，砥砺前行。赵国良，正是这样一位怀揣着教育理想，以坚定的构想与果敢的行动，在教育这片沃土上深耕细作，践行办学初心的追光者。用他的构想描绘出了一幅美好的教育蓝图，用他的行动将这蓝图一点点变为现实。

第四章

转身教育人

办学许可证被装在相框里，摆在写字台上。赵国良每天都要把相框擦上好几遍。有回被爱人撞见，打趣说："校长，这比咱结婚照还宝贝吧?"他乐呵呵地点头，眼里闪烁着光芒："可不嘛，这可是我亲手培育的希望之种啊!"

1995 年 7 月 8 日，教育局正式下达了任命文件，明确指派赵国良担任私立群星中学校长。捧着任命书，他既觉得肩上沉甸甸的，又像揣着团火——领导的信任、家人的期待，都在这薄薄几张纸里。

说是重回校长岗位，可这次和以前完全是两码事。他把文件仔细收进牛皮纸袋，抿了口热茶。茶香在舌尖轻舞，如同记忆的精灵，引领着他的思绪悠然飘向那遥远的往昔。

二十年前，他踩着泥巴路进城当老师。

十年前，他参观那些亮堂堂的学校时眼馋得不行。

一年前，他咬咬牙把铁饭碗扔了。

……

每回转身，都是往教育跟前再凑近一点。

他的手指轻轻摩挲着餐桌上的木纹，那粗糙而坚实的质感，如同他心中的信念，给予他无尽的踏实与力量。办学这事儿总算迈出第一步，可赵国良心知肚明，后头的路只会更难走。

不过转念想想，从公办校长变成民办学校创办人，倒是甩开了不少条条框框。那些攒了半辈子的教育理念，总算能落地生根。更重要的是，能让更多的孩子在义乌有书读，这可比什么都值。

现在的赵国良不光要当好校长，还得扛起“社会教育工作者”的担子。他时常告诫自己，必须随时校准步伐，以免偏离正道。

夜深人静时，听着窗外树叶沙沙地响，那些失眠的夜晚又浮现眼前——为教育理想较过劲，也为未来发过愁。

批文到手只是个开头，真正的硬仗还在后头。质疑声、绊脚石，这些他都料想得到。可奇怪的是，手握那张盖有鲜红印章的纸张，内心竟莫名地感到踏实与安宁。

为啥非要自己砸钱办中学？赵国良心中明镜似的：要想创办一所理想的学校，唯有依靠自己，方为上策。“群星”这名字取得好，孩子们就像天上的星星，各有各的亮法。这个重回教育战场的老兵，脚步比年轻时候还稳当。

他缓缓摊开日记本，笔尖轻触纸面，缓缓写下：“儿子，爸爸终于找到了后半生的归宿。”钢笔尖划破纸页，蓝墨水洇成小小的海。就像这些年教育梦刺破的种种现实——择校费的红海、升学率的暗礁、教育产业化的旋涡——可终究有艘叫“群星”的小船，正在星辉里缓缓起锚。

办学许可证刚到手，赵国良就摩拳擦掌准备大展身手。办学理念这事儿像种子似的在他心里发了芽。

深更半夜辗转反侧时，他盯着天花板念叨：“办学校最要紧的是什么？”这问题在课本里写得明明白白，真干起来就犯迷糊。作为民办学校的老板兼校长，他得先把这地基给打牢靠。

查档案、翻政策，把自己二十多年带学生的经验往里头掺和，赵国良最后在笔记本上龙飞凤舞写出六个大字：“做人、求知、成才。”立身要正、求学有方、成器可期——这三个词儿必须像麻花似的拧在一块儿。

他深知，在这个广袤世界里，无数的人怀揣着梦想，踏上各自的人生征途。而在这条漫漫征途中，有三个关键要素如影随形，它们相互交织、彼此影响，共同塑造着每个人独特的生命轨迹，这便是“做人、求知、成才”。

赵国良出生在一个贫困但充满温暖的家庭，父母虽然文化程度不高，却始终将善良、正直和责任感这些美好的品德根植在他幼小的心灵里。

从小，他就懂得帮助邻里，哪怕自己家里的生活并不宽裕，也会毫不犹豫地将仅有的食物分享给更困难的人。这种做人的准则，成为他日后人生道路上最坚实的基石。

到了求学的年纪，赵国良深知知识改变命运的道理。他凭借着顽强的毅力和对知识的强烈渴望，在艰苦的环境中努力学习。每天天不亮，他就伴着微弱的晨光诵读课文；夜晚，在昏黄的灯光下，他沉浸在知识的海洋中，如饥似渴地汲取着养分。

在这个过程中，他不仅学到了丰富的学科知识，还通过阅读大量的书籍，领悟到了更多做人的道理。那些经典的文学作品，让他看到了人性的光辉与复杂，进一步完善了他的人格。求知，不仅提升了他的能力，更让他在做人的道路上不断精进。

功夫不负有心人，赵国良以杰出的表现被录取到杭州大学中文系。在大学里，他依然勤奋刻苦，专业知识和技能都得到了极大的提升。毕业后，他毅然决然地回到了义乌，投身到教育事业中。他立志要将自己所学的知识传授给更多像他当年一样渴望知识的孩子，改变家乡教育落后的面貌。

在教学工作中，他始终秉持着高尚的师德。他关爱每一个学生，用耐心和爱心去引导他们，不仅注重知识的传授，更注重培养学生的品德。他用自己的实际行动，为学生们树立做人的榜样。在求知的道路上，他也从未停止脚步，不断学习新的教育理念和教学方法，提升自己的教学水平。

因为他出色的教学成绩和高尚的师德，最后成为工业学校的校长兼党支部书记，实现了从一个乡村孩子到优秀教育人才的华丽转身。

赵国良从自己的成长经历中，体会并清晰地看到了做人、求知、成才之间紧密的关系。做人是基础，它决定了一个人的行为准则和价值取向，也为求知和成才提供了正确的方向。他如果没有从小培养起来的善良、正直的品德，就不可能有回报家乡、投身教育的决心。求知是途径，它让他不断充实自己，提升能力，为实现成才的目标积累资本；而成才则是做人与求知的综合体现和最终目标。

赵国良知道只有将“做人、求知、成才”三者有机地结合起来，才能在办学的征途上走得更远、更稳，才能书写出属于“群星”的辉煌篇章。

遵照国家的指引，我们致力于培育能够跨越时代、担当重任的社会主义接班人。照学生成长的路数看，思想觉悟就是方向盘，把不住准得跑偏。父母的心愿朴素而真挚，首要的是孩子能品行端正，而后方能谈及成就一番事业。这一道理，较之考入名校，更为实在且重要。

尽管一些学生在高考中未能如愿以偿，但他们中许多人其实具备了聪明才智。失败的原因可能在于缺乏明确的目标，使得学习变得机械而无趣；或者是因为缺乏自我控制，这与智力无关。

在中小学教育中，塑造学生的世界观、价值观、道德观至关重要，然而，当前不少学校过于重视分数，导致德育被边缘化，未能得到应有的重视。这窟窿倒给咱们民办学校腾出了地儿。

赵国良越想越通透，“做人、求知、成才”这三板斧，少哪样都不行。当老师的要是只会照本宣科，可配不上“一日为师，终生为父”这名号。

古人说的传道、授业、解惑，和他的教育理念挺合拍的。具体来说可以分成两块：一块是具体怎么办学，另一块是办学要达到什么目标。

学校的目标就是培养学生成才，这个目标就像指南针一样统领全局。怎么做呢？需引导学生学会做人与求知，二者犹如车之双轮，驱动学生不断前行，迈向既定目标。这也是实现教育目标的根本方法，更是最靠谱的保障。

赵国良继续在纸上写道：要落实好办学理念，必须做到“四个坚持”——坚持用行为规范贯穿学生管理始终，坚持德育为先，坚持培养好习惯，坚持用德育启发智育。教育不应仅着眼当下，更需为孩子的一生奠基铺路。

轻轻的敲门声，打扰了他的思绪。他停下笔朝门口喊：“马上就好。”每次他熬夜工作，总会响起这样的敲门声。这是爱人半夜醒来发现他还没睡，特意来提醒他注意休息。

“有扎实的教育理论当导航，办学路上才不会迷路。”他挥毫写下这句自认为颇具诗意的话语，随后习惯性地走到窗前，拉开窗帘，让清新的空气涌入。

深夜的小区安静得能听见针掉地上声。路灯在空荡荡的小路上投下暖黄的光晕，晚风掠过树梢，叶子沙沙地说着悄悄话。草丛里蛐蛐儿忽高忽低地叫，像在弹催眠曲。整个世界仿佛都睡着了，赵国良的心也跟着静了下来。

这一转身，对赵国良而言，是一次巨大的挑战。从单一工作到统筹全部工作，内容和方式发生了翻天覆地的变化。但他没有退缩。饿了，就泡一碗方便面匆匆解决；累了，就趴在办公桌上小憩一会儿。

在公办学校任职时，那是一段充满归属感与安稳感的时光。公办学校有着稳定的教学资源、熟悉的教育体制，他就像一位在自家田园里精心耕耘的农夫，对每一寸土地都了如指掌。校园里的一草一木，都见证着他的教育理想在这片肥沃土壤里生根发芽。他与公办学校的老师们并肩作战，共同为提高教学质量、促进学生全面发展而努力。那些日子里，团队的凝聚力和对教育事业纯粹的热爱，如同温暖的阳光，照亮着每一个教育的角落。这份在公办学校积累的深厚情感，成为他教育生涯中宝贵的财富。

现在毅然转身，投身民办学校校长的岗位。在最初的日子里，他常常陷入思考，如何在这片新的教育土壤中，让自己的教育理念继续开花结果？虽然情感经历了从熟悉到陌生、从安稳到忐忑再到坚定的变化，但对教育事业的热爱始终如一。

夜已深，赵国良对学校教育的理解和思考，也在不断地深化。

他回忆起顾明远先生在《中国教育学刊》中对“爱”与“兴趣”的核心地位的强调，这一观点犹如一盏明灯，照亮了他培育健全人格的教育之路，使他深刻理解了做人教育的基本理念：以爱为基石，用兴趣激发学习动力，让学生在爱的滋养中学会感恩与善良，在兴趣的驱动下培养探索精神与坚韧品格，从生活的点滴中领悟做人的真谛。

“还没好啊？”这已经是爱人第二次来叫他了，可是他嘴上说着“马上就好”，但内心毫无睡意，因为他有太多的事情需要思考。

“来陪我聊聊天吧？”他对着爱人说。

“我一个学桥梁工程的，能给你带来什么启发啊？”

爱人走了进来，手里端着一杯茶。她身上还带着工地水泥和钢铁的气息，与淡淡茶香奇妙地融合在一起。

赵国良转身，露出一抹微笑。他接过茶杯，茶香扑鼻而来，“还是你最懂我，知道我这会儿肯定渴了。”

两人在窗边的沙发坐下，爱人望着窗外道：“学校各项筹备工作就要开始了，你现在有压力吗?”

赵国良沉默片刻，手指无意识地摩挲着茶杯道：“压力当然有，但更多的是责任。我总在想，我们要秉承什么样的办学宗旨?”

爱人直起身，眼中闪过一丝疑惑道：“你不是明确了吗？做人、求知、成才。”

赵国良摇摇头，起身走到窗边，背对着爱人说道：“你是桥梁工程师，你知道建一座桥最重要的是什么吗?”

爱人愣了一下，随即认真回答：“稳固性、安全性，还符合设计要求，能承载预期的交通流量。”

“没错，”赵国良转过身，眼中闪烁着坚定的光芒，“但如果这座桥的设计初衷是错误的，即使它再稳固、再安全，又有什么意义？教育也是一样，我们不能只关注学生的成绩，更要关注他们的人格塑造，他们的价值观和道德观。这才是教育的根基。”

爱人若有所思地看着他：“你说的做人教育，具体指什么呢？在我看来，学生的主要任务还是学习知识，掌握技能，将来才能在社会上立足。”

赵国良走回沙发坐下，拿起杯子，却没有喝水：“我给你讲个故事吧。前年高复班有个学生，成绩非常优秀，每次考试都名列前茅。但有一次，他为了保住自己的成绩，在考试中作弊被发现了。当我找他谈话时，他竟然说，只要能考上好大学，用点手段又有什么关系？这句话让我很痛心。”

爱人皱起眉头：“这孩子怎么会有这种想法?”

“这就是问题所在，”赵国良叹了口气，“现在的教育太注重结果，而忽略了过程。我们总是告诉孩子，考上好大学就是成功，却很少教他们如何做一个正直、善良、有责任感的人。那个学生只看到了成绩的重要性，却忘记了做人的底线。”

“可是，”爱人有些疑惑，“在竞争这么激烈的社会，不把成绩提上去，孩子们以后怎么办？你看我在工地上，甲方只看工程质量和进度，没人会在意施工过程中工人的道德品质。”

赵国良握住爱人的手，认真说道：“你建的桥是连接两地的通道，它承载着无数人的生命安全。如果建桥的人没有责任心，偷工减料，后果不堪设想。教育也是一座桥，是连接孩子现在和未来的桥梁。我们培养的学生，将来会成为社会的栋梁，如果他们没有正确的价值观，这座‘桥’又怎么能稳固？”

爱人沉默了，她想起自己在工地上，每次验收桥梁时，都会仔细检查每一个细节，确保万无一失。因为她知道，自己的工作关乎无数人的生命。教育不也是如此吗？

“我好像有点明白了，”爱人轻声说，“你说的做人教育，就是要让学生在学习知识的同时，学会尊重他人，懂得感恩，有社会责任感，对吗？”

赵国良欣慰地点点头：“对！就像你建桥要打牢地基一样，我们的教育也要打好人格的地基。等学校开学了，我要在学校推行很多活动，比如志愿服务、社会实践、品德课程。通过这些活动，让学生学会关心他人，体会到帮助别人的快乐，培养他们的社会责任感。”

“这还不够，”赵国良的眼神变得严肃起来，“教育是一个长期的过程，不能急于求成。我要给学生足够的时间和空间，让他们在实践中成长。并且，做人教育不仅仅是学校的责任，家庭和社会都要参与进来。就像你建桥，需要设计师、施工队、监理等多方协作一样，教育也需要学校、家庭和社会共同努力。”

“我懂了，”爱人说，“就像我设计桥梁，不仅要考虑力学原理，还要考虑环境因素、人文因素。教育也不能只关注知识传授，还要关注学生的全面发展。”

赵国良看着爱人，眼中满是爱意："你总是能很快理解我的想法。其实你在工作中也在践行着类似的理念，只是你自己没意识到。你设计的每一座桥都考虑到了当地的文化特色，方便了人们的出行，这不也是一种'以人为本'的理念吗？"

爱人愣了一下，随即笑了："还真是，我一直觉得自己只是在完成工作任务，没想到和你的教育理念还有相通之处。"

"所以说，无论是建桥还是教育，本质上都是在为人们创造更好的生活，"赵国良说，"你用钢筋水泥搭建起物质的桥梁，我用教育搭建起精神的桥梁。"

"你设计桥梁，每一座桥都有自己的特色，要根据不同的地形、需求来设计。教育也应该因材施教，尊重每个学生的个性。"赵国良感慨道。

"原来学校还可以这样，"爱人感叹道，"我以前总觉得，只要把知识教给学生就行了，现在才知道，教育是这么复杂又这么有意义的一件事。"

赵国良搂住爱人的肩膀说："其实，教育和建桥一样，都需要耐心和坚持。你在工地上，为了一座桥的设计方案，可能要反复修改很多次；我在学校，为了一个学生的问题，也可能要花很长时间去解决。但当看到自己的作品发挥作用时，那种成就感是无法用言语形容的。"

"老赵，我支持你。虽然你会因为工作忽略了家庭，但我知道，你是在做一件很伟大的事情。以后，你管学校，我负责家里和孩子。"

赵国良看着爱人，眼中满是感动："我们一起努力，既要建好学校这座'精神桥梁'，也要经营好我们自己的家，让它成为我们最温暖的港湾。"

窗外，月光如水，洒在小区的每一个角落。赵国良和爱人就这样谈论着教育，谈论着未来，谈论着他们共同的理想。在这个夜晚，他们更加坚定了自己的信念，也对未来充满了希望。

书房的台灯终于熄灭，但教育的灯火，永远在某个角落温暖地燃烧着。它照亮的不仅是群星中学前行的路，更是整个社会对群星中学的期待。在这个充满焦虑与功利的时代，坚守教育的初心，或许就是最珍贵的坚持。

在教育的广袤天地里，每一次角色的转换都似一场波澜壮阔的航行，承载着梦想、责任与无尽的情感。赵国良，这位在教育领域深耕多年的资深从业者，从公办学校校长的岗位转身，踏入民办学校校长的新征程。此时的心路历程，犹如一部跌宕起伏的教育诗篇。赵国良如同坚定的行者，虽然道路发生了改变，但目标始终如一。

他用自己的行动诠释着“转身，仍是育人”的深刻内涵。

第五章

寻觅办学地

创业之路，是崎岖、坎坷、充满艰辛的。放弃公办学校校长的身份，冒着极大风险去创办民办学校，这种想法从一开始就遭到亲友的极力反对。但真正的考验是当时社会环境和政策因素的制约。

办学首先要有场地。一个校区偌大占地，哪有那么容易说找就找到呢？他拜托友人四处探询，却始终未能寻得一处合适之所。日子一天天过去，就算找到新地方，还得筹备好一阵子，真是火烧眉毛了。赵国良为此愁绪满怀，茶饭不思，夜不能寐，身形日渐消瘦。

转机说来就来。有一天朋友专门跑到他办公室支招：“老赵，你咋这么实心眼？现在大伙都找政府部门合作，借着合作项目过渡，你咋就没想到这茬？”

“跟政府合作？能行？咋过渡？”这教书先生哪懂这些门道，听得直挠头，“你快仔细说说，到底怎么个合作法？有啥现成项目能借鉴？带我去开开眼呗。”

“你这书呆子……”朋友摇着头给他掰开揉碎讲，他倒像小学生听课似的，拿着本子认真记笔记。

正所谓“车到山前必有路”，在一位朋友的指点下，赵国良与市文化局达成协议，由他投资在市图书馆建造一幢综合楼，建好后暂归赵国良办学几年，以后再归图书馆。项目落地后，也立马开工了，赵国良长长地舒了一口气。

南门街302号。

义乌市图书馆的临时会议室里，时不时传来阵阵欢呼声。

赵国良聘来的老师们，个个脸上都带着创业者的精气神。他们满怀期待地互相打量，面对即将开启的充满希望的新征程，急切地问道：“赵校长，接下来的工作计划是怎样的？”“招生工作该如何进行？”

赵国良坐在办公桌旁的椅子上，脸上春风满面。他看懂了老师们的眼神：“你们是我百里挑一的优秀教师，也是创业路上的战友和家人。大伙儿有这股子干劲和理想，特别好！我就盼着这股劲儿能照亮‘群星’的未来。”

一张张喜气洋洋的脸，把会议室都映得更亮堂了。

赵国良越说越来劲，声音洪亮：“今天开会主要为两件事。一是敲定招生方案；二是大家想想今后教学可能会遇到的问题。不过最要紧的还是招生！”

招生对学校来说，就像血液对生命一样重要。赵国良深知，尽管自己拥有十多年的校长经验及教育管理背景，但私立学校的招生工作与公立学校大相径庭，需要重新探索和实践。

“咱们是新办的私立中学，招生对象比公立学校自由，但难处也不少。家长信不信任、学生喜不喜欢、社会认不认可，这些都得摸着石头过河。过程中肯定会有各种坎儿，但咱既要见招拆招，也得守住办学底线。总之一句话，招生标准不能降！大伙儿都说说看，有什么好点子？”

“赵校长，我这边有几个宣传渠道可以试试。”

“要不通过媒体发招生简章？咨询点就设在义乌市图书馆，让家长带孩子来预报名。”

“各位老师都有经验是好事，但咱们毕竟是新办的私立学校，和公办中学不同，招生方法得创新，得走出自己的路子。”

赵国良噌一下站起来，绕着办公桌直转圈。经过深思熟虑，他终于对招生方案有了清晰的构想。他紧握椅背，目光炯炯有神：“我们应当采取精准的招生策略：初中部专注于七年级新生，高中部则聚焦于高一新生。这种策略不仅能够集中资源帮助那些无法进入重点中学的孩子，同时也能确保我们的招生质量。此外，我们还应建立一个预备档案系统，记录那些今年未能录取、但明年可能适合的学生，以便我们能够逐步筛选。大家觉得这个方案如何?”

这番话听得老师们眼睛都亮了，可算找着行动方向了，大伙儿撸起袖子跃跃欲试：摸着石头过河也成啊！

招生工作总算是轰轰烈烈搞起来了。赵国良带着老师们走街串巷，义乌小商品市场各摊位、夜市摊子、居民区散发传单做宣传。这些经商务工人员更有子女入学难的困境，拖家带口来义乌打拼的外乡人哪，孩子想进公立学校真的太难了。现在有了群星中学，可以解他们的燃眉之急。

每到一处，赵国良他们就拿出小凳和家长们拉家常。凭借教育工作者的一片赤诚，加之在当地逐渐积累的良好声誉，家长们心中的疑虑慢慢消散。在大家的共同努力下，招生工作如同滚雪球一般，越滚越大，越来越顺利。

忙活一个多月，招收了156个孩子。按年级分成三个班：初中部两班101人，高中部一班55人。就这样，赵国良心心念念的义乌市私立群星中学有了第一批学生。

正当赵国良一边抓施工、一边抓招生，忙得不亦乐乎的时候，因项目的合法性遭到质疑，工程被勒令停工！工地上轰隆隆的机器声一下子全停了，四面八方的质疑声如潮水般汹涌而来，仿佛巨大的浪头一次次拍打着赵国良的心岸，令他感到前所未有的迷茫与困惑。民办学校作为教育事业的重要组成部分，其合法性的问题不容忽视。他怎么都想不通，为什么会被叫停！

赵国良这辈子头回在家里发这么大脾气。爱人在旁边一声不吭，手里攥着织到一半的毛线衣，浅灰色毛线缠在指间像团云雾。她最清楚，建私立学校是赵国良下半辈子的念想，投进去的钱都是他求爷爷、告奶奶凑的。眼瞅着要竹篮打水，这个平日里顶天立地的汉子，这会脆得跟玻璃似的。看赵国良沉默了，她才轻轻靠过去说："胳膊拧不过大腿，认命吧。"

赵国良瘫坐在椅子上，喘着粗气。待气息稍平，便用力拍打着大腿，哀叹道："我就想踏踏实实做点事，怎么就这么难呢？"

"那 156 个孩子可咋上学啊？"

"身体要是气垮了，就算事情有转机，你也接不住啊。"爱人给他顺气，"人好好的比啥都强。"

第二天赵国良晃悠到工地，看着满地砖头水泥、立着的半截墙，还有那个孤零零的大吊塔，心如刀割一般。耳边倒是响着爱人的嘱咐，"别上火，慢慢来"，可这心里哪静得下来。

"赵校长，我听说最近有新的教育规定实施，校舍停工了，还能如期开学吗？我们孩子还有学上吗？"

"咱家孩子可是放弃了老家公办学校跟过来的，您可不能让孩子没学上啊！"

闻讯赶来的家长们把赵国良围了个水泄不通。

"孩子们上学的事我拿命保！"赵国良扯着沙哑的嗓子喊，"真要有哪个孩子耽误了学习，我卖房卖地也给他找好学校！大伙可千万别听风就是雨啊。"

赵国良反复强调着这句话，直到夕阳西下，他的嗓子眼干得仿佛要冒烟。工程的突然叫停，让他措手不及。学生们面临无处上学的困境，家长们的担心可以理解，而他只能独自站在这风口浪尖，满心都是无力与愧疚。只能在家长们愤怒的声浪中，苦苦支撑着。

副校长一直站在赵国良身边，陪着给家长们解释情况、安抚情绪。

虽说大伙儿心里还是七上八下的，但看着他俩这么真诚，家长们最后都点头了。

等家长散得差不多了，副校长扶着他说："您先缓缓神，咱们现在连事情原委都没摸清楚，说不定走动走动还能找到转机呢？要不我陪您去相关部门打听打听？"

赵国良搓了搓发僵的脸："谁说不是呢……光着急顶啥用，得把项目里哪个环节捅了娄子给揪出来。"他边说边使劲撑着发软的腿站起来。

副校长赶紧架住他胳膊，两人深一脚、浅一脚地往工地外挪。

这时候赵国良才算尝透了创业的苦头。想到砸进去的钱，想到九月份开不了学，孩子们没地方念书的场面，他真觉得天都要塌了。多年攒下的好名声说没就没了，往后拿什么脸见那些信任他的人？想到这儿，心口就跟刀剐似的疼。

主任陪着跑教育局，人家摆手说不知情；转到文化局，那边直说只能帮着递个话，停工这事儿他们压根管不着。

站在办公室，赵国良眼神空洞地望着四周，手中紧紧攥着那份停工通知，纸张已被他的汗水浸湿，边角微微卷曲。他的嘴唇干裂，像是想说些什么，却又被哽在喉咙里，化作一声沉重的叹息。

这段时间，他倾注了全部的心血，日夜坚守在工地，协调各方，攻克了一个又一个难题，满心期待着项目顺利竣工的那一刻。可如今，一切都戛然而止，所有的努力似乎都付诸东流。他的双手不自觉地微微颤抖，那是愤怒、不甘与无助交织的表现。

愤怒归愤怒，但是事情总要解决，这天赵国良把那辆历经风霜的老自行车推了出来。他绕着车子转了两圈：车漆都掉得差不多了，不过钢架子还挺结实，稍微收拾收拾就能骑。天刚亮，他就往车筐里塞了个装满水的罐头瓶和记事本，蹬着车就出门搞“实地考察”了。他心里早已有了打算，决定要找那些空闲且租金低廉的地方，能省尽量省，学校花钱的地方太多了。

找校舍的苦差事就这么开始了。

“赵老师，大清早的这是要去哪啊？”邻居伸头问。

“给孩子们找个读书的地方。”赵国良拍了拍车座，“上城南那片旧厂房瞅瞅。”

骑了四十多分钟到城东倒闭的厂子时，衬衫已经被汗湿透了一大半。生锈的大铁门锁得严实，看门老头隔着栏杆打量他：“办学校？这儿马上要改商场喽，租金你吃不消。”

他又吭哧吭哧蹬着车穿过大半个县城，下午才摸到城南的废弃仓库。这儿归公家管，接待的人态度不咸不淡：“国有资产不能随便租，得走招标。”

赵国良换了路子，开始跑居委会。以前教过的学生也帮着打听，什么单位的空会议室、小区闲置活动室……不是地方太小，就是要交“管理费”，贵得离谱。

奔波了一周后，记事本上密密麻麻地记满了地址和电话，但竟无一合适之选。此时，赵国良的膝盖开始隐隐作痛。爱人看在眼里，疼在心里，却并未阻拦——她深知赵国良为学校事务夜以继日地付出，劝阻也是徒劳。

城里碰壁，赵国良把主意打到了乡下。城北二十里外有个城郊村，他又蹬着车出发了。坑坑洼洼的乡道上，自行车颠得叮当响。两个钟头后，当赵国良汗流浃背停在村口时，眼前的光景让他心头一颤——小山坡上，几间红砖房在太阳底下静静立着，褪色的“××袜厂”招牌，勉强能认出俩字。

“您找谁啊?”路过的老头凑过来问。

听说是来找校舍的，老头眼睛唰地亮了：“我是这村儿的！走，带您瞧瞧去。”

房子比想象中的还破。窗户没几块好玻璃，木头门歪歪斜斜地挂着，院里杂草长得老高。不过屋子结构倒还结实，墙角还堆着几张缺腿的破桌子。

“以前在这做染色的。”老头踢了踢地上的碎木屑，“潮气重得很，各种染料污染，孩子们待久可能也不是很合适的。”

众所周知，创办学校需先准备教室、宿舍及活动场地，一大片房子和空地，当年于义乌城内外寻觅这样一处地界，着实让赵国良费尽周折。那年，他就是靠骑着破旧的自行车，把义乌城和周边村村落落跑了个遍。

临近开学，还没有找到校舍，赵国良心里像压了块大石头，沉得喘不过气。白天，他总忍不住前往冷清的工地，夜晚则像着了魔一般，又摸黑在工地上徘徊。

这么折腾下来，人眼见着瘦脱了形，整天魂不守舍的，可心里那个死疙瘩就是解不开。

这天晚上他又摸黑来到工地，四下静悄悄、黑漆漆的。他凝视着那些如幽灵般矗立的房子，半墙半架，猛然间一个激灵，弯腰迅速抓起一把碎石子，紧紧攥在手心。

他发狠地攥着，攥得手心直冒血珠子。猛吸一口气，“噌”地站起来，“咣当”把石子砸向远处“义乌市私立群星中学”的校牌。像头炸毛的狮子，又吼又叫……

“赵校长！赵校长！”

后头传来焦急的喊声。他梗着脖子，头也不回。直到副校长气喘吁吁地赶上来，他才猛然回头，看清了来人的脸。

“可算找着您了！听师母说……您准在这儿……天大的好消息！有贵人搭把手，校舍……校舍的事妥了！部队能给咱们腾地方……”

赵国良的耳朵里隐约捕捉到“校舍”“部队”“解决”这几个词，整个人仿佛脚下踩空，软绵绵的。愣了半天才问：“解决？啥解决了？”

副校长咕咚咕咚灌了半瓶矿泉水，凑在他耳朵边嘚啵起来。听完这话，赵国良被石子硌破的手直哆嗦，血珠子啪嗒啪嗒往下掉。月光洒在他因激动而颤抖的脸上，呼吸也随之变得急促。心中那即将熄灭的希望之火，仿佛被一阵风吹旺，瞬间熊熊燃烧起来。

想起这些日子受的窝囊气，眼眶子立马就湿润了。

跟着副校长深一脚、浅一脚往工地外走，他瞄着天边那牙月亮，心里直嘀咕：“这是老天爷开眼？”“还是时来运转了？”

1995 年 7 月底，经朋友牵线，经过多次的沟通，对方被他的诚意与教育情怀打动，同意以相对合理的价格出租原义乌火车站的海军机械营营房，总算把没地儿办学的难题给对付过去了。那一刻，赵国良眼中闪烁着激动的泪花，所有的艰辛与付出，在这一刻都化作了成功的喜悦。

铁西路 5 号。

天刚蒙蒙亮，薄雾里漏出的晨光正巧打在废弃军营生锈的大铁门上。赵国良站在大门口，深深吸了口早晨带着铁锈味的空气。钥匙插进锁孔“咔嗒”一响，活像吹响了起床号，这座荒废多年的军营就要摇身一变，开启教书育人的新篇章。

考察工作整整忙活了一天。赵国良在营房里来回转悠，时不时伸手敲敲砖墙，评估着这些曾经的军事要地是否还有保留的价值。摸着厚实的墙面，他眼睛一亮：“这房子就像老兵的铁骨，再站五十年岗都不带晃的，安全得很！”

走到一面墙漆斑驳的墙壁前，赵国良突然站定："这堵墙得留着！改造成荣誉墙正合适。"他抚摸着墙上褪色的"保卫祖国"的标语，指尖轻轻滑过斑驳的字迹，心中思量，将"做人、求知、成才"的校训镌刻于此，与这老标语相映成趣，精神内涵不谋而合。

要把长条营房改成教室可不容易，得拆墙破格局。可赵国良指着中间走廊死活不让动："这过道当年是紧急集合的通道，还撑着房梁呢！"在他眼里，这儿的每块砖都刻着故事。他心里渐渐亮堂起来：这哪是简单装修，分明是在给精神火炬续火苗。

"军事痕迹都得留着！"赵国良盘算着，"操场边白杨树上战士们刻的身高线，旁边再添上学生们的成长记录。荣誉墙上不光贴竞赛奖状，还得挂军营的老锦旗。"他琢磨着要淘换些旧军用水壶、武装带，让保家卫国的老物件和教书育人的新气象碰出火花，实实在在地告诉孩子们："这儿以前是铁打的军营，现在是造梦的学堂。"

忙活了一整天，赵国良回到办公室，往堆满文件的办公桌前一坐，开始认认真真列单子。教室要水泥、要木材、要课桌、要黑板……每个项目后面都画着个大问号。怎么既省钱又能建出有特色的学校？这难题就摆在他面前。正犯愁呢，外头突然闹哄哄响成一片。

副校长推门进来，急得直搓手，张嘴就问："赵校长，营房里连一间像样的教室都没有，这可咋整啊？"

赵国良不紧不慢地掏出公文包，抽出精心画的设计图。图纸"哗啦"一声展开，他指着上头说："房子旧了能修，场地乱了好整。关键是这儿远离闹市，清静得很，正适合读书做学问。"图纸上教室、办公室、宿舍、操场标得清清楚楚，他眼睛亮晶晶的，"我就要在这旧军营里，办一所不一样的学校。"

"那钱从哪儿来呢？"副校长问到了点子上。赵国良仰了仰头，信心十足地说："活人还能让尿憋死啊？"

缺钱这事儿像座大山似的挡在面前。赵国良个人那点积蓄早全掏出来了，面对改造工程和办学开支，急需钱哪。那些日子，他如同被一股无形的力量驱动，不辞辛劳地穿梭于亲戚朋友之间。

在人家的沙发上，他一坐便是良久，耐心地阐述自己的办学理念，细致地描绘学校的未来蓝图，只为能多筹集到一笔资金支持。

开厂子的朋友直挠头："国良啊，不是我不帮你，现在生意实在难做，钱都转不开。"赵国良挺直了腰杆，诚恳地说："楼总，您的投资并非石沉大海，而是如同播撒爱的种子。我向您保证，每一分钱都会用在最关键的地方，绝不会辜负您的一片好意。"

功夫不负有心人，好消息终于来了。"赵校长，我这有点闲钱，您办学要紧，先拿去用!"热心人这么一说，东拼西凑的，总算把启动资金给攒齐了。

改造工程热火朝天地干起来了。赵国良心里的大石头落了一半，脸上总算有了笑模样。为了节省开支，他率先垂范，带领老师们卷起袖子投入劳动。搬砖、清运垃圾，一天下来，尽管身体疲惫不堪，但他的眼神却更加明亮——那是对未来充满希望的光芒。

"校长您歇会儿吧，都忙活一整天了。"年轻老师实在看不过去。赵国良摆摆手，眼睛盯着工地："时间不等人哪。"

经过近一个月的忙碌筹备，群星中学终于符合了开学的条件。校园里还堆着建材，但已能看出学校的模样。有老师过来问："赵校长，学校能开学了，您不高兴吗?"他缓缓转过身，轻声细语道："高兴自是高兴，但肩上的责任却越发沉重了。现在基础有了，我得把学校办出个样儿来，才对得起大伙儿的信任。"

义乌市政府可谓敢为人先！即便缺乏政策支持，也积极创造条件推进工作。民办教育关乎重大，政府对于那些真心实意投身教育事业的人士，必然给予充分尊重与支持，绝不能让他们寒心。在需要伸出援手之际，政府更是毫不犹豫，全力以赴。

再说这“义乌市私立群星中学”一立起来，恰好弥补了民办教育的不足，为义乌的整个教育体系增添了一抹亮丽的色彩，堪称开门红。

换个角度看，赵国良此番恰逢其时，天时、地利、人和皆备，天将降大任于是人也，必将苦其心志，劳其筋骨，饿其体肤。眼瞅着就要大展身手，闯出一片天了！

赵国良是个有梦想的人，他特别尊重教育，也特别想把好的教育传承下去，于是他开始了民办教育的艰难旅程。赵国良也是个特别坚持自己教育梦想的人。他眼里充满了对好教育的渴望，坚定地投入到了民办学校的创建工作中。

每次遇到困难，每次希望落空，虽每次都像是一把把刀子扎在赵国良心上，让他难受，但也让他变得更坚强。他知道，民办教育这条路不好走，这只是个开始。但他相信，只要心里有梦想，脚下就有力量。

第六章

“军营”里的教育

1995年9月1日，铁西路5号。

“义乌市私立群星中学”九个鎏金大字在阳光下闪闪发亮。它宛如一棵刚刚破土而出的幼苗，承载着无数家长和学生的期望，在教育的领域中努力扎根生长。而对于这所民办学校来说，教育的开端，是从一场意义非凡的军训开始的。

当第一缕阳光洒在军训场地上，156名新生穿着清一色的迷彩服，整整齐齐排成方阵，像春天刚冒头的笋尖儿，虽然青涩但活力满满。大太阳晒得人汗珠子直往下淌，可这帮孩子的眼神都跟小豹子似的，又认真又精神。他们的眼神中，有对新环境的好奇，也有对未知挑战的忐忑。

民办学校的学生来源广泛，个性各异，军训成为将他们凝聚在一起的第一股力量。教官们身姿挺拔，口令声如洪钟般响亮。“立正！稍息！”每一个指令都在考验着学生们的纪律性和执行力。在群星中学的教育理念中，纪律是成长的基石。这里没有传统教育模式的刻板，却更加注重培养学生自我约束的能力。在军训场上，学生们开始明白，自由是在规则内的翱翔，只有遵守纪律，才能更好地实现自我价值。

在群星中学，新生入学就要进行军训，这是赵国良办学第一年就拍板定下的。

“开学头一天，是给孩子们立规矩的黄金时间。”开学典礼上，赵国良说话掷地有声。

台下的学生可能还品不出这话的深意，可赵国良心里跟明镜似的。这哪是简单的军训？分明是要给这帮孩子上一堂关于纪律、责任和成长的启蒙课。

站在讲台上，赵国良看着台下一个个稚嫩的面孔，他心里又暖又酸。岁月在他的鬓角悄然染上了白霜，然而那双眼睛，却依然闪烁着青春时的光芒。

在他眼里，教书育人可不光是教知识，更要雕琢品性。搞军训这事儿，是他琢磨了半辈子的教育经——要让孩子们在铁打的纪律里，学会像石榴籽一样抱团儿。

“校长，第一天就这么严，孩子们吃得消不？”有老师担心。赵国良笑眯眯地摆手：“年轻人嘛，就像小树苗，不经历风雨怎么扎根？汗珠子砸出的道理，他们会记一辈子。”

操场上口令声一浪高过一浪。赵国良背着手在边上转悠，眼睛跟探照灯似的扫过每个方阵。有的孩子累得龇牙咧嘴还在挺腰板，有的休息时帮同学递水、擦汗。这些细节如同一股暖流，悄悄涌进了赵国良的心田。

午休时，他走到树荫底下，听见一个小男生跟同伴说：“累是累，可比在家打超级马里奥带劲多了！”旁边扎马尾的姑娘接茬：“可不，我现在可算知道啥叫‘众人拾柴火焰高’了。”

“校长，您为啥非让咱们军训啊？”课间，一个胆大的孩子问。赵国良摸着下巴想了想：“军训哪，就像给宝剑开刃。现在吃点苦头，往后遇到啥难事都能扛得住。”

那孩子似懂非懂地点点头。赵国良也不急，当老师的都明白，教育这事儿啊，就像等花开，得慢慢来。他甘愿化作守护者，静候这些幼苗苗壮成长，直至成为参天大树，国之栋梁。

赵国良的嘴角不禁微微上扬，他知道，这些日子以来的辛勤耕耘，已经在这片年轻的土地上播下了希望的种子。

打这以后，赵校长多了个习惯：每天要在校园里转三圈。大清早在操场看晨跑，上课时趴窗户听讲，放学问问食堂饭菜香不香。看着这些青春洋溢的脸，他老觉得像是瞧见了年轻时候的自己。

一天，他伫立于教学楼前，目光追随着一个个渐行渐远的背影，恍惚之中，仿佛窥见了自己二十岁时的青春模样。他忽然明白，自己的青春是过去了，可孩子们的青春正当年。他要做的，就是给这些嫩芽们铺好成长的路。

自打军训开始后，校园里走路带风的多了，乱扔垃圾的少了。赵校长背着手站在操场边，看着孩子们生龙活虎的模样，心里那叫一个舒服。这场军训，练的是学生，也把他这个校长的心气儿又给练回来了。他把这些点点滴滴都收在眼里，存在心里，跟存老酒似的，越陈越香。

在军训的最后一天进行了会操表演。学生们步伐整齐，口号响亮，展现出了坚韧不拔的精神风貌。赵国良在检阅后发表讲话："军训是你们在群星中学学习生活的开始。在这里，我们尊重每一个学生的个性，鼓励你们勇敢地追求梦想。军训教会了你们纪律、坚持和团结，这些品质将伴随你们在未来的学习和生活中不断前行。"

从军训开始，群星中学的教育之旅正式启航。它以独特的教育理念和方式，为学生们打开了一扇通往成长和成功的大门。

开学刚满一个月，赵国良在教师会上抛出一句话："期中考试前要加场摸底考。考试范围不划重点，主要考查初高中各科基础知识。"他特意强调，"一周后开考，老师们别紧张，这就是个基础测试，不影响后面教学。"

底下有老师坐不住了："赵校长，这不多此一举吗？再过一个月就是期中考试，不照样能摸底?”说话的老师满脸写着不理解。

赵国良胸有成竹地回答：“期中考试固然能检验这两个月的学习成果，但若要窥见学生当前的真实水平，非得进行一次不设限的测试不可。”说着掏出记事本，“各科出题就按基础知识来，难度保持中等。题型也别限制太死——对了，如语文不只考作文，阅读也可以尝试。老师们尽管提方案。”

这招摸底考不仅考学生，更考老师。有人愁眉不展，焦急地挠头；有人则眼睛闪烁着光芒，兴奋地搓着手，仿佛发现了未知的宝藏。

转眼考试日到了，金风送爽，校园里的树叶被风刮得沙沙响。学生们在教室里迎来了新学期的首次摸底考试，考试处处透着赵国良的“新花样”。监考老师们比考生还要紧张几分，他们在考场内来回踱步，脚步声此起彼伏，未曾停歇。

考场内，一片寂静，只有笔尖在试卷上摩挲的沙沙声。有的学生眉头紧锁，紧盯着题目，似乎在与难题进行一场激烈的较量；有的学生则面露轻松，奋笔疾书，仿佛一切尽在掌握之中。

然而，在这看似平常的考试景象背后，却隐藏着诸多值得关注的现象。部分学生为了取得好成绩，不惜采取作弊手段，夹带小纸条，偷偷翻看课本，这些行为在监考老师锐利的目光下无所遁形。当被发现时，学生们有的惊慌失措，有的则试图狡辩，丝毫没有意识到这种行为违背了基本的诚信原则。

这一现象引起了赵国良的高度重视。他深知，教育不仅是知识的传授，更重要的是培养学生的品德和价值观。这些作弊学生大多是中考落榜生，学习习惯、考试纪律都有待加强。一次摸底考试，竟让学生们的诚信防线如此轻易地崩塌，这不得不让人深思。

在随后召开的教师会议上，他表情凝重地说道：“我强调要培养全面发展的学生，可如今，我们的学生在做人的基本准则上出现了偏差。

考试作弊，这不仅是对学业的不负责，更是对自己人格的践踏。”

在深入探讨中，老师们纷纷发言。有的老师认为，如今的教育评价体系过于注重成绩，学生们面临着巨大的升学压力，在这种压力下，部分学生为了满足家长和老师的期望，不惜耍小聪明。

有的老师认为，在日常教学中，虽然也进行品德教育，但往往流于形式，没有真正深入人心，学生们没有将诚信等品德观念内化为自己的行为准则。

赵国良静静地听着老师们的发言，心中思绪万千。他想起自己所倡导的做人教育理念，旨在培养学生的品德、责任感、团队合作精神等。他意识到，在追求升学率的大环境下，学校的教育天平在不知不觉中发生了倾斜，过于侧重知识教育，而忽视了做人教育的深入开展。

为了解学生的整体情况，赵国良抱着学生档案蹲在办公室，把入学资料和试卷摊了满桌。初中的学生大都是公办学校录取剩余的，高中的几乎全是中考落榜生。赵国良陷入了沉思，如何教育这些学生？钢笔最终在空白的草稿纸上落下重重的一笔，划出一个大大的问号。

要按老办法搞题海战术，现在学生人数少，老师个个都经验丰富，学生成绩肯定容易上去，但那岂不是步应试教育的后尘，背离了自己办校的初衷？

二十年的教学生涯，让他深刻洞察了应试教育的弊端——填鸭式的灌输与开放创新的时代需求背道而驰。窗外梧桐叶轻吟浅唱，赵国良凝视着墙上的“做人、求知、成才”的校训，缓缓将手中揉皱的草稿纸抚平。

其实，提出做人教育，并不是赵国良一时的心血来潮，而是在办学前，就经过深思熟虑。多少次，多少回，他都在思考这个问题，做人教育的基础就是启蒙养正，解决学生的行为习惯问题。这样做，不仅是对学生的今天着想，更是对学生的明天负责，为学生的终身发展奠定基础。

然而，做人教育是一个繁杂庞大的工程体系，培养学生良好的行为习惯并不是一件容易的事。赵国良又和老师们商议，制订一整套阶段性的便于操作的实施方案，决定从细微小事着手，从新生入学第一天做起，所以才有军训。

通过军训，学生不仅训练了列队姿势，同时强化规范了学生的学习纪律、生活纪律和团队精神。军训结束后一个月，则为巩固军训成果月，把成果导入课堂、宿舍、餐厅，然后滚动式地加以推进，并辅以规章制度加以保证。每天雷打不动的一节做人教育课，一次操前讲解，每周一次主题班会，全方位、分层次、多形式的教育活动，保证做人教育的内容落到实处，渗透于日常学习、生活的细节中。

从这场摸底考试引发的教育思考中，赵国良更加坚定了自己的做人教育理念。他深知，只有培养出品德高尚、人格健全的学生，才是教育真正的成功。这场摸底考试，如同一场及时雨，浇灌了校园里这片育人的土壤，让做人教育之花在校园里悄然绽放。

期中考刚结束，赵国良就召集老师们开了个碰头会，提出要搞“做人教育”，落实“做人、求知、成才”的办学理念。

“把‘做人教育’当头等大事，能行吗?”有老师嘀咕。

“咋不行？必须行!”赵国良一挥手，“改革就是要敢为人先。只要按教育规律办事，只要对学生成长有利，咱们就得甩开膀子干，不能前怕狼后怕虎。”

这话在理。改革就得有股闯劲，就像鲁迅先生说的，这世上原本没有路，走的人多了自然就成路了。赵国良就是要当那个开路先锋。私立群星中学想在竞争中站稳脚跟，必须搞出特色。深谙此道的赵国良早就把“做人·求知·成才”定为校训，德育当头，以德促智，把培养人放在首位。

“眼下，要从多个方面入手。首先，改革教育评价体系，不再单纯以成绩论英雄，而是将学生的品德表现、社会实践等纳入综合评价范畴。同时，加强对学生的诚信教育，通过做人教育课的形式，让诚信观念深深扎根于学生心中。”赵国良对做人教育实践提出了新要求。

此外，他还鼓励老师们在日常教学中，将做人教育融入学科教学中，做到润物细无声。

许多家长反映，孩子以寄宿为由，每两周回家一次就向父母要不少钱，周末上街去大手大脚花钱。赵国良想出了一个妙招——设计了粉红色的“用钱卡”。用钱卡的封面上赫然印着司马光教子的名言“俭以养德，奢则生恶”，每一名学生都领到了这样一本充满深意的小册子。

学生每周在学校里获得的奖励，以点数计入“用钱卡”，每次回家向父母兑换真钱当零用钱，取钱多少由家长签字，周末离校由班主任审核用钱情况。这项措施得到了家长的肯定和赞许，大大改善了学生乱花钱的现象。

教育需要突围。突围，从重塑教育信仰开始。改变从一场“校园军训活动”悄然启动。赵国良背着双手在校园里一圈又一圈地踱步。夕阳的余晖洒在破败的校舍上，勾勒出一幅苍凉的画面。但在他眼中，这片“军营”里，蕴藏着破土而出的生机。赵国良，正是那个挥镐开路的人。

第七章

无人看好的坚持

这天赵国良正在办公室批改作业，外头突然传来一阵急促的脚步声，噔噔噔地响。他正琢磨是谁呢，敲门声就响起来了。

抬头一看，副校长风风火火闯了进来。

“赵校长您还不知道吧?”王副校长急吼吼地说，“我筹备下学期招生时接到朋友电话，说外头传咱们群星中学校风差，对学生放养不管。还有……还有人说……”

“说什么?”

“还说咱们办学就是为了赚钱呢!”

赵国良心头猛地一沉，谣言本应止于智者，可眼下的流言蜚语却愈演愈烈，匪夷所思。到底是哪个缺德的在造谣？这也太不像话了。

副校长急得直搓手：“眼瞅着招生工作要启动了，校际交流也安排上了。这谣言要是传开，咱们学校口碑不得砸锅啊!”

赵国良没搭话，起身推开窗户。凉风猛地涌入，吹散了他的发丝。天际阴沉如墨，乌云翻滚如同汹涌的海浪。树叶哗哗作响，树枝摇曳不定。空气沉闷潮湿，令人窒息。突然一道闪电劈开天际，远处闷雷轰隆隆滚过来，眼看暴雨就要来了。

“这么着，”赵国良啪地合上窗户，“咱们搞个校园开放日，把家长都请来看看学校的教育门道，说不定坏事变好事。”

周五清晨，学校迎来了开学以来的首个开放日。

进校人数比预计的多了一倍！

参观到一半，有个家长突然发问："赵校长，我转悠半天了，咋没见着小卖部呢？"边上的副校长抢着接话："您这问题问着了！这事儿得从去年秋天说起——"他给家长讲了一件事。

那天下午，赵校长正批改作业，突然有人敲门。进来的是本地老板王总，后头还跟着个拎礼盒的随从。

王总上来就握手，"咱明人不说暗话，想在贵校开个小卖部，您看……"

赵国良让了座，随从哗啦打开礼盒，里头全是零食的样品。

"您瞧，"王总指着货架上的零食，"这些都是现在孩子们最爱吃的。我们不仅东西好，价格还特别实惠。另外，"他压低嗓门，"每年能给学校承包费20万，您看咋样？如果愿意把食堂也承包给我，承包费可以翻倍。"

赵国良拿起一袋薯片，仔细审视着配料表，随后轻轻地将其放回原位。

"王总，"他慢悠悠开口，"知道我们校训是啥不？"

王总卡了壳："这个……"

"做人·求知·成才。"赵国良走到窗前，"'做人'可是头等大事。您觉得这些零食能帮孩子们学做人吗？"

王总搓着手说："可别家学校都有小卖部……"

"正因如此，我们更不能以营利为目的开设小卖部。"赵国良转身斩钉截铁，"不能为了几个钱惯坏孩子。小卖部，绝非一场简单的买卖。别说20万，就是给我100万也不会给你！"

眼看王总还要张嘴，赵校长已经起身送客。

故事讲完，赵国良接过话题说："可能有人觉得小卖部不算啥。但教育无小事，每个细节都关乎孩子成长。咱们学校不赚学生钱，学习用品都是平价供应。”

家长们哗哗鼓起掌来。提问的家长起身：“赵校长，我懂了，您这是用行动说教育不是生意。”

赵国良点头说：“我们的所有决策都旨在促进孩子的健康成长，对于不利于培养良好习惯的做法，我们坚决摒弃。”

“现在明白了，说学校光想赚钱纯属瞎扯。”那位家长补了句。

逛到校门口，有家长好奇道:“赵校长，大门敞着咋没见学生往外溜?”

赵国良微笑着说：“您看，教室和办公室都没有安装防盗窗，但从未丢失过任何东西。”

家长瞪圆眼睛：“这是咋做到的?”

“全靠学生自觉。”

走到操场边，几个打篮球的学生冲校长挥手。

“咋不去小卖部买水?”家长故意问。

学生抹了把汗：“学校有热水，比饮料强。”

赵国良解释：“咱们用钱卡不是要管着花钱，是教孩子怎么花得明白。”

家长连连点头：“懂了，您这是用信任培养责任感。”

“没错，”赵国良说，“教育不是关鸟笼，是给片天空学飞翔。”

下课铃响，学生们鱼贯而出，没人向校门张望。

“看见没?”赵国良指指队伍，“自律已经成了习惯。”

家长感慨：“外面说的都是不真实的，学校管得严。”

赵国良望着远方:“教育就像树摇树、云推云，学校只管播下种子。”

又有家长问：“赵校长，做人教育课具体教啥？其他学校可没这门课。”

“问到点子上了！”赵国良接过宣传单，“咱们校训‘做人’排第一。这门课就是从点滴小事教学生学会做人，为将来成才打基础。”

“真新鲜！”家长们议论。

“就算家财万贯，孩子不会做人，各位能安心吗？”赵国良难得开玩笑。家长们嘴上没说，可心里却都清楚。

他们对学校的看法已经改变。

那天，赵国良站在办公楼窗前，望着操场上嬉戏打闹的学生，他的眉头不自觉地紧锁起来，形成了一个小小的疙瘩。

烈日炎炎，几个男生将校服随意地系在腰间，正肆无忌惮地用脚踢着操场边的垃圾桶。教学楼前的花坛栏杆旁，几个小姑娘悠闲地晃荡着双腿，嗑着瓜子，而餐巾纸则如同纷飞的雪花，轻轻飘落。

还有许多学生如同被霜打过的茄子，萎靡不振地站在那里，东倒西歪。赵国良抬手看表——这会儿都七点四十五了，早读铃都响过十分钟了。

赵国良，这位深耕教育领域多年的教育工作者，始终对教育有着自己独特的见解。他知道，传统的教育模式下，学生往往处于被动接受知识的状态，在纪律遵守上依赖老师的监督，生活中也缺乏独立自理的能力。

看到学生的表现，他不由自主地走向了广播室。

不久，大课间广播突然响了：“同学们，今天我就说几句话。”赵国良的声音顺着喇叭传遍操场，“学习为基，纪律为尺，卫生为镜。这三句话不是标语，而是我们这学期要共同践行的承诺！我们要做学习的主人，做纪律的主人，做生活的主人。”他调整了一下语气，接着说：“各班按‘三项活动’细则，每天要汇报，每周要评比，每月要发奖。班主任中午都来我办公室碰个头。”明明声音不大，却是让每个班主任后脊梁一紧。

中午的班主任会开得挺干脆。赵国良拿出《学生行为规范》一书，其上白纸黑字，赫然写着评比标准，并额外规定每日增设二十分钟品德教育课程。

重点即三句箴言：学习犹如地基，需唤醒沉睡的思维。通过课前导学、课堂思辨、课后精练等环节激发认知活力。纪律当尺子，规矩意识得刻在骨子里。使用标准化解题符号等日常践行，这类行为校准将锻造出伴随职业生涯的核心竞争力。卫生照镜子，活得讲究才算有品质。

涵盖个人储物空间管理、仪容仪表规范、环保实践参与等维度，这些具象化场景恰是评估学生素养的重要观测指标。

改变“满堂灌”的教学方式，取而代之的是分层教学、自主学习；设立“学生纪律监督岗”，从各个班级选拔出责任心强的学生担任监督员；开展生活技能比赛，培养学生的生活自理能力。

强调“三个绝对保证”，即每周一次的主题班会、每天 10 分钟的操前讲评、每晚 20 分钟的每日一小结，任何情况下不得挪作他用。操前讲评和每日一小结主要用来对照学生行为规范要求，既表扬好人好事，又开展批评与自我批评。

工作在有条不紊地推进。有天晚上下雨，赵国良查寝。十点半熄灯铃早过了，男生宿舍还闹腾得跟菜市场似的。循着声摸到 301 室门口，一股烟味直往鼻子里钻。

门一推，五个学生慌里慌张往被窝里塞东西。地上零食袋横七竖八，窗台上烟灰堆得像小山。

“掏出来吧。”赵国良语气平静得吓人。有个学生磨磨蹭蹭，半天才从被窝里掏出半包皱巴巴的红塔山，旁边还躺着一个破旧的打火机。

谁都没想到，赵国良居然没发火。

“说说，为啥抽烟?”

“烦你们整天纪律纪律的!”学生梗着脖子，“迟到扣分，发型不对扣分，笑大声了还扣分！当我们是劳改犯啊?”

赵国良静静地听完，眉头微蹙，眼神中透露出深思。

“睡吧，明早还要跑操。”说完扭头就走。

第二天，新版《学生行为规范》贴出来了，删了八条鸡零狗碎的规矩，倒是多了个“学生自治委员会”。

赵国良这些年如同一只不知疲倦的陀螺，将自己二十多年教书育人的心血和智慧，凝聚成一锅滚烫的浓汤，全部倾注在了“三项”教育的实践中。那时他常说三句话：

“我们要培养的是终身学习者，不是考试机器!”

“纪律是为了让你们在有序的环境中更好地发展。”

“完整的人首先要学会好好生活。”

他也记住了两句话。

学生说：“我们终于找到了比分数更重要的东西。”

家长说：“翻墙说明孩子运动能力超群，学校应该给他搭建展示的舞台。”

解缚、重构、扎根，那些关于自主、自律、自立的种子，正在年轻的土壤里悄然拔节。而播种的人，依然每天清晨巡视校园，却从未停下脚步——因为他知道，教育本就是一场没有终点的守望。

1995 年，教育的浪潮正被应试教育的劲风裹挟着，迅猛前行。在这个大环境下，分数成为衡量一切的标尺，学生们埋首于题海，老师们围绕着考点授课，学校的氛围紧张而压抑。家长们望子成龙、望女成凤，只关注孩子的成绩排名，认为只有考上好大学，才能有好未来。在他们眼中，德育不过是锦上添花，可有可无。

赵国良深知，这种片面追求智育的教育方式，正在把学生培养成只会考试的机器，而忽略了他们的品德塑造、情感发展和社会责任感的养成。长此以往，教育将失去其本质意义。

他决心改变这一现状，决定实施做人教育，提出了以德育促进智育的教育理念。他坚信，一个品德高尚、人格健全的学生，会拥有更强的学习动力、自律能力和创新思维，从而在学业上取得更优异的成绩。

然而，这一理念的推行从一开始就遭遇了巨大的阻力。学校内部，部分教师对赵国良的想法表示怀疑和抵触。他们认为，在如此激烈的升学竞争下，把时间和精力投入德育工作中，无疑是本末倒置，会影响学校的升学率，进而影响学校的声誉和自己的职业发展。

一位资深的数学老师找到赵国良，言辞恳切地说："校长，我教了这么多年书，深知学生的成绩是靠一道道题练出来的。现在课程本来就紧，哪有多余的时间搞德育？要是升学率下滑了，家长们能答应吗？"

面对来自教师和家长的双重压力，赵国良没有退缩。他知道，改变传统观念并非一朝一夕之功，需要用实际行动来证明自己的理念。当教育回归"人"的本质，所有的较量终将如春风化雨。

为了营造求知、成才的小环境，赵国良实施封闭式管理、开放式教学。学生每两周回家一次，平时不能出校门，最大限度地消除社会的负面影响。学校的大门敞开着，也没有门卫，但从来没有学生违规出一步。老师面向全体学生，作业实现面批面改。在注重文化知识全面提高的基础上，逐步实现英语、艺术两门学科的特色教育。大年初四，赵国良偕同副校长，冒着纷飞的大雪赶到杭州外国语学校，洽谈两校合作办学事宜。他想借助杭州的外语教学优势，搞好外语特色班教学。不仅如此，他还把目光移过大海，拟与澳大利亚一所中学联合办学。忙过这阵子，他将应邀飞抵异邦，共商教育大事。

月末总结会上，赵国良把"做人、求知、成才"的办学理念掰开了、揉碎了讲。他手指头不自觉敲着讲台边，阳光从窗户缝里漏进来，把他汗湿的衬衫照得发亮，水泥地上闪烁着如同碎玻璃般刺眼的光斑。

“教孩子做人可不是上嘴唇碰下嘴唇的事，得当成百年大计来抓。咱们得做好啃硬骨头的准备，再难也得往前拱！早年间我在工业学校那会儿，有个孩子……”他突然卡了壳，喉结上下滚了滚，硬生生把跑偏的话头拽回来。

赵国良越说越激动，脸涨成猪肝色自己都没察觉，后脖颈的汗珠子在日光灯底下闪着油光。他恨不能将“做人教育”四字深深刻入每位老师的心田。

副校长在第三排轻轻摇头，那动作犹如一根麦芒，不经意间刺痛了他的眼角余光。窗台边的绿萝藤不知啥时候垂到讲台边，叶片上的水珠恰好滑落，轻轻触碰他摊开的教案，将“德育纲要”四字染得斑驳。

底下沙沙的写字声跟春蚕啃桑叶似的，听得赵国良像喝了二两青柴滚，他语速直接提了三成：“上周二食堂泔水桶轻了两公斤，这说明啥？说明孩子们……”走廊突然咚咚响起的脚步声让他猛提嗓门，“说明三项行动见成效了！”后排几个年轻老师互相递眼色，钢笔尖在本子上戳出芝麻大的墨点子。

“这两个月啊，校园里再没见着掐架、抽烟、翻墙头的。”他伸着手指头在空中点点，粉笔灰扑簌簌落在西装袖口，“地上连个瓜子壳都找不着。最难得的是，没让保安当门神，孩子们也没往外跑。”

这会开得跟庆功宴似的。赵国良对学校现状挺满意，可心里明白：光自己偷着乐不行，得让大伙儿都认这个账。散会后他独自留在会议室，盯着马路对面墙皮剥落的老纺织厂仓库，铁锈像蚯蚓似的从裂缝里钻出来。

电话响了，传来一个反映周末有男生在外打架的消息。夕阳把窗框影子扯得老长，斜斜切在座机上。邻居大妈那句尖锐的“差生收容所”评语如同晴天霹雳，在他耳畔猛然炸响。

咋撕掉这老标签？他攥紧保温杯，指节泛白。操场那头，几个女生正踮脚擦“群星中学”的铁牌子，抹布蹭得铁皮吱吱呀呀响。副校长小心翼翼地探头进来，询问是否要关掉电扇，却在接触到他那凌厉的眼神后，吓得连忙缩回了脖子。

赵国良恍然大悟，深知良好的口碑才是学校发展的基石。他抓起粉笔在黑板上唰唰写道：下周开放日要晒学生内务，晒学生进步……粉笔突然“啪嗒”一声断成了两截，细碎的白灰如同点点繁星，溅到了他的脸上。

最后一缕夕阳穿过窗户，给黑板上的龙飞凤舞描上金边，那个“人”字最后一捺拖得老长，眼瞅着要冲破铁板框。

第八章

荒野建校

日子一晃就到了1995年11月。

赵国良看着在岁月的侵蚀下显得破旧不堪的学校，斑驳的墙壁、摇摇欲坠的门窗，他没有抱怨，而是暗暗发誓，一定要让这所学校焕然一新，给孩子们一个良好的学习环境。从那时起，新建校舍就成了他心中一个炽热的期望。

为了实现这个期望，赵国良又开始了漫长而艰难的奔波。他四处寻找资金支持，无数次地拜访当地政府部门，向他们阐述学校的困境和新建校舍的迫切性。每一次的汇报，他都准备得极为充分，那些翔实的数据、生动的描述，无一不展现出他对这件事的执着。

“领导，您看看孩子们现在吃饭的食堂，一到下雨天，屋顶就漏雨。这样的环境，怎么能让孩子们安心学习呢……我们必须得新建校舍了。”他的话语中充满了焦急与恳切。

然而，新建校舍哪有那么容易。有人质疑赵国良的能力，认为他不可能在这么短的时间内筹集到足够的资金。还有人说风凉话：“下学期能不能招到学生还不一定，想建新校舍，谈何容易，他就是在瞎折腾。”

面对这些质疑和嘲讽，赵国良没有退缩，他只对爱人说：“我不管别人怎么说，我只知道，为了孩子们，这件事我必须做成。哪怕只有一线希望，我也要付出100%的努力。你要支持我！”

他坐在办公室椅子上，太阳穴突突直跳。军营改造的校舍，地方实在太小，赵国良焦头烂额。他急需有自己的教学场地和教学设施呀！于是，他写信给时任义乌市委书记严高文同志。令他感动不已的是，严书记阅后即刻批示，各职能部门迅速行动。

1995年12月27日是个阳光明媚的好日子，更是个让人心潮澎湃的大日子。张荣山副市长亲自到群星中学开了个民办教育发展座谈会，重点就是要解决群星中学新校区用地这个问题，这个会在群星中学可是开天辟地头一遭。

下课时，天真活泼的孩子们嬉闹玩耍，调皮捣蛋，但只要一见到外来宾客，学子们立即止步，鞠躬，微笑致礼：“叔叔（伯伯）您好！”然后侧身，慢步而过。张荣山副市长第一次遇到这种情景时，好不感慨：“我跑了这么多学校，这还是第一所啊！”那是赵国良最大的欣慰。

会上敲定了新校区基建项目。1995年的最后一天，时任义乌市分管教育的副市长张荣山率教育局、发展改革委、国土局、建设局等部门的负责人，在群星中学召开了现场协调会，到场的多位局长纷纷表态积极支持赵国良征地创办独立校园。第二天元旦，是机关放假的日子，义乌市发展改革委就给群星中学送去了立项红头文件，批准在楼店村西京自然村征地。能够得到政府如此重视和支持，已到天命之年的赵国良热泪盈眶。他的创业信心如同扬帆的大船向着创业的彼岸飞驰！转过年来5月破土动工那天，市里领导都来挥锹奠基。

赵国良第一次踏上这块空白之地时，眼前的景象让他心中五味杂陈。这里是比较偏远的区域，四周田野环绕，交通极为不便。没有平坦宽阔的马路，只有蜿蜒难行的小道。穿过机场路的桥洞，感觉这边已是穷乡僻壤，远离城区了。

坐出租车要凭身份证才能出入，没带身份证只能下车走路，除非你会说义乌话。放眼望去，除了稀稀落落的几户人家，几乎感觉不到一点城市气息。

此刻站在轰鸣的工地上，那些吵人的机器声听着比交响乐还动人。赵国良这些天紧锁的眉头总算舒展开了。后来这些场景总在他脑子里打转，就跟昨天刚发生似的。

看着议题一个个落实，项目一步步推进，赵国良心中激动不已。当政府的批文化作一纸蓝图，落在这里盖起的就不只是一个校园，而是民办教育社会办学的新坐标，是当地政府对教育最本真的热忱，对外来建设者最温暖的支持。

感动归感动，夜里躺床上他就睡不着了。倒不是激动得慌，也不是设计图晃花了眼。嘴上说得信心十足，可深更半夜自己扒拉算盘：钱从哪儿来？这砸进去的钱能回本吗？拿啥还呢？亲戚朋友会戳脊梁骨吗？会不会落个烂尾楼？明年这楼里能坐满学生吗？

钱的事儿像块大石头压着心口，各种担忧让人窒息。

“改革总要付出代价，可这代价的底线到底在哪儿？”他先是向当地政府部门反映情况，详细阐述在这里建校的重要性和紧迫性，还有客观存在的困难。政府部门虽然给予了一定的支持，但资金远远不够。于是，他又踏上了寻求赞助的道路。

财务主任递来的纸条如烫手山芋，让他手不自主地颤抖——预算竟超出了三成，而后续还需购置昂贵的先进教学设备，更是资金匮乏，寅吃卯粮。

银行行长签字时笑得和善，可赵国良盯着那利率表来回算了三遍，后背直冒冷汗。施工队信誓旦旦地保证年底能封顶，然而建材价格却如脱缰野马，日日飙升，听得人心里七上八下、忐忑不安。

各种焦虑就像蜘蛛丝，缠得他喘不过气。某夜，他梦中立于悬崖峭壁之畔，左手紧握办学执照，右手紧攥着冰冷的财务报表，耳畔回响着身后众人齐声呼喊的“校长”二字，宛如催命符咒。

而一到白天，赵国良又会每天抽时间来工地。看着一块块砖石垒起，他的心中充满了期待。“这座教学楼一定要坚固、明亮，让孩子们能在最好的环境里学习知识。”他对施工人员反复叮嘱，每一个细节他都不放过，从教室的采光到桌椅的摆放，他都亲自规划。

他想象着未来孩子们在这里读书、欢笑的场景，那将是他最幸福的时刻。他期望这里能成为孩子们梦想起航的地方。在他心中，这不仅是一所传授知识的学校，更是培养孩子们品格和价值观的摇篮。

他常常对身边的人说：“我们要培养的，不仅是成绩优异的学生，更是有担当、有爱心、懂得感恩的人。”

1996 年秋天，义乌稠城镇城北办事处地界上，楼店村西京自然村突然冒出来个新校园。教学楼虽然不高，但是特别扎眼，设计特别现代，亮堂的颜色配上流线造型，看着就让人觉得年轻有朝气。

走进教学楼，阳光从大窗户哗啦啦洒进来，照得每间教室都亮堂堂的。装修得极为考究，仿佛每一面墙都在低语：“此地必出英才！”学生宿舍区整整齐齐排成排，绿树红花围着转，跟住在花园里似的。

机场路 577 号。

赵国良矗立于操场中央，凝视着眼前的景象，心中激动不已，胸口起伏不定。他觉着时间跟踩了油门似的，自己那个“办大学校”的念头眼瞅着就要成真了。

突然想起来去年刚拿到批文那会儿，这块地还野草丛生呢。现在倒好，水泥地、瓷砖墙，现代化得能照出人影儿。他深吸一口气，仿佛空气中都弥漫着希望的芬芳。

走到还在收尾的教学楼底下，工人们叮叮当当忙活着。包工头蹭过来，支支吾吾半天没说话：“赵校长，那个……”

“又缺钱了？”他问得倒是淡定。

“不是……”包工头搓着手心，“弟兄们合计好了，剩下的活计工钱先欠着，等学校有了钱再说。”

赵国良脚下如同生了根，嗓子眼一阵酸楚。“谢了。”憋了半天就挤出这俩字。

“校长，以后我家幺儿来群星上学给走个‘后门’啰。”四川口音的小个子工人边抹水泥边大声嚷着。

往楼上瞅，工人们正装窗户呢。太阳底下的玻璃亮得晃眼，跟满地撒了星星似的。顺着楼梯爬到四楼，望见远处村子的炊烟，再远点的山包包起起伏伏。秋风带着稻香味飘过来，他闭上眼睛，好像已经能听见明年这时候，这里到处都是孩子们的读书声和打闹声。

1996 年 9 月，学校迁入新校园。那天早晨，赵国良站在“军营”门口，望着斑驳的教学楼，眼眶不禁有些湿润。这座承载了他回忆的校园，即将完成它的使命；而今天，全校师生要靠双手双脚，将整个学校搬到十里外的新校园。

“同学们，老师们，今天我们要一起完成一项了不起的任务！”赵国良的声音在尘土飞扬的小操场上回荡，“虽然没有卡车，没有起重机，但我们有团结的力量，有对新学校的期待！”学生的脸上洋溢着兴奋与好奇，老师们则有条不紊地开始组织。

出发的号角吹响了，队伍浩浩荡荡地踏上了征程。教师、学生手抬肩扛，课桌凳、学生睡床、餐桌、教学设备、书籍……没有一个人抱怨，没有一个人放弃。

夜幕降临，赵国良站在教学楼前的操场上，望着教室里忙碌的身影，心中感慨万千。这一天，大家用双手、双脚和双肩，完成了搬迁的任务。他知道这段搬迁的旅程，不仅是空间的转移，更是一份珍贵的记忆，一种团结精神的传承。

赵国良洞察世事，判断精准，胸怀宽广且胆略非凡。他和别人最大的不同，就是既能在高处想大事，又能踏实做实事。自从搬到新校园后，他心里总想着“大学校”的事。

“赵校长，您瞧瞧咱们学校现在多气派！”副校长拿着文件走过来，笑得见牙不见眼。

赵国良点点头，眼睛还盯着教学楼：“楼是盖好了，真正的硬仗才刚要开始呢。”

两人漫步于操场，夕阳如金，将跑道镀上一层绚烂，长长的影子在地面缓缓延展。副校长看他愁眉不展，试探着问：“您是不是有什么心事啊？”赵国良突然站定，望着天边：“记得开学典礼我说过啥吗？我说群星现在虽小，但小树苗能长成参天大树，丑小鸭也能变成白天鹅，不过得慢慢来。”

副校长直点头：“这话我们一直记着呢，跟座右铭似的。”

赵国良叹口气：“光有漂亮大楼可不够，得打出教育品牌。家长们最认啥？中高考升学率！没有好的升学率，学校难以吸引优秀生源，而没有优秀生源，学校的品牌和声誉也难以建立。”

副校长挠挠头：“可咱们现在招生挺顺利的，您是不是多虑了？”

赵国良转身，目光如炬：“眼下的顺利，不过是众人尚未寄予厚望。若只图安逸，不思进取，终将自食恶果。我们必须未雨绸缪。”

副校长若有所思：“那您想怎么做？”

赵国良眼睛一亮：“从小学抓起！咱们自己培养的孩子就不会跑别处去。实施小初高一体化教育，辅以寄宿管理，着力培养孩子的自理能力，这正是那些忙于生意的家长期盼的！”副校长一拍大腿：“妙啊！这样既能留住好苗子，还能按咱们的套路培养人。”

赵国良继续道：“创办群星，旨在搭建一个平台，为有教育梦想的人提供舞台。让经商家庭的孩子得以安心求学，家长亦可无后顾之忧地投身事业。”

副校长感慨："您这眼光真是没谁了！照这么干，群星绝对能成为义乌教育界的金字招牌。"

赵国良笑着拍拍他肩膀："路还长着呢，不过咱们已经上路了。走，瞧瞧孩子们晚自习去。"

两人的身影又慢慢融进夕阳里，影子在跑道上拖得老长。教学楼那边传来阵阵读书声，像是在回应赵国良的期待。夕阳洒在校园里，他望着眼前这片金灿灿的光景，感觉群星学校的未来充满希望。

赵国良独自坐在办公室，台灯照着桌上摊开的增设小学部规划书。他手指摩挲着纸面上的数字：教师编制、教室改造、教材采购……每个数字都压在他心头上。

窗外夜色浓得化不开，偶尔传来几声虫鸣。他踱步至窗前，凝视着那座崭新的教学楼，心中五味杂陈。那楼刚盖好没两个月，砖缝里的水泥味都还没散干净。

"是不是太心急了?"他对着玻璃叹了口气。中学部初具规模，但资金依然捉襟见肘，教师培训体系也仅见雏形。此刻增设小学部，学校更是步履维艰。

正如树根需深扎土壤，方能汲取养分茁壮成长，而枝叶繁茂亦能反哺树根，促进其更加健壮。1997 年 8 月，经过多轮调研，群星中学正式拍板增设小学部，改名"义乌市私立群星学校"。为跟上发展节奏，学校紧锣密鼓启动了二期工程，国际教育中心的蓝图也摆上了桌面。

随着群星学校小学部的成立，学校成功打造了从幼儿园到高中的完整教育体系。这一举措不仅推动了学校自身的稳步发展，还有效缓解了当地孩子上学难的问题，为市民提供了优质的教育资源。

赵国良扎根学校了。靠着这份扎了根的教育情怀，他坚信自己能在三尺讲台上，闯出一片值得守护的天地。

第九章

破局尝试

在应试教育的大环境下，分数似乎成了衡量一切的标准，学校里的课程安排也大多围绕着中高考的必考科目。学生虽然在文化课程的学习上都很努力，但整体氛围却显得有些沉闷。许多学生对学习缺乏热情，只是机械地为了考试而学习。

他深知，每个孩子都有自己独特的天赋和潜力，不能仅仅用分数来定义他们的未来。

那是 1997 年 8 月的一个上午，赵国良正在操场散步，忽然感觉凉风裹着湿乎乎的水汽扑面而来，眼看就要下雨了。他走到了教学楼二楼，在教室的走廊里看到了学生们自己绘制的黑板报。那些色彩斑斓的图案、充满创意的设计，让他眼前一亮。

他停下脚步，仔细欣赏着这些作品，心中突然有了一个想法：为什么不尝试在学校开设艺术班呢？让那些对艺术有兴趣、有天赋的孩子能够有一个更好的发展空间，同时也能为学校带来不一样的活力。

当赵国良把这个想法在会议上提出来的时候，立刻引起了轩然大波。有的领导表示反对，他们认为在当前应试教育的背景下，学校的首要任务是提高升学率，而开设艺术班无疑会分散学校的资源和精力。

“我们的师资力量有限，把精力放在艺术班上，会不会影响到其他学生的文化课教学质量？并且艺术班的学生将来的出路也不确定，万一搞不好，对学校的声誉会有影响。”一位副校长忧心忡忡地说道。

面对这些质疑和反对的声音，赵国良并没有退缩。他耐心地解释道：“我们不能只看眼前的升学率，而忽视了学生的全面发展。艺术教育不仅能够培养学生的创造力和审美能力，还能提升他们的综合素质。”

“开设艺术班并不是要放弃文化课教学，而是要探索一种让艺术与文化相辅相成的教育模式。至于师资问题，我们可以通过外聘专业教师和培养本校教师相结合的方式来解决。”

在赵国良的坚持下，领导班子最终决定先进行一次校内调研，了解学生和家长对开设艺术班的态度。

调研结果显示，有相当一部分学生对艺术有着浓厚的兴趣，希望学校能够开设相关课程。家长们的态度则比较复杂，一部分家长担心艺术班会影响孩子的文化课学习；而另一部分家长则表示支持，认为如果孩子在艺术方面有天赋，能够得到专业的培养也是一条不错的出路。

看到调研结果后，他更加坚定了开设艺术班的决心。

“虽然社会上普遍认为艺术生选择这条道路是因为文化课成绩不佳，但事实上，艺术生需要掌握的专业技能和理论知识同样重要。”

“家长和公众对艺术生有的偏见，往往忽略了他们在艺术领域所付出的努力和取得的成就。”

“那他们自己呢？”

“也没底气。除了个别真有天赋的，大部分好苗子都是拿钱堆出来的。”

“胡扯！不刻苦能出人才？哪个大艺术家不是拼出来的？”

“根据最近的摸底调查，艺术生们在学术表现上面临挑战。尽管艺术生在专业领域内可能有出色的表现，但他们在文化课成绩上往往不尽如人意，在一定程度上会影响班级的平均分。”

“艺术教育宛如一颗明珠，本应散发着独特的光芒，照亮学生的心灵世界，培育他们的审美能力、创造力与人文素养。”

“在以升学为终极目标的激烈竞争中，艺术教育被边缘化，成为可有可无的配角。”

赵国良骨子里流淌的，是那份永不言败的热血！他敏锐地捕捉着大家的观点，时而思索着学校以培养复合型人才为重，不必过分拘泥于专业；时而又坚定信念，群星学校的任何领域都不能有丝毫懈怠！

“艺术不是装饰，是让心灵保持湿润的雨露。”他心里暗暗说道。他决心打破应试教育的桎梏，为学校的艺术教育开辟一片新天地。他深知，改革之路必定充满艰辛，但为了学生的成长与未来，他愿意全力以赴。

赵国良四处奔走，联系了一些当地知名的艺术家和艺术院校的毕业生，邀请他们来学校兼职授课。同时，他还鼓励学校内部有艺术特长的教师参加专业培训，提升自己的教学水平。在他的努力下，艺术班的教师队伍逐渐组建起来。

在艺术班正式开课之后，新的问题又接踵而至。由于艺术班的课程安排与普通班级有所不同，学生们需要花费更多的时间在艺术课程上，导致他们的文化课学习时间相对减少。

一些文化课老师开始抱怨，认为艺术班的学生不重视文化课，成绩下滑明显。而艺术班的学生们也感到压力很大，他们既要兼顾艺术课程的学习，又要跟上文化课的进度，常常感到力不从心。

面对这种情况，赵国良再次陷入了沉思。他意识到，要想让艺术班真正取得成功，就必须找到一种平衡艺术课与文化学习的方法。于是，他提出了“分层教学、个性化辅导”的理念。根据学生的艺术水平和文化课基础，将艺术班的学生分成不同的层次，制订个性化的教学计划。

对于艺术基础较好、但文化课相对薄弱的学生，在保证艺术课程质量的前提下，增加文化课的辅导时间；对于文化课成绩优秀、但艺术天赋稍显不足的学生，则侧重艺术技巧的培养。

他策划了一场校园文化艺术节。群星学校的日子本来过得循规蹈矩。学生们每天就是上课下课、吃饭睡觉，偶尔闹点小动静也掀不起大浪。

直到有天公告栏贴出张告示，整个校园都沸腾了。学生们纷纷报名参加，有的表演舞蹈，有的演奏乐器，有的展示自己的绘画作品。在那段时间里，校园里充满了欢声笑语，艺术的气息弥漫在每一个角落。

“绘画比赛？奖金丰厚？还能推荐去省里展览？”学生们挤在公告栏前叽叽喳喳。告示上写着不管是不是艺术生都能参加，得奖作品不光能上省级画展，学校还给重奖。更兴奋的是，接下来还要办音乐、书法、跳舞、体操各种比赛，奖金一样诱人，表现好的还能往更高平台推荐。

这事儿的策划就是赵国良。他早摸透了，艺术生的兴趣就是最大动力，只要把兴趣勾起来，学习态度和纪律自然就上道了。这才想出一连串比赛来点燃学生的艺术热情。

告示一贴出来，学校立马跟开了锅似的。艺术班那帮学生更是像打了鸡血一样，画室里都是埋头画画的身影，排练厅里舞蹈生练得汗流浃背，图书馆书法爱好者们安安静静翻书找灵感。

现在艺术生可成了校园红人。走在校园小径，常闻人语：“瞧！那是艺术班的刘同学，其画技堪称一绝！”“啊，艺术生真是我们的榜样！”听到这个，学艺术的学生笑得像花儿一样，走路都带着满满的自信。

随着比赛的举办次数增多，艺术班的学生们行为发生了显著变化。他们不再表现出消极的学习态度，而是开始相互帮助，共同取得进步。

师生关系也变亲了，老师能更好地指导，学生也更珍惜老师的付出。

赵国良站在教室门口，看着学生们忙活的样子，心里美滋滋的。他知道这些活动不光是展示才艺，更是给心灵洗澡。学生们找到了兴趣方向，还学会了合作和迎难而上。

绘画比赛这么成功，赵国良又趁热宣布要办音乐、书法、舞蹈系列赛。消息一出，校园瞬间沸腾，仿佛化身为艺术的盛宴，学生们在这片艺术的海洋中尽情遨游，追寻着各自的梦想。

随着时间的推移，学校的艺术教育成果逐渐显现出来。在各种艺术比赛中，学校的学生屡获佳绩。更重要的是，学生们的综合素质得到了显著提高，他们在学习中更加积极主动，思维更加活跃。

曾经被认为是“边缘”的艺术教育，在赵国良的努力下，逐渐焕发出了生机与活力，成为学校教育的一大亮点。

回顾艺术班从筹备到发展壮大的历程，赵国良感慨万千。他说：“在应试教育的大背景下，开设艺术班确实面临着诸多困难和挑战。但是，我始终相信每个孩子都有自己的闪光点。我们的责任就是要发现这些闪光点，为孩子们创造一个能够充分发挥自己潜力的平台。艺术教育不仅能够让孩子们学到一技之长，更重要的是能够培养他们的审美情趣、创新思维和人文素养，让他们成为一个全面发展的人。”

一转眼就到了春节前夕。忙活了一学期的赵国良本来可以好好歇歇了，可谁承想又出事了。

那天寒风刺骨，他正在外头办事呢，手机突然响了——是副校长打来的。

“国际教育中心工地的工人拿着铁棍铁锤，把您办公室的门砸了，连书柜和椅子都没放过！您赶紧回来！”

挂了电话，赵国良顾不上多想，赶紧坐车往学校赶。快到校门口时，发现路被车流人群堵得水泄不通，乱哄哄的吵闹声中传来喊叫：

“不给结工程款，谁都别想进！”

“叔叔让我们进去吧，还要上课呢。”

“嘿，进？叫你们校长来！”

“校长出去办事了。”有位老师回答。

“那他啥时候回，我们啥时候放人进。”

赵国良钻出车，挤到人群前，冲着领头的壮汉说：“老师和学生是无辜的，先放他们进去。”

“不行！我们也不是没催过，学校今天推明天、明天推后天的。大伙儿都等着回家过年，爱人、孩子眼巴巴盼着呢！”壮汉态度坚决，根本不知道眼前的人就是校长。

“实在对不住，我也是农村出来的，特别能理解。再宽限几天行不？”

“不行！今天见不着钱，别怪我们翻脸！”

这话听得赵国良心里直发苦。眼看着二期工程即将竣工，资金链却如断线的风筝，猛然坠落，那上百万的工程款仿佛被无形的锁链紧紧锁住，无法取出。这些日子，他愁云满面，茶饭不思，夜不能寐，整个人犹如置身于熊熊烈火之中，备受煎熬。

眼看工人们油盐不进，赵国良别过脸，不敢看门外师生们焦急的眼神……

正僵持着，财务主任突然挤过来，把他拉到边上：“刚和几个老师、家长商量了，大家愿意凑钱。”

赵国良眼眶泛红，目光紧紧锁住主任，喉咙仿佛被一团无形的棉絮堵塞，难以言喻的感激与无奈交织在一起。

“校长别急，咱们慢慢凑。”

他紧紧攥住主任的手：“我再去亲戚朋友那儿想想办法。”

当事情越闹越大时，教职工们站出来了、亲朋好友站出来了、家长们也站出来了。当天晚上大家东拼西凑，愣是把工程款给凑齐了，帮赵国良过了这道坎。

校园总算恢复了平静。

可赵国良心里却翻江倒海。这份在危难时刻伸出的援手，不仅关乎金钱的援助，更是众人对他深深的信任与鼓励。这份认可犹如熊熊燃烧的烈火，将他心中的那一丝动摇彻底燃烧殆尽，化为乌有。

办学校这些年，什么沟沟坎坎没遇见过？找场地、筹资金、搞宣传、招老师，哪一样不是历经艰辛，让人心力交瘁？失败与挫折如同家常便饭，但他总能从每次跌倒中重新站起，且越挫越勇。

就这样一路跌跌撞撞，赵国良硬是从困境中吸取经验，将前行的道路越走越宽广。说到底，是这股子不服输的劲头，让他闯过一关又一关。

1998 年 4 月的一天，天还没大亮，赵国良床头的手机突然嗡嗡震动。他眯着眼摸到手机，屏幕上的“副校长”四个字让他瞬间清醒大半。

“校长！圣马克那边让我们赶紧过去敲定合作！”电话那头的声音激动得发颤。

赵国良掀开被子坐直，初秋的凉气让他打了个哆嗦，胸口却像揣了团火。扭头看窗外，晨雾还裹着教学楼模糊的轮廓。

“这就来！”他抓起床头的衬衣就往身上套。

五分钟后，赵国良踩着露水往办公楼赶。清晨的校园静得能听见自己脚步声，直到在连廊拐角撞见抱着文件袋小跑的副校长。

“机票订好了，下午两点飞！”副校长抹了把额头的汗，文件袋被撑得鼓鼓囊囊，“得把材料备齐了。”

两人并排走得飞快，赵国良闻到对方身上飘来的咖啡味儿——这老伙计怕是天没亮就开始忙活了。

“圣马克那边怎么说?”

副校长抽出一沓文件递过来，说：“根据双方初步达成的合作意向，甲方和乙方共同开展合作项目。项目将整合双方资源和技术优势，共同开发、推广和应用。”

打印机在办公室里发出“咔嚓咔嚓”的声响，不断地吐出纸张。赵国良瞥了眼挂钟：七点半。等收拾完材料，回家拿行李，爱人还在睡着，他拎着箱子轻手轻脚走出门。

飞机爬升时，赵国良就着阅读灯研究材料。隔壁座的副校长早歪着脑袋打起呼噜，眼镜腿都歪到耳朵后头去了，手里还攥着一份资料。

签字时，赵国良紧握着钢笔的手突然一沉。笔尖悬停在纸上那短暂的半秒，他的脑海中如同电光石火般闪过一个念头——“咱们这一步，是不是迈得太急了些?”

这哪是张纸啊，分明是把钥匙。开了这扇门，孩子们就能看世界；可要撑起这扇门，咱的课业、老师、管理，真能接得住国际标准吗?

三天后的升旗仪式上，赵国良攥着话筒的手直发汗：“从今天起，我们不光是城镇学校，更是世界的学校!”

台下年轻老师们眼睛亮晶晶的，赵国良忽然懂了——这份合作最金贵的不是课程资源，是让大伙儿心里都揣上了盼头：“好日子在前头呢。”

在应试教育的大环境如同一张密不透风的大网，笼罩着国内万千学子与教育工作者之时，赵国良却怀揣着别样的教育梦想，毅然决然地踏上了一条鲜有人走的路，开启了国际教育的新篇章。

第十章

危机中的担当

1998 年 6 月，天气炎热如火炉，学校会议室内的老吊扇吱呀作响，却丝毫未能驱散暑气，更无法缓解室内那股令人窒息的压抑氛围。

赵国良坐在长桌顶头，汗把衬衫后背都洇透了。他盯着桌上那叠招生报表直皱眉，外头知了叫得人心烦意乱。

“这是最近家长来校参观的记录，还有报名数据和抽查的问卷。”副校长扶了扶眼镜，递过来厚厚一摞材料，“报告里明明白白写着，家长对校风评价确实上来了，不过……”

赵国良注意到副校长的手指在纸边不自觉地摩挲，心中不禁猛地一沉。

“可多数家长还是犯嘀咕，”副校长接着说，“主要是对学校做人教育的办学理念不踏实。加上新学校没升学成绩当招牌，大伙儿都抱着观望态度。不过要是今年中高考能出彩……”

底下响起嗡嗡的议论声。赵国良抬眼一扫，见好些老师都在点头。“您说得在理，”赵国良接话，“但具体说说，家长对做人教育哪块不放心？”

副校长干咳两声：“大部分家长觉得，眼下最要紧的是考试能拿多少分，能不能进好学校。学校育人理念……他们觉着不实在，跟应试不沾边。”

赵国良察觉到副校长言及此事时，眼神闪烁不定，会议室内的静谧让电扇的微弱声响也显得格外清晰。

“赵校长，”副校长突然拔高嗓门，“咱是不是也得看看大环境？家长的心思明摆着，应试教育这杆大旗都立了多少年了。咱非要搞什么做人教育，是不是有点……”

话没说完，赵国良站了起来，“什么意思？”“我们的老师，天天坐办公室把良心坐凉了？教书育人四个字都忘后脑勺了？”

副校长的钢笔“当啷”掉地上，在死静的屋里格外刺耳。

“往后我不想再听见这种话！”赵国良喘息声重，质问道：“我倒要反问一句，培养孩子健全人格何错之有？若一味追随市场风向，那我们教师、学校的存在意义何在？”

副校长脸色煞白，脑门上一层油汗。其他老师都盯着桌面，恨不得把头埋进文件里。

“散会！”说完，赵国良抓起材料往外走，手搭上门把又扭头补充了句：“各位回去好好琢磨琢磨。”

回到办公室，他背靠着墙壁，缓缓吐出一口长气，仿佛将胸中的压抑一并释放。七月的热风扑在脸上，他却觉得浑身发冷。操场上有几个学生在打篮球，笑闹声顺着窗户飘进来。

“这才叫教育……”他攥紧手里的材料，指节都发了白。

在教育的漫长征途上，应试教育的浪潮如汹涌波涛，一次次拍打着那些坚守初心的教育者们。在这股浪潮中，赵国良却宛如一颗闪耀的星辰，努力在这片阴霾中照亮前行的道路，坚守着做人教育的阵地，用他的实际行动诠释着教育的情怀与担当。

他时常告诫老师们：“教育的本质不仅仅是传授知识，更重要的是培养学生如何做人。”他常常在学校的会议上对老师们说：“我们不能只看眼前的分数，而忽略了孩子们长远的发展。我们要为他们的一生负责，教会他们如何成为一个有担当、有爱心、有独立思考能力的人。”

“教育是一场漫长的旅程，我们要在危机中坚守，在坚守中前行，为孩子们的未来点亮一盏明灯。”在应试教育的危机中，始终坚守着做人教育的初心。在赵国良的身上，我们看到了教育的希望和力量。

私立群星学校是一片独特的土壤，孕育着无数的希望与可能。而在这片土壤中，赵国良如同一位深耕的农夫，肩负着培育幼苗、守护成长的重任。为了坚守做人教育，不断探索。

1998 年 7 月，在全校师生共同努力下，第一届学生全都顺利毕业，初中部 102 人、高中部 56 人圆满完成学业。最让人高兴的是，高三的金海滨、余群考上了浙江大学，朱丹等 14 位同学被复旦大学、北京邮电大学等其他著名高校录取；更惊喜的是初三学生参加中考，竟然获得全市综合得分第一！

赵国良终得释然一笑，那笑容难得一见，温暖如初春阳光。要知道，就连当初和澳大利亚圣马克学院签订合作协议时，他都没这么开心过。这些捷报频传，犹如天籁，是他办学征途中最动听的旋律。

他抿了口茶，急忙翻开电话本，抓过电话挨个打。他要第一时间把这些喜讯告诉所有关心学校发展的亲朋好友……

教学楼后的“聆书亭”，假山喷泉间，湿润的草坪和不知名的树木散发着草木清香。赵国良意识到，只有让办学理念真正融入老师们的日常教学，学校才能走得更长远。现在最要紧的是扩大社会影响力。

校园风采不该锁在档案柜里，师生交流也不能光靠书本。然而，要在这样复杂的环境中，让做人教育落地生根，谈何容易？但赵国良并没有被困难吓倒，他决定从学校的实际情况出发，寻找做人教育的突破口。

不久，他发现，学校缺乏一种能够凝聚师生力量、传递正能量、展现学校精神风貌的载体。经过深思熟虑，他决定创办一份校报，通过校报来搭建一个交流的平台，传播学校的教育理念，展示师生的风采，促进学校文化的建设。

他直奔校办，在门口等了半天才见人。副校长一见他，想起上次开会挨训的事，顿时有点手足无措。

赵国良坐下就说办校报的打算。

“这事马上办。”赵国良并没有立刻说出办校报的好处，而是不动声色走到门口，“就像这扇门，关着谁知道里头有人？开着门大家就都看得见。”

“您是说咱们要做‘一扇门’？”副校长问。

“不只是门。上次开会说的做人教育还记得吧？现在师生们理解得还不够透，校报就是最好的宣传阵地。”

副校长连连点头：“还能辅助教学实践。”

“对！这样做人教育的理念就能潜移默化地扎根。”

“做人教育不能仅仅局限于校园，还需要延伸到家庭和社会。”

两个月后，《群星报》就像春笋般冒了出来。

“听说咱学校有自己的报纸了？”

“真的假的？哪儿能买啊？”

“不要钱！学校免费发的。”

“快让我看看都有啥内容！”

课间时分，原本安静的校园瞬间变得热闹非凡。

“快看！这不是咱学姐吗？居然考上复旦了！”

“这有我初中同学弟弟，中考考那么好，怪不得暑假全家去旅游呢。”

“运动会奖品清单都印出来了！”

“我得好好留着，上次跟朋友夸咱们学校他还不信，现在有证据了！”

……

若要想知道谁最为激动，非赵国良莫属。从拟定报名到报纸正式发行，他事必躬亲，每一步都亲自把关。那份用心，就如同呵护着自己亲手培育的孩子一般。

赵国良的心里始终想着做人教育，想着学校的发展。

9 月，学校运动会那天，他亲自鸣响了学校走向正轨的第一枪。激情洋溢的跑道上，看着那些奋力往前冲刺、往前奔跑的学生们，正值壮年的赵国良是否又会再次回想起属于自己的那段年少时光呢？

有些问题的答案我们不得而知。万事开头难，尤其是要开辟出一番新事业，其中要付出的艰辛和努力真的常人难以想象；并且又要在新事业的基础上进行拓展，这过程中又是充满了多少的未知数，多少的难题啊！

那天的运动会结束，赵国良在所有师生和相关人员全部散场后，没有急着离去。他背着手，缓缓地在跑道上踱步，眉头时而紧锁，似乎在思考着什么。无人知晓他当时心中所思——是筹划着教育改革的蓝图，还是忧虑着应试教育这道难关能否顺利跨越？

其实，他正在巡视有无乱丢垃圾的现象，这一刻，教育成果的真谛显露无遗。让他欣慰的是，整个运动场干净得连片纸屑都找不着。

重视“封闭式管理”的教育意义，将“封闭”的校园与开阔的“文化”氛围联系起来，让学生获得终身受益的发展动力。夕阳西下，操场上他独自踱步的身影，这是教育者孤勇前行的真实写照，彰显着一名教育拓荒者顽强拼搏的奋斗精神。

10 月，于建福博士和赵宏强硕士、北京青年政治学院王殿卿教授等先后来校考察。对于专家学者的考察，赵国良非常重视。他反复推敲汇报内容，既要汇报成绩，也要向专家讨教，怎么让“做人教育”更接地气。

“学习为基，纪律为尺，卫生为镜”，他把做人教育三个方面的教育体系琢磨了个遍。梳理问题、回旋脑袋，抓住每一个机会，虚心学习，只为了让“做人教育”有延绵不绝的发展动力。也正是在赵国良校长这种精神的牵引下，全校教职工每天都忘乎所以地勤勉工作着。

11月，义乌市中小学德育现场会在学校举行，这意味着教育行政部门对民办教育工作的重视和支持。同时也说明群星学校的做人教育显示出了民办教育的开创性和时代性，取得了显著的成效，引起了广泛的社会影响。

会上，赵国良掰着指头讲经验，他说：“做人教育不是喊口号，做人教育的过程，就是学生自我净化、自我塑造、自我管理的过程。”

“做人教育活动之所以能取得实效，与学校的老师对教育事业重视性、创新性、奉献性密切相关。”“老师既当园丁又当镜子……从这些琐碎细致的工作中，我们可以感受到群星教师的爱心、耐心和细心。”他简短而又平实的汇报，彰显了学校做人教育的坚韧性和务实性，台下领导听得直点头。

望着校门口的参会人群，他知道，做人教育已经成了义乌教育界一道新的风景线。

12月，省教育厅和市教委的领导组团来视察，这种级别的参观考察，意味着学校教育的发展成就得到了各级教育行政部门的认可。

赵国良结合具体实例，汇报了做人教育的做法及成效，让人感受到了群星学校的独有特色和创新精神。当赵国良将三年来的教学成果展示在他们眼前时，太多的惊喜和难以置信的表情久久地浮现在他们脸上。

他们佩服群星学校在做人教育中取得的成效，感叹学校在艰苦的创业环境下砥砺前行，开创了义乌民办教育的新局面。

可赵国良心里明白：这仅仅是万里长征的第一步！需将智慧的火花凝结为制度之石，将宏伟蓝图化为实际行动，如此，群星学校的金字招牌方能屹立不倒。

送走了省教育厅和金华教委等一行领导后，时任义乌市委书记又来校视察，并给学校题词“群星璀璨”。看着这四个字，赵国良仿佛瞬间有了具象化的呈现，他的心情如波涛汹涌的海面，久久难以平静。

他想起了学校初创时的艰难，一栋破旧的教学楼，师资力量薄弱，学生数量也不多。下水道堵塞了，拿竹竿子捅。为了改善办学条件，他四处奔走。如今，学校已经发展成了一所远近闻名的优质学校。这一切，在看到领导题词的这一刻，仿佛都有了更深刻的意义。

“这题词，是对我们过去努力的最好回报，也是对我们未来的鞭策。”赵国良喃喃自语道。在经历了最初的激动和感慨之后，逐渐恢复了往日的沉稳。他把更多的精力投入了学校的日常管理和教育教学改革中。

每当遇到困难和挫折时，他都会想起领导的题词，那些璀璨的“星辰”如同明灯，照亮着他前行的道路，让他在做人教育的征途上，始终保持着坚定的信念和昂扬的斗志。

群星学校就像一个巨大的星空摇篮，孕育了无数的梦想。每一颗星星都能在自己的轨道上，璀璨夺目地闪耀。

不过赵国良心里清楚：成绩归成绩，问题也得重视。“现在学校越办越大，怎么让新老教师都吃透教育理念，这可是关系到学校能走多远的大事。”他双眼微眯，心中暗暗盘算。正如他常言，台上一分钟的光鲜，离不开台下十年的默默耕耘。办学之道，亦是如此，需持之以恒，方得始终。

学校的做人教育理念对内是凝聚力和向心力，对外就是核心竞争力和品牌吸引力。要重视办学规模不断扩大所带来的团队成员与教育理念间的磨合与共识问题，这个问题不解决，将会成为制约学校发展的桎梏和瓶颈。

随着时间的推移，有些老师工作开始糊弄，对学生没耐心，跟家长说话冲，遇到学生问问题也不像以前那样耐心开导了。这些老师仗着自己资历深，觉得校领导整天坐办公室，根本不会来基层检查。可他们这回真是想错了。

这天早上，赵国良照例在走廊里检查卫生。刚拐过弯，就被一声炸雷似的吼声给镇住了。“站直了！你妈怎么如此啰唆？批改作业、撰写教案已让我分身乏术，她却还三天两头来电询问。说！究竟是怎么回事？”

“老师，我妈就是爱操心，但她特别尊重您……”被训的学生低着头，声音细若蚊蚋。

“回去跟你妈说，再这么瞎打听，就领回家自己教！记住了？”

“记住了，我回家就跟她说……”

脚步声逐渐远去，赵国良紧握的拳头泛白，他深吸一口气，强压下怒火。随即转身迈向办公室，边走边从口袋中掏出手机。

“王副校长，帮我盯下卫生检查，我有急事。”

当天下午的班主任会上，赵国良甩出个重磅炸弹：“从下周起，全体老师跟学生互换身份一个月！早上六点半到校，晚上九点半离校，课间操、食堂打饭、课外活动一个都不能少！”

底下顿时炸了锅。之前训人的张老师脸唰地白了——他每天雷打不动要喝三杯咖啡，中午还得眯二十分钟。

第一天上岗，张老师就被安排扮演那个挨训的学生。六点整赶到教室，赵国良已经在门口等着了：“小明同学，今天你负责清扫教学楼前的落叶。”

九月的晨风凉飕飕的，张老师捏着扫帚，听着路过学生的窃窃私语，脸上火辣辣的。最扎心的是晚上接“家长”电话，电话那头的老教师凶巴巴的：“这种鸡毛蒜皮的事也问？我忙着呢！”这话怎么听着这么耳熟？

月底总结会上，张老师第一个站起来："我现在才知道，老师随便一句话，学生得难受好几天……"其他老师也七嘴八舌说起被同学排挤、被老师无视的滋味。

等大伙说完，赵国良才开口："教育首先要教做人，可要是我们自己都不会做人了，还教什么学生?"

打这天起，老师们人手多了几本小册子，《教师职业道德规范》《中华人民共和国未成年人保护法》成了例会必学内容。随着时间的推移，师德教育逐渐摆脱了形式主义，转而成为一项实实在在、深入人心的工作。

变化悄然发生：老师主动找学生谈心，家长打电话能聊半小时，课堂上也多了欢声笑语。赵国良静静地站在窗边，目光温柔地拂过操场上师生们欢声笑语的场景，那温暖的阳光恰好洒在他们洋溢着幸福的脸上。

摸着保温杯，赵国良心里明白：群星学校能闯出名堂，全靠"做人教育"这张王牌。现在这招牌要擦得更亮，要再下功夫。望着杯中浮沉的茶叶，他知道：教育改革就像沏茶，急不得，但也慢不得。

第十一章

打造教育星空

办公室内，一盏简朴的白炽灯散发着柔和的光芒，映照出赵国良疲惫却坚毅的脸庞。忙碌了一整天的他，并未如往常般急于归家，而是端坐于办公桌前，陷入了沉思。

群星学校一届届毕业生都考出好成绩，别说义乌市，连整个金华地区都有家长开始打听这所学校了。早些年那些“只有差生才去群星”的闲言碎语没有了。每到招生季校门口就挤满家长。好些家长放着公立学校不选，偏要带孩子来群星报名，这事儿五年前谁敢想？

众人皆知，这一切的成就，离不开赵国良那如拼命三郎般的付出。他日复一日，从晨光熹微到夜幕降临，始终坚守在校园里，全心全意地为学生倾注心血。他推行的做人教育，能把叛逆期的孩子教得知书达理，家长们自然放心。

最近，他又办了份《群星教育》校刊。用他的话说，要让更多人知道群星学校是有真本事的。校刊一经问世，便引起了巨大反响！不仅受到了学生家长的热烈追捧，连邻近的学校也纷纷前来学习交流。人们茶余饭后聊的，都是群星那些新鲜教育理念和亮眼成绩单。

这校刊办得真好，既挣了面子又攒了口碑。难怪老师们都说，赵校长这步棋走得妙！回头看看赵国良这些年的折腾劲儿，从白手起家到把学校经营得风生水起，靠的不就是这股子不服输的倔劲吗？

傍晚的小区被镀上了一层暖暖的橘色。孩子们在广场上追着皮球跑来跑去，影子被夕阳拉得老长。几个老邻居坐在花坛边唠嗑，皱纹里都带着笑。花圃里的月季随风晃着脑袋，空气里混着饭菜香。下班的人们蹬着自行车往家里赶，车铃声叮当响得特别清脆。这日子，就跟砂锅里咕嘟的白粥似的，冒着热乎气儿。

赵国良迈着略显疲惫的步伐走进楼道，红烧肉的香气瞬间扑鼻而来。他看见妻子身着碎花围裙，正忙着往桌上端汤，那一刻，他肩颈的酸痛仿佛瞬间消失了。

饭碗还没端起来呢，他先掏出公文包里带着油墨味的杂志，献宝似的递过去："快看看这个！"

"'群星教育'这题字谁写的呀？挺好看。"

"台湾高震东先生，就是我上次跟你说过创办台湾忠信学校的那个人。"

"对对，你说过两次。"

"他说'要做个人人需要的好人'，跟我讲的'育人先育德'不就是一个意思嘛！"

"海内存知己，天涯若比邻。"

"是啊！前些日子他来学校调研传统文化教育，那些话语宛如钥匙，轻轻一转，便开启了我心灵的锁。往后咱们办学，就得照着这个模子来。"

看着爱人翻杂志的手指头染上墨香，赵国良靠着椅背眯起眼。心中那股暖流，如同三九寒冬中的一碗热姜汤，自喉咙流淌至脚底，暖意融融。

他感到浑身舒畅，自己多年来执着追求的教育理念，仿佛在改革开放的春风中悄然萌芽，茁壮成长。往后啊，这些种子准能长成一片好林子。

校刊《群星教育》刚办起来一个月，学校就顺利通过层层考核，完成验收，被浙江省政府评为“浙江省优秀民办学校”。市教育局领导来报喜时，赵国良三步并作两步冲到校门口，捧着红头文件看了又看，高兴得直拍大腿！

在全校教职工大会上，他举着鎏金奖牌说：“这块牌子可是沉甸甸的，是孩子们鸡鸣三更认真读书换来的，是老师们挑灯熬夜备课拼来的，是家长们顶着三伏日接送攒来的！”说着擦了擦牌面，“这奖牌岂止是荣誉的象征，它分明是义乌百姓口碑的凝聚，一砖一瓦，用心堆砌而成。往后咱们就按这个标准来，早读声要比江潮响，教案本要比城墙厚，继续往前冲！”

谁都提了，唯独没有说他自己。台下教师望着他那灰白的鬓角，巴掌都拍红了。

面对这份沉甸甸的荣誉，赵国良明白，这既是对过去工作的肯定，更是对未来发展的鞭策。在学校的发展刻度上，这一荣誉只是一个重要的节点，而不是终点。他知道，高光的背后是做人教育在支撑，因为教育的根本任务是立德树人。

在学校规模不断扩大、社会关注度日益提高的情况下，如何确保每一个学生都能得到充分的关爱和个性化的教育，让做人教育的温度传递到每一个角落？如何进一步加强学校的文化建设，让学校的教育理念深入人心，成为师生共同的价值追求？需要赵国良认真思考。

从创业的艰难起步到获得省优秀民办学校的殊荣，群星走过了一段充满挑战与机遇的历程。赵国良的思考，如同精准的刻度，标注着学校发展的每一个重要阶段，也指引着学校未来的发展方向。

四月杏花开时，阳光透过窗帘的缝隙，在赵国良的办公桌上洒下一道道明亮而柔和的光影。他正埋首于堆积如山的文件中，专注地审阅着一份关于学校开展读书活动，深化做人教育的草案。

电话铃声突然响起，打破了办公室内原有的宁静。他顺手拿起听筒，简短的几句交流后，他的神情瞬间凝固。片刻后，他缓缓放下电话，整个人靠向椅背，眼神中交织着惊讶、欣喜与凝重，犹如平静的湖面被一颗突如其来的石子激起层层涟漪。

他刚刚得知，自己当选为金华市人大代表了。这个消息，如同一场意外的甘霖，在他毫无准备之时悄然降临。在最初的激动与喜悦逐渐褪去之后，一种强烈的责任感和使命感如潮水般涌上心头，将他彻底淹没。

赵国良深知，这不仅是一份荣誉，更是一份沉甸甸的责任，是社会各界对他多年来在民办教育领域辛勤耕耘的认可，同时也是对他未来在更广阔舞台上发挥作用的深切期许。

拿到证书的那一天，他特意穿着五年前建校时的西装，党徽和校徽并排别着，在日光灯下熠熠生辉。拍照！他要把这一刻永藏。

2000 年 5 月 27 日，《中国教育报》头版头条以大篇幅报道了群星中学的德育经验，题目“德育为首，做人为本——浙江义乌民办群星学校做人教育纪实”。文章不仅深入剖析了学校在德育工作方面所秉持的核心理念，还细致阐述了一系列独具特色且行之有效的德育实践活动，以及这些活动为学生的成长和学校的发展带来的显著成效。

记者余楠楠在文章中指出：“如果说群星的成功有什么‘秘诀’的话，那就是：建构了自己的教育理念，走出了一条‘德育为首，做人为本’的办学路子。”“群星的德育在义乌已经开始发挥精神文明建设辐射源的作用，对优化社会大环境作出了自己的贡献。”这一报道在教育界引起了广泛关注。

看到学校的德育工作经验能够登上《中国教育报》这样具有广泛影响力的媒体，赵国良的心中充满了成就感和自豪感。但在这喜悦的背后，他更多的是对未来德育工作的深入思考。

他深知，做人教育是一项长期而艰巨的任务，没有最好，只有更好。虽然学校在做人教育方面已经取得了一些成绩，但仍然存在着许多不足之处，需要不断地改进和完善。

他思考着，在未来的德育工作中，如何进一步深化“做人教育”的理念，拓展实践活动的形式和内容，让做人教育更加贴近学生的实际生活，满足学生日益多样化的发展需求。

恰好第二天就是建校五周年校庆，这篇报道被精心装裱在樟木相框之中，与“浙江省优秀民办学校”的牌匾交相辉映，赵国良的喜悦之情，犹如品尝到三层奶油生日蛋糕的甜蜜。

更让人惊喜的是，小学部毛璐同学的个人文集《晨露的音符》也正式出版了。新书发布会当天，十一岁的小作者站在主席台上，胸前的红领巾和书封烫金交相辉映。尽管学校早已以经典诵读、文学写作为两大特色，但小学生出版个人文集这一举动，仍令众人惊叹不已——这无疑是教学质量的有力证明，字里行间洋溢着智慧的光芒。

有家长翻阅着书页，说：“这本作文集，其价值远超招生简章。”

《诗经》里说，“总角之宴，言笑晏晏”，本该疯玩的年纪，这孩子却捧出墨香四溢的新书。没有这片教书育人的沃土，哪能浇灌出这样的花朵？

不过赵国良倒觉得没啥稀奇，他正蹲在花坛边给新栽的月季培土：“群星的孩子，就该这么有出息！”说着往小作者手里塞了把花种，“回去种窗台上，下回写写怎么伺候花草。”

当学校的德育工作经验登上《中国教育报》的那一刻，就如同在平静的湖面投入了一块巨石，激起了层层涟漪，引发了社会各界广泛而深刻的关注与讨论。

上海的、山东的教育考察团接踵而至。但是甭管哪里来的，临走都竖起大拇指，说：“学校的做人教育实践为我们提供了一个极具价值的范例。”“这样的学校才是真正为孩子的未来负责。”“做人教育，做得不错!”

在社会各界的广泛关注与积极评价中，赵国良却在掌声中寻找教育的真义，寻找锚点，重构坐标。

一个平凡的工作日，校园里弥漫着书香与青春的气息。赵国良突然接到金华市委书记的电话。

“赵校长，你为金华人民办了一件大好事，给金华人民挣了面子。你们群星中学坚持‘做人教育为首’的做法，肯定符合教育规律，这个方向是对的，希望坚持走下去，相信群星学校越办越好。”

市委书记亲切的话语如同一束强光，瞬间照亮了赵国良的内心世界。结束通话后，他静静地坐在椅子上，脑海中思绪万千。

《中国教育报》发表学校德育工作经验的那一刻，他虽然也感到十分欣慰和自豪，但远没有此刻接到市委书记表扬电话这般震撼。这通电话让他深刻意识到，学校的德育工作不仅是关乎学生个人的成长，更是与整个城市的教育发展乃至未来息息相关。

就在这时，办公室的门被轻轻敲响。副校长走了进来，他看到赵国良一脸沉思的表情，小心翼翼地问道：“校长，您怎么了？是不是有什么烦心事?”

赵国良抬起头，看了看副校长，说道：“刚才金华市委书记给我打了个电话，表扬了我们学校的德育工作。这本是一件好事，但是我却感到压力更大了。我们的德育工作虽然取得了一些成绩，但是还存在很多问题。我们不能满足于现状，必须不断反思、不断改进。”

从接到金华市委书记表扬电话的那一刻起，赵国良的内心就经历了从惊喜到自豪，再到反思与奋进的复杂过程。他深知，学校的做人教育任重而道远，只有不断探索、不断创新，才能为学生的成长和未来奠定坚实的基础。

不久，赵国良就被特邀参加金华市教育工作会议。市委书记在讲话中充分肯定了群星学校坚持“德育促进智力开发”的做法，并希望全市学校进行学习和推广。谁也没有想到，后来群星学校“德育促进智力开发”的经验竟被写进金华党史第三卷。

别看头衔越来越多，赵国良心里那杆秤可没歪过，总想着“服务家长最开心，守好学校是本分”。每天清晨六点照旧巡视校园，走廊里永远第一个响起他的皮鞋声。最惦记的还是把群星学校经营好，凭借实实在在的升学成绩和全面发展的优秀学生，向社会呈上一份满意的答卷。

正因心里揣着这样的教育理想，他这些年铁了心要搞“做人教育”，常挂在嘴边的话是：“考卷上的分数要红，心窝里的火苗要旺。三好学生的‘三好’，要从德行里生根发芽。”

为了把这个理念落地，他带领科研小组啃下了三百多本中外教育论著，针对“做人教育与学生素质”的关系，形成了以《德育》（中央教科所编著）读本为整体框架，以行为规范为主体工程，以多形式活动为配套工程的三结合教育网络。

这套体系被吸收为“九五”规划国家级重点课题“整体构建学校德育体系的实验研究”的子课题，开发了“做人教育”校本课程，加强了做人教育的针对性、实效性和时代性。

每月一次的德育联席会上，他总要把各年级的《成长档案册》摊满会议桌，指着里面的“公益服务小时数”和“活动参与人数”说：“要让每个孩子都长出精神脊梁。”

清晨的校园操场飘着毛毛雨，赵国良靠在办公室外的天台上，看着穿蓝校服的学生们像潮水一样涌进教学楼。他手中紧握着刚整理完毕的《德育》教学调查表，汗水如同细雨般在纸上勾勒出斑驳的图案，宛如一幅深浅交织的水墨画。

“七成多老师觉得成绩才是硬道理”，这行用红笔圈出来的数字刺得他眼眶生疼。

手里的《德育》读本被暮色镀上一层金边，封面上“德育”二字格外显眼。这本专门为学生设计的教材，既保留了传统文化，又融入了现代精神，给青少年的成长指了条明路。他翻开听课笔记，在当天的反思栏写道：“规矩不能光写在纸上，活动才是照见人心的镜子，这样的教育才算真落地。”

窗外的桂花树轻轻摇曳，宛如细雨般洒落在走廊的瓷砖上，每一朵都像是大自然不经意间落下的精致评语，为这秋日增添了几分诗意。

“咱们要搞的是真德育，不是照念课本。”

“德育，并非对玉石的精心雕琢，而是点燃每个人内心深处那盏希望的灯火。”

《德育》教研会上，赵国良突然放大的声音把大家惊醒了。他搞起了教师轮值“道德观察员”的新规矩，把“诚信考场”“感恩家书”这些活动的方案像老农选种一样仔细推敲。还开了点钞课、小商品市场体验岗、敬老院志愿服务这些新鲜项目，学生们的课外生活一下子丰富起来。

没想到阻力来得也是这么快。期中考试排名下滑让好些家长联名写信投诉，家长会上也冒出不少刺耳话。

“搞德育能保送大学吗？”

“少上节课搞这些花架子有啥用？”

那天傍晚又飘起细雨，赵国良站在操场边，看着学生把冻僵的麻雀捂在怀里取暖，突然想起一句话：“教做人可比教做题要紧。”

开家长会那天，赵国良发现一个教室后墙上新增了一棵“成长树”，每片树叶贴纸都承载着孩子们的名字与行为：“协助保洁阿姨推车”“为流浪猫搭建小屋”“为陌生人指引方向”。家长们围着树小声议论，有的还掏出手机拍照。

改变像春雨后的草芽悄悄冒头，做人教育正逐渐融入各个学科的教学中。在数学课堂上，老师带领学生深入菜市场，通过实际统计来揭示问题；在语文课堂上，通过排演以真实事件改编的诚信短剧，让学生在表演中体会诚信的重要性；在科学课上，学生们在种植豆苗的过程中，也会探讨什么样的环境条件才能培养出“好苗子”。

教育就像慢生长的种子。当课本卷了边，当成绩单泛了黄，那些关于是非的选择、关于尊严的坚持，会像年轮一样刻在生命里。

第十二章

点亮信仰

2000 年 12 月，天空蓝得像块透亮的玻璃。虽然空气里带着丝丝寒意，但太阳一照身上还是暖洋洋的。假山上的水滴在阳光底下闪着微光。树木的叶子大多已经掉落，枝干显得更加清晰和挺拔。几只麻雀在枯枝间蹦跳，把水滴震得簌簌往下落。

赵国良裹着羽绒服，跟副校长来到教学楼后边的假山和喷泉中间。这个叫“聆书亭”的小亭子这会儿晒得挺暖和，草叶上的水滴化了，湿漉漉地泛着青草香。石桌上还留有清晰的茶渍，显然前几日教职工们常在此小憩，品味茶香。

刚坐下，副校长就打开话匣子：“校长，学校德育经验登上《中国教育报》头版不久，华东师大的叶澜教授和郑金洲教授就来调研了。”他边说边搓着冰冷的手，呵出的白气差点在镜片上凝成细雾。

“郑金洲教授说咱们的做人教育搞得很扎实，还给王老师写的那本《做人教育论》写了序。”副校长从公文包里掏出一本装帧朴素的蓝皮书。

“学校最近可真是大事不断，工会成立了，教代会开了，义乌第一个五星级校园评上了，专著也出版了……”他的声音突然低下去，“就是招生办的老师说，这周又有三个家长来办转学。”

赵国良笑着拍拍他肩膀：“今天喊你出来透透气，是想商量个事儿。”他的手掌宽厚温暖，震得副校长羽绒服里的鸭绒扑簌簌作响。

副校长匆忙摸出笔记本，钢笔尖在冷风中颤抖，不小心在纸上洇开了一片墨渍。

“办学比办厂还难，这条路上能坚持下来的都是有本事的。”副校长感慨道。

“我是个有事的人，没带本。”赵国良望着水波荡漾的喷泉池，幽默地说了一句，“我想办个学生业余党校。”

“党校？给学生们上党课？”钢笔啪嗒落在笔记本上，溅开的墨迹像朵绽放的蜡梅。

“对！既能补上做人教育这块短板，又能培养好苗子。现在孩子们光知道埋头刷题，得有人帮他们把眼光放长远。”赵国良掏出个笔记本，内页贴着剪报，扉页用红笔圈着《关于加强青少年思想政治教育的若干意见》。

“可是生源问题怎么解决呢？学生不一定愿意来。”

“慢慢来，先从高一试点，再往外扩招。就算只有一个学生报名，这党校也得办起来！”他的指甲在笔记本封面上“群星学校”四个字上重重划过，发出沙沙的摩擦声。

学生业余党校是一片特殊的领域，它致力于培养学生的思想政治素养，培育有理想、有道德、有文化、有纪律的社会主义建设者和接班人。在私立群星学校，一场关于业余党校的拓荒之旅悄然展开。

赵国良开始着手调研关于成立学生业余党校的可行性。他查阅了大量国内外相关资料，了解了其他学校在思想政治教育创新方面的成功经验。同时，他与学校的老师们进行了深入的交流，听取教师对于这一设想的看法和建议。在这个过程中，自然遇到了一些质疑的声音。

“党校会不会太枯燥，学生们不感兴趣，最后流于形式？”

“在中学阶段开展如此深入的党性教育为时过早！”“业余党校会增

加学生的学业负担!”

面对这些质疑和担忧，赵国良没有丝毫退缩，他坚定地说：“我们的教育不能只关注学生的成绩，更要关注他们的灵魂。信仰的力量是无穷的，它能让学生们在未来的人生道路上走得更稳、更远。”

“只要方法得当、内容丰富，学生业余党校不仅不会成为学生的负担，反而会激发他们的学习热情和社会责任感。”

在赵国良的坚持和努力下，经过几个月的紧张筹备，2001 年 2 月，群星学校业余党校挂牌了。头期 30 多名学员虽然不多，但他们都是经过个人报名、班级推荐、学校审核选拔出来的学生。

有学生嘀咕“学这个又不能加分”。赵国良不疾不徐地说：“等他们步入社会，自会明白其中的道理。”

党徽、校徽并排挂在教室前面，在晨光里交相辉映。

在赵国良看来，业余党校的成立不仅是学校做人教育的一次创新实践，更为学生们的成长搭建了一个广阔的平台。通过这个平台，学生们能够更好地了解党、热爱党，树立正确的世界观、人生观、价值观。

他怀揣着炽热的信念，为学生们点亮一盏信仰之光，用信仰的力量点亮学生的人生之路。

第一节党课是赵国良主讲。集体备课那天，他跟老师们交底：“人数虽少，也要教得精彩！我们要像雕琢璞玉一样对待每个孩子，不仅要传授知识，更要培养他们的品德。”粉笔灰簌簌落在他的西装领口，黑板上“信仰”二字力透板背。

下午三点，教室里就坐满了学生，只有翻动笔记本的沙沙声。阳光懒洋洋地趴在阶梯教室的窗台上，金箔似的铺满第三排课桌。靠窗男生伸手去抓光斑，引得后排传来压低的轻笑声。当赵国良迈进教室时，听见有人压低声音说：“啊！赵校长亲自来讲党课啊……”话音未落就被邻座同学捅了胳膊肘。

今天的主题挺直白——“增强‘两个意识’（规范意识，责任意识），当个合格学生”。红底白字的 PPT 投影在幕布上，衬得赵国良的西装越发肃穆。他转身时带起一阵风，粉笔槽里的灰尘打着旋儿落在地上。

他清了清喉咙：“咱们先不讲课，先看几个真事儿。”食指关节叩击讲台的声音像惊堂木，惊飞了窗外偷听的麻雀。

屏幕上突然蹦出两段文字：

小竹林里的竹笋被掰得七零八落，嫩生生的断口处还凝着乳白色的汁液；操场塑胶跑道上总能看到彩虹糖包装纸，时不时还有嚼烂的口香糖粘在鞋底。

抽查高二某班数学作业时，课代表抱来的本子摞成歪歪扭扭的危楼——全班小 50 人，没写作业的 12 个，写一半的 9 个，抄作业的 16 个，像样的就 11 个。

教室里瞬间鸦雀无声，原本歪七扭八的腰杆都挺直了。第二排梳马尾的女生立刻坐直了，角落里的男生把翘在过道的长腿收了回来。

有同学忍不住嘀咕：“赵校长您是不是讲跑题了？咱们都是想入党的，不该教我们当合格党员吗？难道我们现在连学生都当不好？”说话声从倒数第二排传来，带着青春期特有的莽撞与尖锐。

空气突然安静。赵国良没接茬，反而抛出新问题：“乱踩新刷的白墙、掰竹笋这些事，符合中学生守则吗？”他的目光扫过墙根处几个泥脚印，那里还粘着半片踩扁的银杏叶。

“这些事未必是在座同学干的，但谁敢拍胸脯说自己绝不会犯？所以说啊，咱们离合格学生还差着段位呢。根据党章规定，想要成为一名党员，必须是先进分子。所谓先进，意味着在思想觉悟、政治表现、组织纪律、工作作风、道德品质等方面都要超越普通群众，展现出共产党员应有的先进性。”

“按这个标准，学生里的先进分子必须是品学兼优的学生，可咱们如今连及格的边儿都摸不着，更别提成为佼佼者了。”

他说到“品学兼优”时，眼神在某个数学竞赛奖状获得者身上停留半秒，那男生立刻把压在笔记本下的《五年高考三年模拟》往里推了推。

“不够格不丢人，怕的是不进步。哪一个不是在摸爬滚打中逐渐成长起来的？我党历史上多少优秀党员年轻时候也犯过错，就像《钢铁是怎样炼成的》中的保尔，不也是摸爬滚打练出来的？”

讲台之下，有人的睫毛轻轻颤动，脑海中不禁浮现出上周因偷改月考分数而被家长召见的尴尬场景，耳根不由自主地泛起了红晕。

“想当学生党员，先要当先进学生；想当先进学生，得先做个合格学生。合格学生要守规矩，更要有担当。”

暮色顺着窗棂爬进来时，赵国良的影子被拉得很长，正好盖住讲台下某个偷偷擦眼镜的男生。

在赵国良看来，一堂好的党课更像是一把开启智慧大门的钥匙。说不定哪天深夜里，这些案例和要求突然在谁心里“咔嗒”一响，新世界的大门就开了。

除了课堂学习，党校还组织学员们开展了丰富多彩的实践活动。他们走进革命纪念馆，参观历史文物，聆听革命故事，亲身感受那段波澜壮阔的历史；他们深入社区，开展志愿服务活动，为孤寡老人送温暖，为社区环境整治贡献力量，用实际行动践行党的宗旨。

他还策划了主题演讲比赛、征文比赛等活动。通过这些活动，学员们进一步加深了对党的理论知识的理解，坚定了自己的信仰。

一个月后，赵国良靠在阶梯教室后门数人头。投影仪的光柱里飘着灰尘，像撒了把碎钻落在学生们发梢。

前排两个学生交头接耳；后排睡倒一片，有个男生枕着《党的基本知识》流口水；只有角落戴眼镜的姑娘唰唰记笔记，钢笔尖在纸上犁出深浅不一的沟壑。

第四次党课，人比开学时少了三分之一。

台灯下，赵国良翻着学生党校调研报告，电子钟跳到十二点，纸上的数字却让他睡不着：全校上党课的学生不到2%，七成多学生觉得党课“像念经”。他又看一遍数据，突然发现某页边角画着个小人——拿着教鞭的卡通人物，旁边气泡框里写着“其实可以再讲点长征故事”。

原来真正的党课不在教案里，全藏在孩子们亮晶晶的眼睛里。赵国良明白了：信仰教育要贴近学生实际，要形成合力，要持之以恒。他知道，这只是一个开始，在培养学生坚定理想信念的道路上，还有很长的路要走。

窗外细雨沙沙，玻璃上的水汽把教学楼晕染成水墨画。值班室保安的手电光晃过走廊时，校长室的台灯还亮着，灯光在雨夜里晕开一团毛茸茸的暖黄。

在赵国良的心里，只有做人教育。

有一天来到足球场，赵国良眼睛突然亮了——几个党校学员正踢得热火朝天。带球过人像泥鳅似的，射门时场边欢呼声此起彼伏。一位瘦高的男生猛然凌空抽射，足球如炮弹般砰地击中门框，随之惊起围墙外槐树枝头的喜鹊，振翅高飞。

他当场把体育老师拽来：“这帮小子踢得咋样?”

“很有灵气！那个10号很有潜力。”老师说。

“那劳烦辛苦一下，给他们开个小灶?”

要说兴趣真是最好的老师，这群小伙子练得那叫一个起劲，没过俩月居然在校内比赛拿了名次。赵国良看着他们在绿茵场上撒欢，忽然心生一计：“学校组个足球队咋样?”他熬夜奋笔疾书，向体育局递交了一份沉甸甸的申请报告，五页信纸被钢笔水浸透，透露出他的决心与热情。

三个月的魔鬼训练后，他给球队报了个市级业余比赛。比赛那天，上百名啦啦队员齐声高呼“群星加油”。那激昂的哪喊声仿佛为队员们注入了无穷的动力，让他们如同猛虎下山，斗志昂扬。谁承想最后居然捧回个季军奖杯！

被汗水浸透衣衫的小伙子们簇拥着欢呼时，赵国良的心中燃起了一团熊熊烈火：这业余党校的足球之路，已然走出了自己的风采与辉煌！

10 号队员兴奋地说：“赵校长，下回咱们要拿金杯镶在党校荣誉墙！”

夕阳把他们的影子拉得老长，塑胶跑道上跃动的身影渐渐与记忆里创业初期的师生们重叠，都是同样的热气腾腾。

空教室里，十五个学生围着拼起来的长桌，桌上摆着自制的“群星业余党校学生卡”。这是赵国良第一次参加业余党校学生会议。听到学生对于活动的讨论，他在笔记本上快速记录：陈望道故居、冯雪峰故居、吴晗故居，寻找信仰的起点。青年叙事、沉浸体验、圈层传播。

眼角一瞥，他发现坐在角落的一个女孩也一直在记笔记。他知道这个女孩的父亲是本地的老板，去年她和三名高一学生悄悄地参与春蕾助学行动，资助了 4 名失学女童。让他惊讶的是这个女孩的笔记本里竟然夹着几页手抄的《共产党宣言》。

会议上，赵国良满怀热情地介绍着“红色读书角”与“红色故事会”的建设蓝图，不料角落里却传来一句压低嗓音的戏谑：这不就是“红灯区”吗！

听到这句话，赵国良没有选择说教，而是播放了早已经准备好的电影《闪闪的红星》的插曲《映山红》，深沉的歌曲让人触发了情感共鸣。他敏锐地捕捉到，当角落里的学生聆听到“夜半三更盼天明，寒冬腊月盼春风”的旋律后，眼中闪过一丝微妙而深刻的触动。

会议结束后，赵国良站在教学楼顶层的连廊上，望着操场上渐次亮起的路灯。晚风卷起宣传栏里“业余党校招生”的海报边角，远处传来学生党员活动室隐约的讨论声。看到业余党校的种子正在这群孩子心中悄然萌芽，他所有的疲惫都化作了掌心的温度。

回到办公室，他在工作笔记里写道：“当青年把个人理想融入时代洪流，教育的真谛才真正显现。”

信仰之光，它可以是对知识的渴望，对梦想的追求，对他人的关爱，对社会的责任。私立群星学校学生业余党校的学生们正怀揣着各自的信仰，坚定地走在人生的道路上。

他们用行动诠释着信仰的力量，也让我们看到了学校做人教育的真正意义——不仅是传授知识，更是点亮学生心中的信仰之光，让他们在未来的人生旅途中，无论遇到多少艰难险阻，都能凭借着这股信仰的力量，勇往直前，创造属于自己的辉煌。

赵国良，以独特的方式，点亮了学生心中那盏信仰之光。

第十三章

艰难的博弈

随着义乌经济起飞，来义乌经商的人越来越多。家长们挤破头想把孩子送进好的民办学校。可小学部地方太小，实在容不下更多学生。他一合计，决定扩建小学部。

2002 年 5 月 10 日，市政府下达了批文，批准在北苑街道进行社区扩建工程，其中包括小学部的建设。批文刚到手，赵国良心里就跟打翻了调料瓶似的，既兴奋又发愁。

原来新校区要建在老校区对面，得把校门口那条连接两个村子的路封了。这路不光是村民的必经之路，还横着座小桥。教育局、街道和村里开了好几次会，商量如何解决问题，最后联合决议：拆桥封路！

五月的工地上，挖掘机轰隆隆响得震耳朵。赵国良站在办公室窗前，看着对面扬起的尘土，手心直冒汗。

丁零零——电话突然炸响。

“赵校长！出事了！村民把工地围了！”施工队长的声音都在打转。赵国良猛地抓起外套，箭步冲出办公室，边奔跑边焦急地呼喊副校长：“快，随我前往工地！”

等他们赶到时，工地早乱成了一锅粥。几位村民坚定地手挽手拦在施工车前，另有数人高举铁锹，毅然阻挡着工人的施工步伐。带头的老汉怒目圆睁，手指直戳项目经理，口中滔滔不绝地斥骂，唾沫飞溅犹如细雨蒙蒙。

“凭啥拆我们的桥!”

“学校扩建就能欺负老百姓啊!”

喊声震得赵国良脑仁疼。他赶紧给街道和村委打电话，自己带着副校长们往人堆里扎。五月的太阳毒得很，没一会儿个个都汗流浃背。

趁着等援兵的工夫，他们分头给村民解释，“学校扩建是为更多孩子上学”“施工期间肯定给大家方便”。可村民们压根不买账，七嘴八舌吵得更凶了。

这时候，那个老汉挤到前头，裤腿还沾着泥巴：“赵校长，你们建学校是积德，可不能断了我们的活路啊！没了桥，没了路，我们卖菜走哪？孩子们上学咋办?”

这话像根针似的扎在赵国良心上。尽管拆桥断路之决策源自上级深思熟虑，然付诸实践之时，却难免泛起涟漪。

“大爷您说得在理!”赵国良抹了把汗，“咱们找个地儿慢慢商量怎么样？您挑几位代表，咱们现在就去村委会。”

在村委会会议室，听着村民代表倒苦水，赵国良才知道这小桥不光是路，还是这个村的希望。赶集要走，农忙换工要走，外出办事都要走。

有个大婶说：“我孩子就在群星读书，知道学校扩建是好事。可这桥……”话没说完就停住了。

赵国良站起来，冲着大伙儿鞠了个躬：“是我想得不够周到！这样：第一，我们马上修条临时路，保证大家出行；第二，学校食堂优先收咱们村的菜；第三，如果村民的孩子选择到我们学校来上学，学费优惠!”

屋里突然安静了。白胡子老头颤巍巍站起来说：“赵校长，这话当真?”

“我拿人格担保!”赵国良拍着胸脯。

等到太阳快落山时，村民们总算点了头。走出村委会时，晚霞正好照在赵国良脸上，他这才发现后背早就湿透了。

吊车的声音又响起来了，这回听着倒像是加油的号子。

那时的赵国良，常感岁月平淡如水，喜悦之事寥寥，烦恼却如影随形，不胜枚举。

深夜静悄悄，赵国良靠在椅背上慢慢明白：办学不是单打独斗的事，得靠大伙儿齐心协力。处理纠纷时几个主任的表现他都看在眼里，更让他体会到团队合作有多重要。只要大家拧成一股绳，再大的困难都能扛过去。得益于大家的共同努力，学校逐渐步入了正轨。

办学校这事儿啊，就像走钢丝，既要小心脚下，也得抓住机会。说来也巧，义乌电视台《生活之路》栏目正在播出毛璐同学的成长故事。看着学生出息了，赵国良心里刚松快些，肩上担子却又重了几分。

自从群星学校业余党校足球队在比赛中取得好成绩，艺术班的同学们也陆续在市级绘画、歌唱比赛中拿奖。特别是曾老师出版了专著《创新语文教育论》，语文老师能出专业书，这可是学校师资过硬的活招牌。如今，学校凭借学生优异的成绩和教师的高水平，办学实力得到了充分展现，无疑向众人宣告：群星中学的师生均十分出色!

这些好消息让赵国良乐得合不拢嘴，但他可没闲着。看到足球队的成功，他盘算着要多搞些活动，给孩子们搭台子、展才艺，既让学生们长本事，又能给学校挣面子。

随着活动越办越红火，奖杯越拿越多，群星学校的名气也跟着水涨船高。现在根本不用发招生广告，报名的人很多。生源不愁了，赵国良腰杆子也硬了，转身就跑去教育局借调公办教师。教育局这次又批了8位老师过来。有了好学生配上好老师，学校教学质量就跟春天的小树苗似的，噌噌往上长。

要是换了别人，这时候估计得喘口气。可赵国良偏不，他，又攒着劲要搞新动作了。

他开始深思“做人、求知、成才”六字之精髓，他挖掘了多少内涵？践行了多少？落实了多少？如何更好地彰显？当这些问题出现脑海中时，他坐不住了。他抹了把脸，眼神忽然变得坚定。

2002 年 11 月 27 日早上，赵国良站在行政楼大厅里，展厅的移动电子屏正轮番播放学生们在“做人教育”实践基地的活动录像。学校花了五年时间，硬是从“成绩至上”转型成“德育筑基”。看着屏幕里那些活蹦乱跳的笑脸，他想起两年前那个让人睡不着的决定。

当时他们铆足了劲要改革，依据《中小学德育工作指南》的指导，以中央教科所编写的《德育》读本为框架，将行为规范作为核心内容，同时结合多样化的活动，构建了一个综合性的德育网络。重点就抓四件事：感恩他人、管住自己、爱惜东西、认真办事，把读书和做人拧成了一股绳。

开展了“星光阅读”活动，在语文课表里塞进经典诵读。赵国良轻抚校本教材《启航》泛黄的书页，望着成果展上学生密密麻麻的留言，心中暗自思量：此招果然奏效。

策划了“画思古诗”活动，邀请美术老师引领孩子们临摹《学生必背古诗》中的精美插图。孩子们边画边琢磨，竟渐渐品味出了古诗中蕴含的深厚情感。

最戳心窝的是“感恩信箱”，让学生给十年后的爹妈写信。有个高二女生写：“妈，我现在才懂您为啥老让我叠衣服，原来是在教我收拾生活呢。”这番话让老师们感动得眼眶泛红，随后还被巧妙地改编成了情景剧。

组织“孝亲践行”活动时，每月布置作业让学生给爸妈做顿饭，陪老人唠嗑。旨在让孩子们深切体会到，每一粒米饭都凝聚着父母的辛勤汗水。

为了培养规矩意识，学校搞起“德育三化”运动，即细化、内化、外化。卫生不达标直接评优没戏，抓学习习惯就盯着作业——必须自己写、按时交、按规矩来。对后进生也讲究方法，犯了错做好事将功补过，做完好事照样表扬，让他们在行动里摸着真善美的门道。

两年前愁得薅头发的教师团队，哪能想到在这个春末的早晨，德育的嫩芽已经蹿得老高。眼看八点全市德育现场会就要开场，赵国良抻了抻衣角往报告厅走去，那里，有新的故事正在发生。

办公室窗台上，绿萝叶子油亮亮的，在六月的阳光里折射出细碎的金斑。赵国良揉着发胀的太阳穴，喉间还残留着家长会上三个小时不间断发言的灼痛。玻璃杯中的胖大海已悄然褪色，宛如透明之物，而他正全神贯注，无暇顾及添水。

“咚咚”敲门声裹着走廊里的穿堂风钻进耳朵。

“进来。”钢笔尖在教案本上洇开墨点时，他正对着重点班排课表出神。抬头一看却愣住了：“老张？”

二十年的老同事拎着两条烟笑呵呵进门，红色包装袋与泛黄的西服袖口形成鲜明对比。“老赵，可算见着你了！门卫那帮小年轻说校长室不让进，我说当年咱俩值夜班啃花生米时，他们还在穿开裆裤呢！”

赵国良连忙起身，动作迅速地为老张斟茶，那罐珍藏于抽屉深处的明前龙井，仍是去年教师节时一位家长赠予的心意。紫砂壶嘴喷吐出的袅袅热气中，赵国良隐约瞥见老张鬓间夹杂的银丝，不禁回想起上次街头偶遇时，老张的发丝还乌黑油亮，恍如隔世。

“啥风把你吹来了？”茶水在白瓷杯里转出旋涡。

老张把烟往茶几上一搁，搓手的动作像极了当年在教务处求调班的家长。“我儿子今年中考，离你们高中部统招线就差 1.5 分。”牛皮纸档案袋从人造革挎包里滑出半截，“这是孩子竞赛证书，还有三好学生奖状。”

赵国良心往下沉。他太懂接下来要上演什么戏码了——抽屉里放着好几份类似档案，有关领导送来的材料还硌得他肋下生疼。

“老赵啊，”老张往前凑了凑，樟脑丸和汗酸味交织在一起，扑鼻而来，“孩子天天哭得吃不下饭，你给通融通融……就当看在咱俩守了十年教学楼的份上……”

“真塞不下了，”青瓷杯底磕在钢化玻璃上发出脆响，“今年局里给的高中学位全满员，连一个名额都没剩下。”

老张的笑容僵在脸上，手指不自觉地摩挲着香烟盒上的烫金花纹。“咱俩这交情……总不能让孩子去读职高吧？”

“真没法子，真的没名额了。”赵国良起身推开窗户，操场上的喧闹声立刻涌进来。国旗杆下正在列队的学生穿着蓝白校服，像一片跃动的海浪。

老张脸上挂不住了。他原以为凭借多年的交情，这事不过是一句话就能解决的小事——就像二十年前他和赵国良在一张桌子上肩并肩聊天喝茶时的随意。

“开个价也行啊，”档案袋口子被捏得起了毛边，“当父母的，不容易啊……”

“你要真当我是朋友，就该明白我的难处。”赵国良轻轻地说。“行行行，不让你为难。”老张把烟往办公桌上一放，“这烟就当叙旧……记得吗？那年评职称那晚，咱俩在教学楼拐角抽的红塔山。”

“烟带回去，心意我领了。”赵国良抓起塑料袋塞回对方怀里，老张脸涨成猪肝色，抓起塑料袋出门而去。“死脑筋！”

望着紧闭的房门，赵国良五味杂陈，心中翻涌不息。指尖摸到茶杯边缘时，才发现茶早已凉透。

第二天大早，他召集校领导开会，投影仪的蓝光打在每个人紧绷的脸上："把招生制度再捋捋，从报名到分班全程公开，家长代表参与监督，要做到公正透明。"

散会后，他站在窗前看操场。阳光洒落在奔跑学子们的肩头，他们跌倒即起，青春的脸庞在阳光下熠熠生辉，草屑点缀其间，难掩勃勃生机。玻璃倒影里，墙上的"做人 求知 成才"锦旗被穿堂风吹得微微晃动，旗角金穗正扫过老张留下的茶杯印。

第十四章

空间里的切片

学生管理的老问题又绕回来了。赵国良发现，学校里走读生占了大多数，家长对寄宿制接受度也不高——毕竟多数学生家就在附近，最远的坐车半小时也能到。更关键的是，很多孩子贪恋家里的舒服日子，死活不肯住校。

私立群星学校就像蓝天白云下飞得老高的风筝，装满了赵国良的教育理想。可天上时不时刮风下雨的，赵国良手里那根线总是绷得紧紧的，随时准备调整角度。

眼下就来了个难题：怎么让学生住校。

会议室里，班主任和生活老师正凑在一块儿嘀咕。赵校长还没到，众人已经迫不及待地议论纷纷。

“现在走读生确实太多了。”

“可不嘛，近的走路回家，远的也就半小时车程，多方便。”

“在家如同少爷、小姐般享福，无须动手洗衣叠被。而住校则需自理生活，事事亲为。”

“所以说谁乐意啊！”

正说着，赵国良推门进来，屋里立马鸦雀无声。他往讲台上一站，笑呵呵地开口：“让各位久等了。今天把班主任和生活老师请来，就是商量怎么让更多孩子愿意住校。”

“赵校长，我觉得先做通家长工作。家长舍不得孩子吃苦是一方面，更担心学校管理不到位……”

“说得好！咱们要把食堂、宿舍的管理制度都晒出来，清清楚楚给家长看。再搞个奖惩机制，让老师们有动力引导家长。”

“那要是学生自己不愿意呢？”又有老师问。

“住校可是培养独立性的关键一步啊！大家平时也看到了，住校生在动手能力、自主学习上明显比走读生强。这些本事，等他们将来走上社会都是实打实的好帮手。”

开完会的第三天，天气特别好。校园里透着一股不一样的劲儿，赵国良校长一大早就站在校门口，满怀期待地等待着走读生家长的到来。

家长们三三两两往学校来，有的探头探脑好奇得很，有的皱着眉头犯嘀咕，可说到底都是为孩子操心的主儿。赵国良十分朴实，逐一与人握手，亲切地聊起家常，几句话间就引领着大家步入校园。

“大伙儿来都来了，可得好好看看咱群星的特色。”赵校长往教学楼前的空地上一站，嗓门敞亮得很，“今儿带大家里里外外转个遍，咱这寄宿制到底咋回事，您看了心里就有谱了。”

第一站便是学生宿舍。家长们跟随赵国良步入楼内，嘿！走廊明亮宽敞，墙壁上贴满了学生创作的卡通画，还悬挂着“今天你叠被子了吗”这样的趣味标语。推开寝室门，被子叠得像豆腐块，拖鞋摆得跟仪仗队似的，连牙杯把儿都朝着同一个方向。

“生活老师每天查寝打分，孩子们还得轮着当值日生。”赵国良说着拍了拍门后挂的值日表，“别看都是小活儿，洗衣叠被这些本事，将来出门在外可都派得上用场。”

这时，一位身着花裙的家长忍不住问道：“赵校长，我家孩子在家连袜子都不洗，在这里真的能够自立起来吗？”

“您这话说到点子上了！”赵国良一拍大腿，“咱当家长的谁不是捧在手心里怕摔了？可要老捂着，雏鸟咋能学会扑棱翅膀？在这儿，孩子们得自己定闹钟起床，得跟室友商量谁先洗澡，连感冒冲剂都得学着自己冲——这些个生活里的小技能，可比课本实在多啦！”这话说得家长们直点头，几个妈妈还掏出手机咔咔拍宿舍照片。

转到食堂时正赶上饭点。明晃晃的玻璃窗里，孩子们端着餐盘排着队，跟小火车似的。赵国良指着墙上的菜单说：“三菜一汤，天天变换口味，青菜都是新鲜的，每天现送。后厨师傅上岗都得持健康证，比自家做饭还讲究。”

有个戴眼镜的爸爸瞧见个胖小子在收餐盘，乐了：“我家儿子在家吃饭要人催八百遍，没想到在这儿还挺像模像样。”

“是的！”赵国良笑得眼角的褶子都挤出来了，“住校不仅能锻炼自理能力，还能学会与人相处之道。谁被子叠得好能当示范，值日生做得好能拿流动红旗——这帮小家伙较着劲比！”

从早上六点半的起床号到晚上九点的自习室，时间表安排得跟军营似的严实。家长们听得入神，这个问“手机怎么管”，那个问“生病咋处理”，赵国良带着老师们答得口干舌燥，可脸上那笑模样就没下去过。

最后，赵国良动情地说：“孩子的成长不仅仅是知识的积累，更重要的是塑造他们独立的个性和人格。咱们寄宿学校就是专门给孩子们打造的训练营，在这儿他们不仅能学会自己打理生活，还能提升各项能力。相信通过寄宿生活的磨砺，孩子们定能更加坚韧自信，为日后步入社会奠定坚实的基础。”

这番掏心窝子的话，配上学校细致入微的管理方案，把家长们彻底征服了。

家长们都点头附和，好些人当场就拍板让孩子第二天开始寄宿。看着家长们接二连三地表态，赵国良心里像喝了蜜似的，成就感直往上冒。

带着满心欢喜离开的家长们，逢人就夸群星学校的寄宿制办得好。没过多久，教育局就把“义乌市中小学寄宿制管理先进学校”的牌子挂到了校门口。其实对赵国良来说，评不评得上先进真不是要紧事，他这些年坚持做的，无非就是本本分分当个为学生着想的教育人。

表彰会上，他对老师说：“良好的住宿环境，是学生在繁重学业之余的温馨港湾，要让学生在忙碌一天后，身心得到充分的放松与休憩。舒适的床铺、整洁的房间、有序的作息安排，这些看似平凡的点滴，实则为学生的成长提供了不可或缺的支持。要让宿舍成为学生的‘第二个家’。”

但行善举，不问收获。若真要论及回报，莫过于亲眼见证我们亲手培育的幼苗长成参天大树，那才是对学校和老师最大的慰藉。

2003 年夏天，群星校园里蝉鸣依旧，赵国良校长却愁得直挠头。刚解决完走读生的住宿难题，师生们的吃饭、睡觉问题又像秤砣似的压在他心口。

食堂饭菜今天咸、明天淡，宿舍水管隔三岔五闹脾气，老师、学生私底下没少嘀咕。赵国良站在办公室窗前，看着楼下穿梭的人群直叹气：这后勤要是搞不好，学校名声迟早要垮。

窗台上的绿萝叶片萎靡，恰似他此刻沉重的心情。传统管理那套明显不灵光了，必须得来场大手术。

那天下午的会议室跟蒸笼似的。赵国良把几个副校长和后勤头头叫到跟前，开门见山撂下话：“咱得搞后勤社会化，成立服务公司让专业私企来管。”

这话一出，如同沸油中溅入冷水，会议室顿时沸腾起来。有个副校长急得直拍大腿：“我的赵校长哎！让外人管后勤，万一吃出毛病、睡不好觉，咱们招牌不得砸喽？再说别的学校都自己管，咱这步子是不是迈太大了？”

旁边人赶紧帮腔：“就是，这事可得从长计议。学校是教书育人的净土，让私企掺和进来，总觉得心里不踏实。”

赵国良笑着摆摆手：“大伙儿的担心我都懂。可咱们要给学生、老师一个温暖的家，老办法实在跟不上趟。只要找对靠谱的合作伙伴，这改革准能成！”

看校长铁了心要改，几个副校长互相瞅瞅没再吱声。散会后赵国良跑断腿找合作方，货比三家挑了专业做后勤的老牌私企，白纸黑字签了协议。

9月4日，当时的义乌市委书记带着市里五大班子领导来学校视察。领导们快到时，几个副校长又来找赵国良，担心地说：“赵校长，把后勤承包给私企这事儿，要不先别跟领导汇报？万一他们不同意，咱们可不好交代啊。”

赵国良摇摇头，语气特别坚定：“做人得讲诚信，藏着掖着不是我的性格。就算领导有意见，咱们打开天窗说亮话，实在不行再改回来。但我敢说，只要咱们改革是为了学校和师生好，领导肯定会支持。”

话是这么说，赵国良心里其实也打鼓。毕竟全市学校的后勤都是自家管，他搞这个“社会化改革”确实是头一遭。不过转念一想，只要合作单位靠谱，这事儿准没事。

在视察当天，市委书记等人细致地检查了食堂和宿舍。他注意到食堂环境整洁、菜品多样，宿舍管理有序，这反映了后勤服务社会化改革的积极成果，书记对此表示了肯定。最后拍着赵国良肩膀说：“赵校长，你们这后勤管得有模有样嘛，选的企业挺靠谱。这种创新搞得好，就要敢闯敢试！”

听到这儿，赵国良悬着的心总算放下来了，笑着应道：“书记这话可给我们鼓劲了，我们一定再加把劲，让师生吃住都舒心！”

赵国良深知，在学校的日常运营中，住宿和食堂管理工作是学校平稳运行的基石。

食堂，是学校的“能量补给站”。一份份营养均衡、美味可口的饭菜，承载着学校对学生的关爱与呵护。从食材的精心挑选，到烹饪过程的严格把控，再到菜品的合理搭配，每一个环节都关乎学生的身体健康和学习状态。要让学生吃得饱、吃得好，为他们的学习和成长注入源源不断的动力。

后勤社会化改革搞成了，不光解决了师生吃饭、住宿这些头疼事，还给学校收获了一大波好评。群星学校的后勤管理成了兄弟学校的学习标杆，赵国良的远见和魄力，也被大家称赞。

在群星的校园里，学生公寓与餐厅，这些看似寻常的空间，实则是赵国良关注的核心领域。他深知，这些空间承载着学生们日常生活的点滴，每一处细节都关乎学生的生活质量与成长体验。他以近乎严苛的态度，精心雕琢着这些空间的每一个切片，让它们成为学生们温馨、舒适且安全的港湾。

这些责任，或许源自内心的信仰，或许来自社会的期待，抑或对他人、对世界的一份承诺，它们如同永不褪色的烙印，成为他生命中最坚实的支撑。

赵国良对学生公寓和餐厅管理的重视，源于他对学生们深深的关爱。他常说：“学生们远离家乡来到学校，我们就是他们的亲人，一定要让他们在这里感受到家的温暖。”

为了做好这些工作，赵国良付出了大量的时间和精力。他几乎每天都会到学生公寓和餐厅查看情况，发现问题及时解决。即使是在节假日，他也会抽空到校园里转转，看看公寓和餐厅的运行情况。

他的努力和付出，得到了师生们的广泛认可和赞誉。学生们都说：“在这样的校园里生活和学习，我们感到非常幸福。”老师们也表示：

“校长对学生的关爱，让我们深受感动，也激励着我们更加努力地工作。”

学生公寓与餐厅，这些空间里的切片，承载着赵国良对学生们满满的爱与关怀。他用自己的行动，为学生们打造了一个温馨、舒适、安全的校园生活环境。在这个校园里，每一个空间都充满了温暖和希望，每一个切片都闪耀着爱的光芒。而赵国良，就像一位默默的守护者，用自己的执着和坚守，为学生们的成长保驾护航。

12 月，为了迎接浙江省示范小学评估验收，赵国良带领全校师生对照《浙江省现代化学校评估细则（小学）》中的申报条件、办学条件、师资队伍和教育技术装备等标准，逐条检查并落实整改措施。他特别清楚，只有把自家学校建设到位，做出特色、做出内涵，才能真正起到示范作用。

在全体教师大会上，他推心置腹地说：“做人、求知、成才的办学理念不是学校的装饰门面，每个管理者、老师、学生都落实到日常行动中。唯有如此，我们方能沿着办学理念的指引稳步前行，让学校真正蓬勃发展。”

第十五章

满溢情怀的岁月

2004 年 2 月 14 日情人节，那天的义乌街头，空气里都是甜腻腻的味道。花店内，红玫瑰竞相绽放，犹如一簇簇燃烧的火焰，店员们穿梭其间，忙碌不已。客人们络绎不绝，或精挑细选，或焦急等待，满室芬芳，令人沉醉。

可赵国良压根没空闻花香。自打办了群星学校，他就像上了发条的陀螺，年年情人节都在忙活“做人教育”那些事儿。要按常理说，事业都这么红火了，总该陪陪爱人吧？可这位偏不！

特意挑 2 月 14 日拆房子，这日子选得够讲究。烟花“砰砰”炸开时，防尘网里裹着的教学楼、宿舍楼都镀了层金边。嚯，新校区总算是盖成了！小学生呼啦啦全搬到新家去了。

赵国良此刻正致力于新旧校区的融合事宜。旧门卫室已拆除，新传达室巍然矗立，两校区犹如新婚伴侣般紧密相连。站在院子中间，赵国良笑得见牙不见眼，仿佛间瞅见满天都是红玫瑰在打转，心里头那股浪漫劲儿咕嘟咕嘟直冒泡。

等踏着月色回家，赵国良变戏法似地掏出一支红玫瑰。他爱人当场傻眼——这个整天把“做人教育”挂嘴边、忙得脚打后脑勺的人，居然开窍了？还是象征“一心一意”的一支！

爱人唰地红了脸，接花时手指头直打颤，羞答答地说了声“有心了”，眼圈儿立马就红了。

要说这当校长的爱人可不容易。自打学校成立，她就成了全天候后勤部长：赵国良蔫巴了给打气，冻着了给添衣，孤单了陪唠嗑。自个儿守着空屋子的时候多了去了，可半句埋怨都没有。

这会儿攥着一枝玫瑰，就跟攥着赵国良那颗七上八下的心似的。赵国良瞅着爱人红眼圈，心头跟猫抓似的：“这些年让你跟着受累了，等我把这摊子事儿整利索，肯定好好补偿你。”

爱人抹了把眼角：“谁要你补偿了？你成功了我就高兴。就是……就是没想到你个书呆子还能整这出。”

那晚客厅的灯光特暖和，爱人把人生第一次收到的玫瑰花插在茶杯里。这哪儿是花啊，分明是两个人这些年互相体谅的见证。赵国良的情人节，到底还是过出了甜味儿。

12 月的义乌寒风呼呼地吹，可私立群星学校的报告厅里暖洋洋的。两百多平方米的报告厅布置得别具匠心，墙上悬挂着学生精心绘制的彩墨山水，窗边点缀着一排绿萝。空气中弥漫着咖啡与油墨交织的香气，让人一踏入便感到心旷神怡，倍感舒适。

市教育局的专家、各校老师代表，还有三百多位家长把座位坐得满满当当，都等着这场全市关注的文科教学现场会开场。

台上几位资深老师轮流分享教学妙招，PPT 里全是实打实的课堂案例。底下坐着的人一会儿唰唰地记笔记，一会儿跟着点头。到分组讨论时更热闹了，这边说“作文怎么教才有灵气”，那边聊“古诗文怎么教不瞌睡”，七嘴八舌都是干货。

不过家长最想听的还是赵国良的“做人教育”，今天可算能当面听他说门道。赵国良登台亮相，第一句话便掷地有声，震撼人心：“当年办学，有人质疑我瞎折腾。嘿，那我就索性将‘折腾’二字当成行为指南！”

底下的家长本来还在翻材料，听到这话一出齐刷刷抬头。赵国良说话跟打铁似的梆梆响："现在来群星参观的人很多，都来打听做人教育咋落地。这说明啥？说明我们摸准了教育的脉！"

他突然把话筒往家长席一指："各位家长，学校最应该给孩子什么？"说到这里，他停顿了一下，目光扫过台下的家长们，仿佛在寻找某种共鸣。会场瞬间安静下来，家长们面面相觑，似乎被这个问题问住了。

赵国良没有急于给出答案，而是顿了顿，然后掰着指头数说："两样东西——做人的道，学习的法。前者是让孩子成长为参天大树的有效养分，后者则是让孩子走在人生道路上更轻松。如今社会上过分强调分数，但深思之下，若孩子不懂为人处世之道，即便刷题成为学霸，也难以长远发展。把做人这门课修好了，孩子自然学得轻松、活得敞亮！"

这话像往油锅里泼了一瓢水，家长堆里嗡嗡响成一片。有家长拍着大腿说"在理"，有戴眼镜的爸爸赶紧掏手机录音。后排几个本来在玩手机的也支棱起耳朵。

"咱们别整天盯着分数看，倒把孩子怎么做人都给忘了！"别看会场里安安静静的，家长们心里早被赵国良的话点着了火苗。

赵国良的讲话不像那些大领导似的慷慨激昂，也没有啥震撼人心的排比句。倒像是邻家老大哥拉家常，把自己完全摆在家长堆儿里，来了一场掏心窝子的自我剖析。

"当初办这学校图啥？不就是为了孩子们今天能好好成长，明天能堂堂正正做人么。"赵国良的声音越来越轻，就像跟每个家长挨着肩膀说悄悄话。

这话说得既踏实又透着自豪，把"教育不只是教知识，更是塑人品"的道理揉碎了送到家长耳朵里。台下坐着的家长们听着听着，都忍不住点头。

眼见气氛逐渐升温，赵国良的情绪也越发高涨，他的嗓音变得洪亮起来："我们那代人读书时赶上过动荡，你们这辈人念书时碰见过改革。到了孩子们这一代，他们不仅学习的知识更为广泛，道德标准也更为严格，对待学习的态度更加专注而纯粹。如今这世道，经济腾飞，遍地机会，正是最好的时代啊！"

他目光挨个扫过台下家长，顿了顿接着说："咱们当家长的别总埋怨孩子不上进，也得摸摸自己良心——咱平时做的那些事，给孩子树的是好榜样吗？再说句掏心窝子的话，学校教给孩子的做人道理从来都是实实在在的，学校对孩子们的期待从来没落空过，对各位家长的期待也没落空过，你们可千万不能让孩子们的期待落空啊！"

"我们既要让孩子德智体美劳全面发展，又要让大家看见实实在在的考试成绩。更要让所有家长十年二十年后提起孩子时满脸骄傲，说到咱们学校就竖起大拇指！这不是漂亮话，是全体老师和我一起立下的军令状！"

他话音刚落，礼堂里"哗"地炸开了雷鸣般的掌声。好些家长直接站起来鼓掌，有几个使劲拍着手，巴掌都拍红了。

赵国良掏心窝子的大实话，让在座的人一会儿点头如捣蒜，一会儿又陷入沉思。他那个"先成人，再成才"的理念，不仅为孩子们点亮了前行的明灯，更让众多家长恍然大悟，拍案叫绝——原来教育的真谛竟在于此！

散会时，家长们把讲台围得水泄不通。有个戴眼镜的大哥紧紧握住赵国良的手说："赵校长您可说到我心坎里了！以前就盯着孩子考多少分，现在想想真是本末倒置了！"

赵国良笑着拍拍对方肩膀说："教育宛如一场马拉松，我们皆是孩子成长路上的同行者。家校携手并进，孩子们定能在人生的赛道上跑出佳绩！"

夜色渐浓，校园重归宁静。赵国良靠在报告厅大门上，望着路灯下斑驳的树影出神。他知道今天只是个开始，未来的路还很长。他明白，这场会议不仅是对家长们的教育，更是对他自己的一次深刻反思。作为校长，他肩负着巨大的责任；作为丈夫和父亲，他也需要更多地关注家庭。

想到这里，他拿出手机，给爱人发了一条消息："今晚回家，我们一起吃饭。"

"好，我等你。"

看着手机里爱人刚回的信息，嘴角不自觉扬了起来。他收起手机，迈步走出夜色中的校园。他知道，无论未来的路多么艰难，他都不会孤单。因为他有爱人的支持，有家长们的信任，更有无数孩子们的未来等待他去守护。

路灯把他的影子拉得老长，总把"责任"挂在嘴边的赵国良忽然觉得，肩上的担子好像也没那么沉了。

在推进"做人教育"理念的过程中，不可避免地遭遇了外界的误解和批评。而正是这些质疑，让他的教育理念得到了释放，得到了完善，他打心眼里感谢。

这天赵国良正在办公室琢磨事儿，副校长突然推门进来，手里捏着封信，脸黑得跟锅底似的。

"校长您看看这个！"副校长把信往桌上一摔，"简直欺人太甚！"

赵国良展开信纸，是封打印的匿名信。信里喷他搞的"做人教育"是浪费教育资源，说他净整些虚头巴脑的理想主义。"现在社会竞争这么激烈，不抓分数，搞这些花架子，这不是坑孩子吗！"字字如针，句句扎心。

副校长拳头捏得咔咔响："准是那帮家长干的！他们压根不懂您的良苦用心。要不行开家长会说道说道？"赵国良倒乐了，把信叠好收进抽屉："急啥？教育这事儿急不得，得用小火慢炖。"

"但这也太……"副校长话没说完，就被赵国良摆摆手截住了。

"您还记得去年的这时候吗？"赵国良望着窗外眯起眼，"那时候升学率是漂亮，可孩子们个个跟霜打的茄子似的。三天两头不是打架就是偷摸……"

副校长脸色渐渐缓和，想起一年前那个下午。一个学生偷东西被逮个正着，按校规该直接开除。可赵国良愣是顶着压力给了这孩子改过的机会。

"您说的是那个孩子的事？"

"是的。那晚我和孩子聊到后半夜。"赵国良声音轻得像叹息，"原来他爹妈离婚，老爹整天喝酒，喝多了就打他。偷东西不为钱，就想让人多瞅他一眼……"

"您的意思是……"副校长若有所思。

赵国良扶着窗框站起来："教育不光是往脑袋里塞知识，更要培养个完整的人。您说是不是？"他望着操场上奔跑的学生，"咱们要教出来的是有血有肉的人，不是考试机器。这事儿急不得，得慢慢浇灌。"

"可匿名信说的……"副校长欲言又止。

"时间会证明一切。"赵国良转身时衣角带起一阵风，"等家长看到孩子的变化，他们自会明白学校和老师的良苦用心。到那时，现在这些举报信算得了什么？"

副校长这才注意到，校长鬓角已染了霜，眼角纹路更深了。可那双眼睛还跟十年前初遇时一样，亮得能照见人心。

"我这便去调整教学计划。"副校长腰杆挺得笔直，"您指向何方，我便奋力向那方。"

"辛苦。对了，下周带孩子们去敬老院的事……"

"都安排妥了！那孩子还自告奋勇当小组长呢。"

赵国良笑着点头："记住，教育这事得捧着心去做。只要咱们把教育做瓷实了，真能给孩子未来铺路架桥，那些闲言碎语……"他故意拉长了尾音，语气中带着几分深意。

"风一吹就散!"副校长接得干脆，两人相视而笑。

下课铃声响起来，玻璃窗挡不住外头的欢声笑语。阳光正暖，照得赵国良的白发泛着银光。他望着操场上蹦跳的身影，嘴角不自觉地翘起来。

前头肯定还有很多的困难，可他心里明镜似的——教育这事急不得，得像老农种地，一锄头、一锄头地深耕细作。只要种子埋对了，还怕长不出好苗?

第十六章

平凡中雕刻永恒

义乌市私立群星学校，这几年教学成绩噌噌往上涨，优秀学生一个接一个冒出来。如今在教育界提及该校，无不赞誉有加，家长们更是亲切地称之为“明星学校”。

荣誉接踵而至，优秀的学生逐渐成为小小名人。然而，真正让群星学校与众不同的，不仅仅是升学率的提升，而是它独特赵国良的做人教育。

越来越多的媒体人想要采访赵国良，但每年他接受的专访次数少得可怜。并不是因为他害怕面对镜头，而是几十年来的优良习惯，让他下意识地自觉约束了自己。

这天，一个报社的记者小李慕名来采访。赵国良想着正好能推广做人教育，就痛快答应了。他热情地招呼小李坐下，两人随即开始了深入的交谈。

“赵校长，为约您我可费老劲了。找了好几个人才终于联系到您。”

“我天天在学校啊，办公室电话一打就通。”

“知道，就是没您点头不敢贸然来。”

“这有啥不敢的？我们校门永远向实在人敞开。但凡对学生好的事，我求之不得呢！”

小李被校长这份直爽劲儿打动，由衷感叹：“您真是一位全身心投在学生身上的好校长，是我们为人处世的楷模。”

赵国良摆摆手，语气特别实在：“可别捧我。咱就捞干的说行不？听说您对我们做人教育有兴趣，我们可以聊聊，期待您的高见。”

小李赶紧摆手：“哪敢哪敢！今天就想跟您聊一下做人教育，做个人深度专访。”

赵国良摇了摇头：“个人专访就不必了，我就是个办学校的普通教师，但是做人教育这块，确实可以聊一聊。”

小李直奔主题：“听说咱们学生多半是生意人家的孩子，在做人这块可能缺些历练。您当初咋想起搞这个做人教育的？”

赵国良眯眼一笑，缓缓道来：“这可不是我一时的念头，而是从心底里坚信不疑的事情。若要细说，那可真是源远流长，一言难尽啊。”

他端起茶杯润了润嗓子：“我觉得育人得先育德，这才是办学的根本。民办学校到底图啥？赚钱还是育人？这两件事真就不能兼得？我们这些年的德育实践，就是最好的答案。”

说到这儿他眼睛发亮：“我们致力于做人教育，旨在塑造出既有理想抱负，又具备高尚品德，同时兼具文化素养与自律精神的全面发展人才，而非那些只会应试的机械式学生。你别说，自从把做人教育当作立校之本，学校发展反而打开了新天地。”

小李听得入神，追问道：“那家长能乐意吗？现在大家不都死盯分数吗？”

赵国良点点头，眼里透着欣慰：“刚开始办学校那会儿，我们专门给家长发过问卷。有道题是，您最希望孩子考上大学还是学会做人，结果95%的家长都选了后者。就算现在生活条件好了，家长最希望的还是孩子能先做个好人。”

随着对话的深入，小李逐渐了解到，赵国良的教育之路并非一帆风顺。他并非一开始就立志从事教育，而是命运让他在不经意间与教育相遇，并深深爱上了这份事业。几十年间，他已经将自己的光阴紧紧与教育捆绑在一起。

在学校创办初期，赵国良总想把所有的事情都做好，于是事无巨细，亲力亲为。从教学计划的制订到学生的日常管理，他都要亲自过问。近30年的教龄，他始终勤勤恳恳、兢兢业业、任劳任怨。他曾郑重地发誓："要永远忠诚党的教育事业。"这句话不仅是他对教育的承诺，更是他立身的根本之道。

然而，随着时间的推移，赵国良逐渐意识到，教育不仅是亲力亲为，更需要信任和放手。他开始培养骨干教师，赋予他们更多的责任和权力。学校的"做人教育"理念也逐渐从校长的个人信念，转化为全校师生的共同追求。

茶桌上有一个仿古样式的茶杯，茶杯整体大气恢宏，却无一丝浮夸之气，正如赵国良的内在一样。茶杯侧面刻着"做人 求知 成才"六个苍劲有力的大字，这是赵国良的座右铭，也是群星学校的办学宗旨。

小李盯着茶杯忍不住问："赵校长，这几个字对您来说特别重要吧?"

赵国良摸着杯身缓缓道："做人是地基，求知是盖楼的脚手架，成才才是最终建起的高楼。地基打不牢，楼盖得再漂亮也是危房。我们搞教育，不是要培养应试机器，而是要教出有良心、有担当的社会人。"

"您的做人教育理念，遭受外人的质疑吗?"

"做人教育也不是谁都买账。在分数至上的环境里，做人教育没少被质疑，且质疑随时都有。有家长说：'成天教做人，这不是耽误孩子考大学吗?'有同行就笑话说：'搞什么乌托邦，现实社会哪容得下这些理想主义。'"

"那您是怎么应对的呢?"

"面对这些声音，我没有动摇。我坚信，教育的本质是育人，而不是育分。我坚守做人教育，带领教师们开展了一系列德育实践活动。从课堂到课外，从学校到社会，逐步将做人教育融入学生的日常生活。几年过去，学生不仅成绩优异，而且在培养团队精神和社会责任感方面也取得了显著成效，这得益于学校在做人教育方面的重视和实践。家长们慢慢发现，做人教育真的不是说说而已，实打实地给孩子们未来打下好底子。当初那些质疑的声音也慢慢没了，反而得到越来越多的人肯定。”

交流中，赵国良告诉小李，在得到肯定的同时，有人说群星的做人教育“很水”。对此，他非常重视这个不负责任的说法，提出了群星学校做人教育的“水广论”，通过落地实践告诉传谣者，做人教育“不水”！

赵国良常强调，做人教育的核心在于培养什么样的人，以德育促进智育，而不仅仅是关注学生当前的考试成绩。他提出的“水广论”成为做人教育实践指南。

做人教育应像水一样，滋润万物，体现润泽性。无声地渗透到学生的学习和生活中，促进他们知识的增长、品德的培养和身心的健康发展。

做人教育要像水一样，包容万物，体现包容性。接纳独特性，尊重差异，为他们提供一个安全、宽松的学习和生活空间，让每个学生都能在其中找到自己的位置，发挥自己的潜力。

做人教育要像水一样，改变形态，体现动态性。在学生之间、师生之间的互动交流上，能够促进思想的碰撞和知识的传播，使教育环境充满活力。

做人教育要像水一样，不断流动，体现适应性。根据学生的年龄特点、认知水平和个性需求，灵活调整教育教学方法和策略，使教育环境与学生的发展相匹配。

做人教育要像水一样，生命之源，体现基础性。为学生提供良好的学习条件、规范的行为准则和积极的价值导向，为他们的未来发展奠定坚实的基础。

采访结束时，小李感慨万千。他本来以为就是个普通的校长访谈，没想到听到了教育理想照进现实的暖心故事。赵国良这个“育人先育心”的理念，不仅让群星学校蓬勃发展，还真真切切改变了好多学生和家长的人生轨迹，让他肃然起敬！

事实证明，赵国良校长可不是光说不练，他一直都在踏踏实实践行这个理念。要说怎么对待教育和学生，他实实在在做到了自己教育理念里最核心的那个词——“负责任”。

刚办学那几年，学校纪律确实有点松垮。人们普遍感觉，民办学校的管理相较于公立学校似乎不够严谨，部分管理干部在把握工作重心上尚存疑虑。新学校如同初航之船，需在实践中摸索前行，方能逐步步入正轨。

赵校长可没闲着，三天两头组织老师开研讨会，让大家敞开聊、慢慢磨。最后在师生纪律管理这块，愣是搞出了一整套方案。先给老师们明确方向：咱们宁可走得慢，也不能走偏道。

学生纪律这块更讲究，按年级分班制定奖惩制度，月末还要开大会总结。不过赵校长最看重的是要求老师们先管好自己。用他的话说：“自己都做不好，怎么管学生?”

即便制度已经落地，赵校长依旧坚持每日巡视教室。他深知，作为校长，有责任确保师生的满意度，并解决任何可能出现的问题。只有自己这个领头羊先负起责任，老师、学生们才能真正上心。那段时间，校园里总能看到他巡查的身影。

经过一系列教学改革和纪律管理的优化，教室里发生了显著变化。老师讲课更加充满活力，学生也更加专注地挺直腰板听讲。就算赵校长突然出现在教室后窗，也抓不到开小差的。晚自习没老师盯着，教室里照样静得能听见写字声。这些显著的转变，皆是赵校长引领众人一步步攻克的难关。

要说办学就像走路，刚开始可能走得慢些，但只要方向对了，摸着门道后自然能越走越快、越走越稳当。

教育这事儿，说平凡也平凡，说不凡也真挺不凡的。

这天，赵国良正于办公室内沉思，忽闻门外传来“咚咚咚”的敲门声，打断了他的思绪。推门进来的是文综组的组长。

“校长，一模成绩出来了，咱们文综组这回没发挥好。”

“我看看。和其他学校对比过没？不是说这次是几校联考吗？他们考得咋样？”

“公立学校人多，那边数据还没整理完。”

“我感觉不太好，这次低分段的孩子比平时多。我带头做检讨。下季度我们肯定整改到位，保证考好！”

“先别急着背锅。一来对比数据没出来呢，二来考题是外地专家出的，说不定比高考还难。再说成绩波动的原因多了去了，哪能都怪你？不过你这态度，我挺欣慰的。”

“谢谢校长体谅，但该扛的责任不能躲。下一次模拟考试，我们定将全力以赴，再创佳绩！”

“摸着良心说，你们把多少后进生拽成了本科生，还培养出好些尖子。那些让公立学校都头疼的熊孩子，在你们手里都脱胎换骨了。孩子们的成绩跟春笋似的往上蹿，这份功劳多少钱都买不来。别跟眼前这点小风浪较劲。”赵国良摆摆手。

“成绩偶尔打个盹儿，能说明啥？这既不是你们的真实水平，更不是咱学校的水平。在打造星辰大海的路上，谁还没个磕磕绊绊？我就觉得啊，这些个小波折往学校的光荣册上一盖，反倒像洒了金粉似的亮眼。在我看来，咱们这片教育的星河中，每位老师都是璀璨夺目的星辰。”

“校长……”组长有点感动了，话都说不出来了。

“咱们学校每个老师都特别重要！没有大家的付出，咱们哪能有今天的成绩？你们创新教学方法，努力营造和谐氛围，创设做人教育环境，还有稳定学生情绪。这些日常的默默付出，让学校在义乌教育界闯出了好名声。无人能轻视你们的功绩，亦无人能忽视我们携手共创的辉煌。”

“校长，这次确实是我的责任。真怕因为我们影响学校好不容易拼出来的竞争优势。”

“咱们一起努力！接下来还指望你们创新教学方法，带着学校更上一层楼呢。”

“只要校长信任我们文综组，我们肯定打个翻身仗!”

“好。市里第六届高中生文科综合知识竞赛一等奖的证书发下来了，你主持一下咱们学校自己的颁奖仪式。”

“好的，我马上就办。”

面对第一季度模拟考的小挫折，听着教研组长的自我检讨，赵国良总是这样耐心开导。因为他在这些老师、学生们身上感受到了想进步、求进取的积极心态。只要心里揣着上进心，那他们自然会进一步严格要求自己。

开办学校十多年来，赵国良也始终用极度包容的心态对待全体教师职工。当外界涌现不利于学校师生的舆论时，他总能迅速站出来澄清真相；学生成绩出现波动时，他总是第一时间给予鼓励与支持；当学生的成绩下滑时，他也是第一时间站在一线为大家加油打气。

他始终坚信，既然教育理念是“教学生做人”，自己就得先做好榜样。无论是师生间的讨论、失败的经历，还是学校的荣辱时刻，都能变成生动的课堂，把做人教育的理念种进每个人心里，让整个校园越来越温暖融洽。

第十七章

微光点亮教育

“学会做人”是赵国良为人的基准，更是他治校的方略。这句话，既是他对学生的期望，也是他对自己一生的要求。然而，很少有人知道，这位如今在教育界声名显赫的校长，小时候的理想与如今的追求截然不同。

小时候的赵国良，梦想并不是成为一名教育家。他出生在一个普通的农村家庭，父母都是勤劳朴实的农民。那时的他，最向往的是成为一名科学家，尤其是天文学家。

他常常站在田埂上，望着满天繁星，想象着自己有一天能揭开宇宙的奥秘。他喜欢读书，尤其痴迷于那些关于宇宙、物理和数学的书籍。他的书包里总是塞满了各种科普读物，甚至在课堂上也会偷偷翻看。脑子里总是塞着十万个为什么，上课最爱问问题。

1966 年高中毕业后，他到义乌针织厂做合同工，一年后回家务农。1970 年，他以杰出的表现被录取到杭州大学中文系，大学三年他慢慢发现，教书不只是讲知识点，更是在雕琢人心、点亮希望。他忽然明白，自己虽然当不了探索宇宙的科学家，但能帮更多孩子找到属于他们的星辰大海。1973 年毕业后，却到了义乌县团县委工作。直到 1975 年，才到义乌县合作公社初中任教，从此开启了他的教育生涯。19 年后，他成了义乌市工业学校的校长。

二十多年后，在一次座谈会上，面对一位老校长的灵魂拷问，赵国良回答得特别坦然。那位老校长问他："都这把年纪了，放着铁饭碗不要，非要自己办学校？我实在想不通。"

赵国良笑着搓了搓手，说道："办学这事儿，确实与儿时的梦想相去甚远。但也许这正是上天赐予的缘分，起初是场意外，继而化作福祉，如今已成了我愿倾尽一生去追求的信仰。既然机会砸在头上了，那我必须得干出个样儿。"

老校长听得直点头，接着又补一刀："当初你家里人、老同事能理解吗?"

赵国良沉默了片刻，仿佛在回忆那段充满挑战的岁月。他缓缓说道："要想所有人都理解，挺难的。但是只要怀揣着自己的理想坚定地前行，并坚决做一个值得尊重的人，他们自然也会尊重我，尊重我的事业和选择。创建学校后，我在生活上也规避一切让人觉得浮夸的行为，不匹配身份和收入能力的消费都是不必要的。"

这番话让老校长频频点头，眼中满是欣慰。他深知，赵国良选择的这条路并不容易，甚至可以说是孤独的。但正是这种孤独让赵国良的信念更加坚定。

赵国良一度提出"不争一世争百世"的人生观，这是他对教育本质的深刻理解。在他看来，教育的意义不仅仅在于眼前的成绩和荣誉，而在于为后人留下宝贵的精神财富。他曾多次对教师们说："我们今天的努力，不是为了让学生考上多少名校，而是为了让他们在未来的某一天，能够成为一个对社会有用的人，一个能够影响他人、改变世界的人。"

这种思想，也体现在他对学校的管理和教学中。他从不追求短期的升学率，而是注重学生的全面发展。别的校长追升学率追得脚不沾地，他倒好，整天琢磨学生怎么全面发展。特别爱提做人教育，说要把品德修养和社会责任感刻进学生骨子里。他常常对学生说：“你们不仅要学会知识，更要学会做人。只有成为一个有责任感、有担当的人，才能真正实现自己的价值。”

有一次，一个年轻教师私下问他：“校长，您为啥总把做人教育挂嘴边？分数难道不重要吗？”

赵国良眯眼笑道：“分数当然要紧，可它只是人生长河中的一朵浪花。如果我们只关注分数，而忽略了做人的根本，那么即使学生考上了名校，未来也可能迷失方向。咱们当老师的，得帮学生找准人生航向，这才是正经事。”

这番话让年轻教师深受启发，也让学校的教育理念更加深入人心。

如今，赵国良的“不争一世争百世”思想，已经成为群星学校的精神内核。他用自己的行动证明，教育不只是传授知识，更是点燃希望、塑造未来的过程。他常说：“我们今天的努力，不是为了眼前的荣誉，而是为了未来的某一天，当我们的学生站在人生的十字路口时，能够作出正确的选择。”

有时候想想，这和他小时候想当科学家的梦想异曲同工。儿时他痴迷于星辰月亮的奥秘，如今则倾心于探索孩子的心灵世界，日复一日地思索如何引领每个孩子找到属于他们的璀璨星空与广阔海洋。

十年只是一个开始。

9 月 30 日那天，群星学校门口非常热闹！金灿灿的“热烈庆祝私立群星学校建校十周年”大字在拱门上闪闪发亮，阳光一照晃得人睁不开眼。大门两边立着半人高的花篮，红玫瑰混着白百合开得正艳，很远就能闻到阵阵花香。校门外马路边插满彩旗，印着校徽和“十周年”标志，风一吹彩旗哗啦啦迎风招展，仿佛在向来宾们招手。

主干道挂满红底黄字的横幅，“做人 · 求知 · 成才”“善学习、守纪律、会生活”等横幅，给学校十年成长史画出了重点。路边展板排着队讲故事：最早租借校舍办学的老照片、领导来访的照片、金牌教师带学生拿奖的精彩瞬间……跟翻连环画似的，走两步就能看见学校取得的荣誉。

签名墙那块儿最热闹，毕业生们把名字写得龙飞凤舞。还有人在空白处画歪歪扭扭的爱心，每一笔、每一画都承载着对母校的深情厚谊。休息区茶点香气四溢，校友们三三两两地聚在一起，“当年咱们班……”“记得校门口那家牛肉面馆不……”笑声和回忆交织成一片温馨的画面。

这次校庆与以往不同，国家教委的领导将出席，这让整个校园在兴奋之中又多了几分紧张。

赵国良站在主楼前，望着眼前这番景象，心里像打翻了五味瓶。十年前谁能想到，群星学校能混成现在这排场？今日，他特意翻出了那件珍藏多年的深蓝西装，搭配上鲜艳的红领带，整个人犹如挺拔的青松，焕发着勃勃生机。他知道，今天不仅要忆苦思甜，更得给未来画张蓝图。

赵国良早早地站在校门口，对来宾述说：“这十年啊，我们抓住做人教育不撒手，从早到晚给学生拧紧这根弦！专家夸咱们理念好，家长说孩子懂事了……”

正当他讲得兴致盎然之际，时任国家总督学顾问、原国家教委副主任到了！当那辆黑色的轿车缓缓驶入校园，赵国良的心跳陡然加快，他深吸一口气，脸上绽放出热情而庄重的笑容，快步迎上前去。握手的那一刻，他感受到了一种沉甸甸的责任，同时也涌起一股难以言表的激动。

贵宾室里，他介绍了学校的发展历程、办学特色以及取得的各项成就。领导专注地聆听着，不时点头赞许，还提出了一些富有建设性的意见和建议。

“赵校长，你们学校办得很有特色，尤其是做人教育，让我印象深刻。你们的做人教育不仅是一种理念，更是一种实践。更重要的是，你有一种精神，一种对教育的执着和热爱。这种精神，正是我们教育者最需要的。你们的做人教育不仅是一种教育模式，更是一种教育哲学。它让学生们在学习知识的同时，也学会了如何面对生活、如何面对社会。这种教育，才是真正的教育。”

赵国良认真地记录着，每一个字都像是一颗希望的种子，播撒在他对学校未来发展的憧憬之中。他知道，领导的这番话不仅是对他的肯定，更是对群星学校未来发展的指引。他郑重地说道：“您的话让我深受启发。我们一定会继续坚持做人教育，让更多的学生受益。”

“赵校长，我相信你们一定能够做到。你们的学校，不仅是一所学校，更是一座灯塔，照亮了无数学生的未来。”

校庆庆典仪式上，柳斌发表热情洋溢的讲话，他指出：“群星对做人教育进行了深入的研究和探讨，积累了丰富的经验，取得了明显的成效，在义乌、在浙江乃至在全国都有一定的影响。”

庆典仪式结束后，送走了各位嘉宾，校园渐渐恢复了平静。赵国良校长独自一人来到学校的校史室，这里陈列着学校多年来获得的各种奖杯、奖状和荣誉证书。

他缓缓地走着，目光一一扫过这些见证学校成长的“宝贝”，思绪万千。他深知，今天的校庆虽然圆满成功，但这只是学校发展历程中的一个节点，未来的路还很长，挑战还很多。

如今得到了国家教育部领导的关注和重视，这不仅是一种荣誉，更是一种鞭策。他的心中涌起一股强烈的使命感，他深知自己肩负着推动学校向更高水平发展的重任。他暗暗下定决心，一定要以此次校庆为契机，认真梳理领导提出的意见和建议，制定出切实可行的改进措施和发展规划。

下午的毕业生座谈会上，考上暨南大学的何文帅说得动情："群星的做人教育让我明白为谁读书，改掉了厌学的毛病，现在学习习惯好了，成绩也上去了。"

一位毕业多年的校友在发言中说道："母校教会我的不仅是知识，更是如何做人、如何面对困难。在这里，我养成了坚韧不拔的品质，这让我在人生的道路上无论遇到什么挫折都能勇敢前行。"

几位校友的话引起了在场校友们的共鸣，也让赵国良陷入了沉思。我们的教育究竟要给学生留下什么？是扎实的学科知识，还是更重要的品格与价值观？显然，两者缺一不可。知识可以帮助学生在未来的职场上立足，而良好的品格与价值观则能引领他们走向正确的人生道路。

校长论坛上，赵国良掰开揉碎了讲经验："办学就认准两条：头等大事教做人；再就是靠质量生存，靠特色发展，民办学校就得这么干。"

这番话说到校长们心坎里了。散会后大伙儿围着他取经，赵国良也不藏私，有啥说啥。

夕阳西下，校庆结束了。赵国良伫立于主楼之前，目送人群缓缓消散。十年风雨兼程，仅是征途之始，未来的道路依旧漫长。不过他有底气——只要攥紧"做人教育"这张王牌，群星学校必定能走得更稳当。

他抬头望向天空，夕阳的余晖洒在他的脸上，映照出一抹坚定的微笑。他知道，他的教育蓝图，正在这片校园里，一点点变成现实。

晚上，沉浸在校庆中的赵国良迟迟无法入睡，他的心中渐渐燃起了一团火，那是对学校未来发展的坚定信念和无限期待。他不由自主地盘点起来这十年，想找到再出发的锚点。

十年前，当邓小平同志的南方谈话像春风一样吹暖祖国大地的时候，义乌市私立群星学校应运而生。从此，商城大地崛起了一座现代化的民办学校，义乌教育史掀开了崭新的一页。私立群星学校的创办，是改革开放的伟大时代的产物，适应了广大家长和市场经济的发展需求。

当时义乌市已拥有全国最大的小商品市场，五湖四海的中外客商，云集义乌，经商办厂。但是他们的许多子女没有地方上学，这是一件令家长头疼、政府心急的大事。面对这样的困难，群星人勇敢地站出来，创办了学校，承担了责任。

现在，学校在各级党委、政府的重视和支持之下，不忘时代使命，肩负社会重托，团结拼搏，艰苦创业，使学校各方面工作不断上新台阶，上新水平，取得了引人瞩目的成绩。

十年前，学校没有一寸校园，没有一间校舍，全靠租用别人的场地办学；现在，我们已拥有校园 100 多亩，校舍面积 6 万多平方米，而且各种设施齐全，标准化、现代化。

办学第一年，学校只有 3 个班级，学生 156 人；现在已经拥有教学班 54 个，在校生 2300 多人，成为金华市在校学生人数最多的民办学校之一。

十年来，全面贯彻党的教育方针，认真实践学校的办学宗旨“做人、求知、成才”，坚持把做人教育作为学校教育的根本任务，并且作为一条主线始终贯穿于教育全过程。做人教育的思路和模式，得到了高层专家和教育行政部门的充分肯定，受到了广大家长和社会的一致认可，为地方精神文明建设发挥了辐射源作用。

十年来，在坚持开展做人教育的同时，积极实践“以德启智”的教育教学规律，积极探讨有效提高教育质量的途径与方法。

坚持以学生为本，着眼于学生的健康成长和发展，努力培养学生的学习兴趣和良好习惯，注重培养他们的自主能力和自学能力；坚持因材施教，注重学生的个性发展，为不同层次学生个性发展和成才积极创造条件；坚持面向全体学生，决不放弃一个后进学生，并不断研究与探索转化后进学生的有效途径，为学生成长和发展打下了良好基础。

十年来，共培养了 2900 多名小学、初中、高中合格毕业生。先后有50多名高中毕业生被浙江大学、复旦大学、南开大学、暨南大学等全国重点大学录取。有400多人次的学生，在各类各级学科竞赛中获奖，其中包括全国冠军在内的国家级大奖就有60多人次。

十年来，既立足于学校的今天生存，扎扎实实抓常规教育教学；同时着眼于学校的未来发展，开展前瞻性的特色教育教学实践与研究。做人教育、语文课外阅读、写字教学、计算机教学以及分层教学等特色研究活动，有规划、有措施，并且已经取得了明显成效，为学校的持续健康发展打下了扎实基础。

十年来，办学不断取得的可喜成绩，受到了政府部门的充分肯定，并且给了很多荣誉，先后6次被评为不同层次的优秀民办学校，获得各种荣誉称号19项，其中有省人民政府授予的“省优秀民办学校”和“省示范性城镇小学”称号。办学成绩同时得到了广大家长的认可和社会的好评。生源质量不断优化，办班规模不断扩大，且几乎都是本地生源，近几年招生甚至出现了一日爆满的可喜景象。

十年来，群星学校共招生5300多人，其中高中生2500多人，为缓解初中毕业生入学难和普及高中教育尽了力。坚持为地方经济社会发展服务，根据我校家长绝大多数经商办厂的实际和他们的需求，改革管理模式，调整教育内容，积极为他们安心经商办厂排忧解难。

十年来，在办学方向上坚持教育公益性的原则，在办学策略上坚持以质量求生存、以特色谋发展，在师资队伍建设上坚持事业留人、待遇留人、情感留人，这些都为民办学校应对严峻挑战，走出困境，提供了有益的经验和启示。

盘点过程中，赵国良不仅收获了感动，也让他深刻认识到，学校的历史是需要每一个人用心去挖掘、去守护的。它不仅是过去的记录，更是学校未来发展的根基。

站在十年校庆的节点上，展望未来，赵国良充满了信心和期待。

第十八章

种下做人的种子

2006年春天，群星学校小学部的操场上洋溢着一种特别的氛围。孩子们的脸上挂着兴奋的笑容，手里拿着一个个小小的“存折”，叽叽喳喳地讨论着谁的“存款”最多。这些“存折”并不是用来存钱的，而是用来存储“优点”的——这是小学部少先队开展的“星光优点小银行”储蓄活动。

赵国良站在教学楼前，看着这热闹场面，嘴角不自觉扬了起来。他明白这个活动可不光是让孩子们做好事，更是要在日常小事里教会他们怎么做人。他轻轻拍了拍旁边小男孩的肩膀，笑道：“小朋友，你的‘优点存折’里攒了多少颗星星了呀？”

小男孩眼睛唰地亮了，挺起小胸脯：“我存了20个优点啦！昨天同桌铅笔掉了，我帮他捡起来，老师给我记了个乐于助人！”赵国良笑着揉揉他的脑袋：“真棒！加油，争取把‘存折’记满了。”

小男孩用力地点了点头，跑开了。看着孩子蹦蹦跳跳跑远，赵国良的心中涌起一股暖流。这个“星光优点小银行”活动，是他和小学部的老师们一起策划的。他希望通过这种有趣的方式，让孩子们在做好事的过程中，自然而然养成良好的行为习惯和道德品质。

不过刚开始那阵儿，可不是所有孩子都明白它的意义。有些孩子觉得，做好事只是为了“存优点”，甚至有些孩子为了多存优点，开始

“刻意”做好事。赵国良知道，要把孩子们往正道上引。于是，他特意选了一个阳光明媚的早操时间，绘声绘色地给孩子们讲了一个故事。

“从前有个小男孩，整天琢磨怎么多攒优点。不是帮同学捡铅笔，就是帮老师拿作业，连邻居奶奶买菜都要抢着拎。可后来他发现‘存折’上的数字是多了，心里却空落落的。为啥呢？因为他做这些事时，只惦记着攒星星，根本没用心。”

赵国良说到这儿停住了，目光扫过台下的小脸，声音又轻快起来：“后来啊，这个小男孩发现做好事不是为了往‘存折’上攒星星，而是能让别人心里暖烘烘的，自己心里也是乐呵呵的。打那以后他不再数着好事做，结果存折上的星星反而噌噌往上涨。”

孩子们听得眼睛亮晶晶的，几个小脑瓜跟着直点头。赵国良看着这些晃动的羊角辫，知道故事的种子已经悄悄埋进他们心窝里了。

没过两天，赵国良在紫藤花架下瞧见个小姑娘。她正给一朵蔫头耷脑的小花喂水，马尾辫都快扫到泥土了。他蹲下来问：“小朋友，你忙啥呢？”

小姑娘扬起沾着泥点子的脸蛋：“校长爷爷，这朵小花昨天被风吹倒了，我想帮它站起来。虽然老师没有看到，但我还是想帮它。”

赵国良心中一暖，蹲下身来，和小女孩一起看着那朵小花。他轻声说道：“你知道吗？你刚才做的这件事，虽然没有被老师看到，但它是一个真正的优点。因为你是真心想帮助这朵小花，而不是为了存优点。”

小姑娘忽闪着睫毛，小手还护着花茎。她抬头看了看赵国良，似乎有些不太明白。赵国良摘掉落在她肩上的花瓣：“真正的优点，不是存折上的星星，而是你心里的那份爱心。”他点点小姑娘的心口，“只要你心里有这份善良，存折里的星星自己就会蹦出来。”

小女孩似懂非懂地点了点头，脸上露出了灿烂的笑容。赵国良知道，她已经明白了这个道理。

随着时间的推移，“星光优点小银行”活动在小学部越来越受欢迎。孩子们不再只是为了“存优点”而做好事，而是真心地去帮助别人。他们的‘存折’里的优点越来越多，但更重要的是，他们的心里也种下了一颗颗善良的种子。

有一天，赵国良在校园里遇到了一个家长。这位家长激动地握住他的手，说道：“赵校长，真是太感谢你了！我家孩子以前总是很自私，从来不愿意帮助别人。可是自从学校开展了‘星光优点小银行’活动后，他变得懂事了，不仅在家里主动帮忙，还在学校里帮助同学。”

“以前吃苹果都不分妹妹半口。现在倒好，天天追着问我，隔壁王奶奶家的垃圾要不要帮着带下去。”这‘存折’存的哪是星星，分明是把金钥匙啊！这个活动真是太有意义了！”

赵国良笑着点了点头，心中满是欣慰。他知道，这个活动不仅改变了孩子们的行为，更改变了他们的心灵。

2006 年 2 月 12 日，私立群星学校小学部少先队被评为“浙江省红旗大队”。当赵国良得知这个消息时，他并没有感到意外。他知道，这是对学校做人教育理念的又一次肯定，也是对“星光优点小银行”活动的最好褒奖。

在颁奖典礼上，赵国良站在讲台上，望着台下的师生和家长们，语气坚定地说道：“教育的根本任务是育人，我们希望通过‘星光优点小银行’这样的活动，让孩子们在做好事的过程中，学会做人，学会关心他人，学会承担责任。这不仅是对孩子们的培养，更是对未来的投资。”

他的话音刚落，台下便响起了热烈的掌声。掌声像雨点噼里啪啦响起来。赵国良眯起眼睛，仿佛间看见无数嫩芽正从水泥缝里往外冒。

活动结束后，赵国良站在校园的花坛边，望着那些在阳光下茁壮成长的小花，心中满是感慨。他知道，这些小花就像孩子们一样，需要阳光和雨露的滋养，才能开出美丽的花朵。而他，愿意做那个为他们提供阳光和雨露的人。

他轻轻抚摸着花坛边的一朵小花，低声说道：“孩子们，你们的未来，一定会像这些小花一样，绽放出最美的光彩。”

星光优点小银行活动的成效渐渐呈现出来了，家长们的感谢信跟长了翅膀似的往校长信箱里钻。赵国良连上个月的还没拆完，下个月的信又来了，校办小李每次打扫卫生都生怕碰倒了这座用心砌成的“口碑”。

不过赵国良可没得意忘形。虽然学校现在有点名声了，自从建校起就在推进的做人教育，奖杯、奖状拿了一箩筐，但校史档案室的玻璃柜里，道德模范校的金字招牌却都蒙了层灰。倒是去年新添的紫檀木地球仪总被毕业生们擦得锃亮。

可那些毕业多年的孩子，是否真正将做人教育融入了他们的生活？这种教育是否在他们的日常生活中发挥了积极作用？这是赵国良一直想要了解、探索的东西，这些东西，有些神秘，充满诱惑，直接关系到他十年来的向往和追寻。

当对毕业生展开追踪服务，进行深层次调研的方案应时而出时，他给这个计划命名为“飞鸽计划”。还特意让校办定制了带校徽的印章，用来给每份调查信封口。

赵国良是个急性子，迫切想知道情况，未及商议，便挑选了一位毕业生，也没使用信调的方式，一个电话就打了过去。

“喂，您好，我是义乌群星学校赵国良。”

“是星海外贸公司吧？”

“贵公司的李某某是我们学校的学生。我们正搞毕业生跟踪服务，想了解下李某某在您这儿的表现。”

“他现在是部门经理，工作表现无可挑剔！特别是在人品方面，公司上下都以他为楷模。”

“能否具体谈谈他的表现吗?”

电话那头稍作停顿后继续说道，“有一次，他外出采购，回来后发现公文包里多了一个牛皮纸信封，里面装着现金。问清楚是对方偷偷塞的，立刻就上交公司了。后来供货商打电话责怪他，他在电话里告诉对方——他读中学时，学校校训是做人、求知、成才。做人排在第一位!”

“感谢你们!”

挂了电话，赵国良心里暖烘烘的。背着手在办公室转圈圈，他发现窗台上那盆君子兰抽了嫩芽，阳光透过窗帘在他后背上画金条，照得他后脖颈暖洋洋的。这种成就感啊，只有他这个坚守了十年做人教育的校长才懂。就像种了十年的老树终于开花，每一片花瓣都刻着他的坚持，连树皮皲裂的纹路里都藏着做人教育实践。

调查结果让赵国良特别满意。群星的孩子们进了社会，还真把做人教育当成了行走社会的护身符，无论走到哪里都备受赞誉。医院称赞群星毕业生拒收红包，市场客户称赞群星毕业生诚信经营，学校称赞群星毕业生品行兼优……

这次“飞鸽计划”如同一剂强心针，让赵国良心中的疑虑烟消云散。“做人教育要连接未来，为学生的成长服务。”这是他在“飞鸽计划”总结会上说的一句话。他内心有一个念头：他要将这种教育化被动为主动，坚持要让孩子们养成主动学习的好习惯。他曾多年亲自推行做人教育项目化，通过养成教育、纠偏教育、内化教育三方面互相促进，互为支撑，形成交叉，共同组成做人教育服务网。他连夜在台灯下画思维导图，以致钢笔尖把稿纸戳出好几个洞。

月光爬过校门前的校训石，照见“做人、求知、成才”，六个鎏金大字正泛着柔光，照耀着群星学子的未来。

2006年深秋的一个晚上，台灯光圈里飘着细小的灰尘。五十八岁的赵国良坐在堆满教育资料的办公室里，手指在翻旧的《论语》注释本和闪着蓝光的电脑屏幕之间来回移动。就在这个瞬间，他忽然抓住了那个困扰他许久的答案——怎么才能让做人教育真正在学生心里扎下根。

第二天早晨，他悄悄站在教室后排。看着孩子们在礼仪课上像机器人一样背“不学礼，无以立”，他突然发现，老祖宗传了千年的学问，到了现代课堂里接不上茬儿了。

从那天起，他一头扎进《朱子家训》那些朴素而深刻的道理中，又在《颜氏家训》的字里行间探寻着打开现代教育之门的钥匙。还带着团队建起全校学生的成长档案库，把孩子们的行为轨迹都记下来，从海量数据里寻找学生价值观形成的重要时刻。

一次，当他考察一所中学时，走廊墙上贴着的“心的笔记”不经意间触动了他，让他联想起了宋朝读书人的修身日记。回来就带着研究组飞去北京开会，在北欧的“社会情感学习”体系和中国古代书院的修身课之间，他找到了奇妙的连接点。

赵国良总算理出了人生基础教育的六步台阶：守纪律、懂礼仪、尽责任、健身心、讲诚信、求进取。这套将《礼记》中“修身齐家”的传统智慧与现代大数据技术巧妙融合的新体系，在2007年1月正式启动了。“教育不是拿刻刀雕石头，而是轻轻唤醒种子。”赵国良摸着发白的鬓角这么说。

守纪律，通过“晨钟暮鼓”作息制，培养时间观念；懂礼仪，借助“君子九容”实训课，塑造得体举止；尽责任，开发“班级微务”实践岗，强化担当意识；健身心，推行“太极拳”活动，提升抗压能力；讲诚信，建立“无人监考考场”，检验道德定力；求进取，设置

“思维马拉松”，激发内生动力。

当学生们用“星光优点小银行”的积分兑换志愿者岗位，当“每日三省”日志本里频频出现“今天我说话算话了吗?”这样的自我反思时，赵国良深知，这些幼苗已悄然开始在土壤中扎根生长。

此刻，他站在学校荣誉墙前，目睹那些昔日“问题学生”在“行为筑基、品格塑形、精神铸魂”的阶梯上悄然蜕变，一步步迈向新生。

他想起了家长林先生，林先生是来义乌经商的温州人，孩子刚小学毕业。当时林先生和孩子有很多选择：温州老家的学校，杭州的学校，林先生在杭州也有房产，义乌的公办名校……林先生虽然经商，却十分重视孩子的教育，孩子的学习成绩也不错。为给孩子选择一所最适合的学校，林先生亲自带着孩子到各个学校实地考察比较了一番，最后他还是选择了群星学校的初中部。

现在孩子学业优秀，品行优良，林先生的亲戚朋友见到林先生的孩子也都赞不绝口，这让林先生感到很开心。说起自己去年的选择，林先生总是一脸的得意：“群星吸引我和孩子的不是这里先进完善的教学设施，也不仅仅是这里的高升学率，而是学校‘做人求知成才’的办学宗旨，赵校长‘要读好书，先从学做人开始’的办学思想，我就是冲着赵校长这几句话选择群星的。现在看来，群星的做人教育不是嘴上说的，而是实实在在做的。”

窗外樱花绚烂绽放，恰似这些在传统与现代间徜徉的青春生命，终将迎来属于自己的璀璨时光。

第十九章

重塑青春起跑线

走进群星校园，文明和谐的春风扑面而来，一声声亲切问候，让你应答不及；见到垃圾有人主动拾起，显得十分自然……

“道德品行是学生综合素质中的基础素质、核心素质、导向素质，是影响和决定学生前途命运的素质。因此，学校任何时候都要把做人教育，把培养良好品行习惯，当作首要任务、根本任务。”

身为中学高级教师的赵国良校长是这样看待做人教育的作用的，“特别是良好的行为习惯是可以迁移的，它会从深层次促进学生全面发展，也会带动学生学业成绩的提高。”

“教育政策不可能照顾所有人的，每个孩子都有独立性，每个家庭都有唯一性，我们要做的就是追求最大公约数，尽可能地公平公正。”

“在我们学校，每一个孩子都尽可能给予机会培养学习以外的爱好，可以是打排球、可以是计算机编程、可以是打网游、可以是书法，还可以是插花等，一切都有可能。”

赵国良在8月7日第九届全国中小学电脑机器人大赛中发表感言。在台上，他回想起了自己办学的初衷，那就是让尽可能多的孩子享受到更优质的教育资源。

“每当学校放假，校门口都站满了急切的家长们。他们盼望着学校的一系列措施能实现他们家庭的目标，帮助他们的孩子迅速成长、健康成长、茁壮成长。那些充满热切期盼的眼神，总让我心生焦虑与责任感。”

随着义乌市经济在改革开放后的迅猛增长，众多家长因境遇改善而开始向往更加丰富多彩的生活内涵。温饱早就不是他们生活字典中的核心词汇，他们的期望值不断攀升，开始对普遍性的公立教育感到不满，对孩子成绩的一点点进步感到不满，对教育政策的温暾感到不满。

这种心态正是社会普遍心理的反映，显得如此自然而然，迅速在社会中扩散开来。这种思潮，让学校的教育工作，变得激流汹涌。赵国良知道，其中蕴含着无限的危机；但对他和群星学校来说，更多的是带来的机遇。他要让整个校园充满生机活力，不论是学生们，还是老师们，都要给予充足的成长空间。

捧着一等奖奖杯回去的那个下午，他就把体育教学组的教师叫到办公室，进行了一轮谈心。

“大家也知道，我们学校在做人教育方面已经有了充分的教学论证，守纪律、懂礼仪、尽责任、讲诚信、健身心、求进取六个方面已经丰富了做人教育的根本内涵。但是由于是寄宿制学校，孩子们始终在运动方面有所欠缺，健身这一内涵需要各位带头推进。体育组有什么想法？”

“校长，根据老师的提议，我们已经开设了篮球课、羽毛球课、乒乓球课等多个体育课品种。从内容上看，我们的运动课程已远超一般公立学校。”

“对的，并且我们的运动课程占比已经达到了 15% 。”

校长听到这里，忍不住问道：“体育与健康课程的总时间占比确实有所增长。但是，你们是否已经计算出体育课程在总课时中的具体占比？”

组长和副组长面面相觑。

“我们教书育人，根本目标在于什么？”

大家内心打鼓，却无一人有最佳答案，众人继续沉默。只听赵国良继续说：“教书育人的根本目标就在于优秀的老师将他们认为是真理的知识，传递给学生。让学生学有所得，学有所乐，学有所成。最好还能依靠学习的东西，有工作可以做，在社会上谋得一席之地。”

赵国良顿了顿，喝了一口水，继续道：“是由于千千万万名在座的各位，我们的教育体系才能维系。而你们就是我们学校体育做强做大的根基所在，也是做人教育走向更高水平的希望所在，也是健身策略的落脚点所在。”

众人听到这里，竟不约而同鼓起掌来。

“赵校长，我们体育教师要怎么丰富自己的内涵呢？光靠开设多种类型的体育课程，还是难以摆脱花架子的嫌疑。”

赵国良听到这里，满意地点点头：“说得好！花架子，确实是！许多公立学校说我们群星课外活动多，运动场所广阔，门类多样，只是花架子。这是他们的原话。但是身在其中的我们明白，所有的家长也明白，孩子们自己也明白，其中收到的益处是非常大的。”

早晨，群星学校刚修剪过的草坪沾满露水，太阳一照亮晶晶的，跟撒了层钻石似的。花园里的花儿们正较着劲开呢，玫瑰刚把花瓣儿张开，香气扑鼻。边上的鸢尾花也挺直腰杆，在晨风里轻轻晃悠。身着校服的学生们三三两两地步入校园，宛如花园中新绽放的花朵，个个朝气蓬勃。

赵国良在天色未明之时便已蜷缩在校长室内，正苦思冥想他的新育人之道，忽闻门口传来一声响亮的问候：“赵校长早！”

来的是体育组老师，看见赵国良给吓得一激灵，赶紧找补：“那啥……赵校长早。”

“想跟您申请个事儿。”

“先说好啊，要是换汤不换药的老把戏就别提了。虽说咱经费够，可也不能瞎糟蹋。”

“您放心，是想给课外活动添点新花样。”

“添啥？”

“乒乓球。”

“怎么说？”

“您看啊，咱寄宿生这么多，食堂伙食又硬，好些孩子都吃圆乎了。光靠每周那几节体育课哪够锻炼？再说现在篮球场、足球场都齐活，还有几间空教室能改乒乓球室。我算过，腾两间出来正好。”

“具体怎么弄？”

“分三步走：先教孩子们打乒乓球的技巧，既能锻炼身体，又能益智。每周开堂正课，周五下午再加个社团活动；待培养出佼佼者后，便让他们参与比赛，以此让更多人领略国球的魅力。等以后老师够用了，咱还能全校铺开。”

“这么着，你先弄个建球场的方案，场地咋整，花多少钱，跟组里商量透了再报教务处。要是教务处觉得靠谱，咱就上校长会讨论，您看行不？”

“您这算是点头了？”

“只要在理……”

赵国良向来主张要把钱花在刀刃上。不过这次他倒觉得乒乓球这事儿能成，乒乓球虽小，却蕴含着巨大的能量。它既能锻炼孩子们的身体协调性、反应能力，更能培养他们的毅力、竞争意识和团队精神。正好跟他“健身心”的育人理念对上号——身子骨硬朗了，学习才有本钱不是？

他老挂在嘴边的话就是：“教书育人得把学生放第一位，能给孩子的咱都给，给不了的想办法也要给。”

万事开头难，要开展一项新的活动，资金和场地是首要难题。赵国良没有丝毫退缩，他四处奔走，积极与上级教育部门沟通，争取专项资金支持。同时，他还发动学校的教职工，一起出谋划策，对校园的闲置空间进行改造。在那段日子里，他办公室的灯光常常亮到深夜。他仔细研究着每一份资金申请报告，规划着乒乓球场地的每一处细节。

终于，在他的不懈努力下，崭新的乒乓球桌购置到位，原本略显空旷的角落被精心布置成了充满活力的乒乓球活动区域。崭新的球台排成溜，空气里飘着淡淡的油漆味儿，跟刚拆封的乒乓球拍一个味儿。

乒乓球课开课那天，赵国良特意跑去瞧热闹，老远就听见阵阵喝彩声。活动室里的球台边围满了小观众，里三层、外三层围得水泄不通，个个抻着脖子盯着飞来飞去的乒乓球，眼睛都不舍得眨。孩子们此起彼伏的加油声活像汹涌的海浪，把屋顶都快掀翻了。谁也没有发现，平日里总是一丝不苟系着领带的校长，此刻正弓着腰，像年轻运动员般专注地盯着旋转的乒乓球。

赵国良看得心痒难耐，索性借了孩子的球拍上场。他一把撸起袖子，猫下腰来，眼睛一眨不眨地盯着对面小学生手里的球。

“别想着我是校长。”赵国良忽然开口，手指轻轻摩挲球拍边缘，“在球台前，我们都是追逐旋转的学生。”

那孩子瞧着校长那一本正经的架势，手腕一抖，球像被驯服的小兽般，轻轻巧巧地飞了过去。赵国良慌忙挥拍迎击，却因用力过猛，直接将球抡得无影无踪，引得孩子们爆发出一阵哄笑，整个球馆都洋溢着欢乐的气氛。捡球的小家伙憋笑憋得小脸红扑扑的，再发球时特意放慢节奏。

暮色染红天际时，赵国良披着外套走向行政楼。身后的乒乓球室依然灯火通明，乒乓球撞击台面的脆响与年轻的笑声交织成歌。

打那以后，赵国良还真成了球馆常客，他几乎不打球，基本是在看。只要目睹孩子们脸上洋溢着欢笑，他的心便也随之欢腾起来。这里，不只是学生们课间挥洒汗水、尽情欢笑的地方，更是一首教育诗的书写地。而引领这首诗创作的，正是深受师生们爱戴的赵国良校长。

夏日阳光暖洋洋地洒在群星学校的校园里，树叶缝里漏下的光斑在地面上跳格子。赵国良靠在办公室窗前，望着外头热热闹闹的景色，心里美滋滋的。阳光正好，心情舒畅，校园里一切井然有序，如此良辰吉日，若不增添些乐趣，岂不枉费？

这么想着，他顺手推开办公室的门，慢悠悠晃了出去。课间操的音乐正叮叮咚咚响着，跟树上的知了叫混在一块儿。学生们像小鸭子似的涌出教室，眨眼工夫就在走廊上排成了歪歪扭扭的方阵。

前边的小胖墩踮着脚找站位，后边的马尾辫女生忙着扯红领巾，体育委员举着班牌来回蹿："都别说话！眼睛看前面！"

赵国良揣着手在旁边看热闹。这群孩子中，有的哈欠连天，有的强忍笑意，更有几个悄悄将课间餐塞入嘴中，享受片刻的悠闲。

队伍开始往操场挪动，学生们走着走着就变成了贪吃蛇。有人踩掉了凉鞋，有人的作业本从怀里漏出来，还有俩男生边走边用广播体操动作比画武术。赵国良跟着队伍尾巴晃悠，皮鞋底蹭过刚洒过水的柏油路，带起一串亮晶晶的水珠。

广播体操的音乐一响，整个操场瞬间活过来了。转脖子如同老旧的齿轮缓缓转动，伸胳膊仿佛欲摘星辰，踢腿时脚尖轻点，犹如猫儿捕鼠前的蓄势待发。前排小姑娘的红领巾转着圈飞起来，后排男生绷着脸装正经，手肘却总往旁边人腰眼上捅。

校园课间操虽照常进行，但学生们参与的积极性并不高。动作懒散、敷衍了事的现象屡见不鲜。他看在眼里，急在心里。他深知，课间操不仅是简单的身体活动，更是学生们释放青春活力、增强体质、培养团队精神的重要契机。

为了改变这一现状，赵国良亲自展开了调研。他穿梭在各个班级，与学生们促膝长谈。“孩子们，你们觉得现在的课间操怎么样呀？”他总是这样亲切地开场。

在与学生们的交流中，他了解到，大家对传统课间操的动作感到枯燥乏味，缺乏吸引力。同时，部分同学反映，课间操的时间安排不够合理，影响了课间休息。

掌握了这些一手信息后，他立即组织召开了学校领导班子会议。会议上，他将投影仪转向众人：“我们在培养解题机器，还是在培养活生生的人？”他言辞恳切地说道：“课间操看似是小事，实则关乎学生们的身心健康和全面发展。我们必须重视起来，想办法做出改变。”

在他的主导下，学校成立了专门的课间操改革小组，从时间调整、动作编排、音乐选择等多个方面进行全面革新。

在时间调整上，充分考虑学生们的学习节奏，经过反复论证，将课间操时间从原来的二十分钟延长至三十分钟，并且合理安排在两节课之间，既保证了学生们有充足的活动时间，又不影响正常的教学秩序。

他邀请了专业的体育老师和舞蹈教练，共同商讨新的课间操动作。他提出，要融入一些时尚、新颖的元素，让学生们能够真正喜欢上课间操。于是，在新的课间操中，不仅有传统广播体操的规范动作，还加入了活力四射的健美操动作和富有节奏感的韵律操动作。这些动作难度适中，既锻炼了学生们的身体协调性，又充满了趣味性。

为了确保新课间操能够顺利推行，他要求学校管理干部以身作则。每天上午课间操时间，他总是准时出现在操场上。而他的目光每次都盯着一个身影，那是一个女孩，站在队伍的最后面，动作虽然有些笨拙，但格外认真。

她的脸上带着一丝羞涩的笑容，目光中透露出一种坚定和执着。赵国良的心中突然涌起一股难以言喻的感动。他知道，这个女孩正是他多年来坚持做人教育的缩影。她的每一个动作、表情，都透露出一种对生活的热爱和对未来的期待。

他站在原地，望着那些孩子们，心中充满了感慨。他们的每一个动作、每一个表情，都洋溢着青春的气息，仿佛在向他展示着无限可能的未来。就在这时，课间操的音乐彻底结束了。学生们开始整理队伍，返回教室。

赵国良深深地吸了一口气，转身迈着坚定的步伐向办公室走去。他就像一位领航者，带领着全校师生们在青春的道路上，迈着同频的步伐，向着阳光、向着希望，奋勇前行。他用自己的行动诠释着对教育事业的热爱与执着，为学生们的成长铺就了一条坚实的道路。

第二十章

擦不去的责任

那天赵国良到市教育局办事，刚走到办公室门口，突然听见里头有人说话，赶紧把要推门的手缩了回来。他站在门边候着，屋里的话却听得一清二楚。

“群星中学的赵校长，真乃奇人！一介民办学校，竟被他打理得如此壮大，年年奖项如潮水般涌来，令人好不羡慕！”说话的人急吼吼的，“我申请给咱们学校也来个大改革！”

“改革？岂是儿戏！岂如下馆子般随意点菜？”有人直接怼了回去。

“这话说的！人家私立学校都能风生水起，咱们守着这么好的资源不该更牛吗？”先前那人还不依不饶。

“现在知道自家资源多了？”

“啪”的一声拍桌子响：“瞧瞧人家，凭借自身之力与社会之援，竟创出如此大场面，已然成为全市之典范！反观我等，却只顾坐吃山空！升学率虽尚可，但与人家之飞速进步相较，我等岂不犹如裹足不前之老妪？”

“就是说啊！这不就跟原地踏步没两样吗？”

“说原地踏步都客气了，根本就是原地转圈圈！”

“对对对，小碎步转圈圈！”几个人酸溜溜地附和。

赵国良听得直想接话：“摸爬滚打是本事，稳扎稳打也是能耐啊！”

实在憋不住了，推门就进。一看全是老熟人，倒也不讲究什么客套了。

“赵校长来得正好！快给咱传授传授成功秘诀，师兄弟间可不许藏私啊！”那位校长犹如抓住了最后一根救命稻草，迫不及待地拽着他往椅子上按去。

“我们学校怎么起家的你还不清楚？当初租人家校舍，巴掌大的地方，不都一步步慢慢做大的。”

“还一步步呢！现在国家级大奖都抱回家了，央视都上过了。这在教育界可是不小的成就，怎么能说只是一点点呢？”

“不过是个全国英语竞赛罢了。至于央视那个，不过是金华赛区的‘希望之星’比赛，根本不值一提。您这的清北苗子，手脚并用都数不过来呢！”

“您这也太谦虚了吧！”

“不谦虚，真要说，一下子说不完。要知道，我是靠实施‘做人教育’理念起家的。早在创立学校之前，我就已经有了思考。在外人看来，辞职办学校是一个疯狂的决定，迎接我的还是一个租借的校舍。不仅如此，还面临了诸多实际问题：一切从零开始，没有校园文化，没有办学理念，就连师资也没有，很多人无法理解我为何会这么做。什么都没有，只怀揣着一个‘梦’。但我觉得这是一个机会——践行与完善自己心目中的教育理想。”

“开学典礼上我说，一所好学校，必须高质量、有特色，能够为孩子的一生打下幸福的基石，成为他们回想起来便热血沸腾、满怀骄傲的圣地。左手教做人，右手教做事，我要让孩子们带着做人的故事、做事的故事毕业。”

“那时，我如同置身于战场，各种压力如潮水般汹涌而至。每天工作基本超过 12 小时，5 点钟天没亮就开始了新一天的工作，看书、提问题、想点子，跟上了发条似的。”

“刚开始不少老师觉得我太理想化，整天搞‘做人教育’的活动，挤占教学时间。还有人觉得我光盯着德育，不管教学，把正事都耽误了。然而，随着学校日益发展，活动纷呈多样，众人的教育观念也悄然转变。现在老师们都主动用‘教学生学会做人’的思路备课、上课，活脱脱成了当年的我，在我身上能看见他们的影子，在他们身上也能瞧见我的样子。”

“这做人教育，我倾注心血研究十数载，诸如守纪律、懂礼仪、负责任等基本准则，经由实践检验，如今已享誉全国。我的教育理念有自己的一套哲学体系和内在逻辑。回头看这些年的办学经历，从教育思想到具体措施，处处透着股子拼劲、韧劲、巧劲，但是还没有把好校长的标准发挥到极致。”

“其他学校的校长们啊，逮着机会就找我取经。其实我哪有经验啊!”

“赵校长，您这经验太宝贵了!”那位校长直点头。

赵国良笑着摆摆手：“这十几年摸爬滚打下来，群星学校培养了十几届优秀毕业生。早些年建立的回访机制，让我攒下了海量的一线数据。现在我们的教学理念又升级了——做人教育的研究实践，今年正式入选了国家‘十五’规划重点课题“整体构建学校德育体系”的子课题。”

“赵校长，您引领的创新之风，我们自当紧随其后。”

“您过奖了。哎，聊着聊着跑题了。我这次是来跟局里商量汶川地震捐款的事，你今天也是为这个来的吧?”

“正是如此，我们正期盼着领导的指引，以便迅速行动。”

“我们也是这意思。没个具体章程，心里实在没底，但师生们的捐款热情又特别高。”

“对对，我们学校情况一模一样。”

那是一个阳光明媚的早晨，私立群星学校的操场上，微风轻拂，树叶沙沙作响。然而，空气中却弥漫着一丝沉重。汶川大地震的消息传来，无数房屋倒塌，生命在废墟中挣扎。灾区的每一张照片、每一段文字都像一把锋利的刀，刺痛着每个人的心。

赵国良校长站在操场一角，目光凝重地注视着展示区。那里，一幅幅地震灾区的照片无声地诉说着灾难的残酷：倒塌的房屋、受伤的群众、救援人员疲惫的身影……他的眉头紧锁，眼神中透出深深的同情与坚定。他转过身，对身旁的几位副校长说道："我们不能袖手旁观，必须为灾区做点什么。"

在他的倡议下，学校决定组织一场赈灾捐款活动。活动开始前，赵国良站在募捐箱旁，箱子上贴着醒目的标语："一方有难，八方支援""情系汶川，奉献爱心"。他深吸一口气，从口袋里掏出一个厚厚的信封，郑重地投入募捐箱。信封里装着他一个月的工资。他的动作坚定而有力，仿佛在告诉所有人：爱心不分大小，行动才是最重要的。

几位副校长紧随其后，纷纷将装有捐款的信封投入箱内。他们的表情同样凝重，但眼神中却闪烁着希望的光芒。这一刻，他们不仅是学校的领导者，更是爱心的传递者。

教师们排着整齐的队伍，依次走向募捐箱。队伍中，年轻的教师小李和同事低声交谈着："听说灾区的小朋友们连基本的生活用品都没有，我们能不能多捐一点？"她的声音有些哽咽，眼眶微微发红。同事拍了拍她的肩膀，轻声安慰道："我们尽力而为，哪怕是一点点，也能给他们带去希望。"

小李点点头，快步走到募捐箱前，将自己一个月的工资抽出一半，毫不犹豫地放了进去。她的脸上带着对灾区人民的深切关切，仿佛那些受灾的孩子就在她眼前。

年长的张老师则默默地走到募捐箱前，从口袋里掏出一个信封，轻轻放入箱内。他没有多说什么，只是眼神中透出一种深沉的同情与爱心。张老师平日里话不多，但每次学校有公益活动，他总是第一个站出来。他的行动像一股无声的力量，感染着身边的每一个人。

学生们也热情高涨，纷纷加入捐款的行列中。高年级的学生们大多结伴而行，有的从自己的零花钱里拿出一部分，有的甚至把自己得到的奖学金全部捐了出来。小明和小华是高三的学生，他们边走边小声讨论着："我们捐的这些钱，能给灾区的小朋友买多少文具呢？""听说他们还缺食物，我们能不能再多捐一点？"他们的声音虽然轻，但语气中充满了坚定。

低年级的小朋友们则在老师和高年级同学的带领下，排着队走向募捐箱。小丽是一个二年级的小女孩，她抱着自己的存钱罐，眼睛里闪烁着纯真和善良的光芒。存钱罐里装满了硬币，每走一步，罐子里的硬币就发出清脆的碰撞声，仿佛是一曲爱心的乐章。

小丽走到募捐箱前，踮起脚尖，将存钱罐递给老师。老师接过罐子，发现里面不仅有钱，还有一张小纸条。纸条上歪歪扭扭地写着："希望灾区的小朋友能有一床温暖的被子和一瓶药水。"老师看着纸条，眼眶湿润了。她轻轻摸了摸小丽的头，柔声说道："你的爱心一定会传到灾区小朋友那里的。"

整个捐款现场充满了温暖与感动。虽然人数众多，但秩序井然。除了脚步声和捐款投入募捐箱的声音外，偶尔还能听到几句轻声的安慰话语。有的老师在鼓励学生："你们的爱心一定会帮助到灾区的小朋友的。"同学们之间也会互相点头示意，彼此的眼神中都充满了敬意和鼓励。

在捐款的过程中，有的学生看到老师捐款后，更加坚定地走向募捐箱。小刚是一个初一的学生，他原本只打算捐出自己的一部分零花钱，但看到老师们慷慨解囊，他毫不犹豫地将自己所有的积蓄都拿了出来。

他走到募捐箱前，深深地鞠了一躬，仿佛在向灾区人民表达自己最真挚的祝福。

捐款活动接近尾声时，赵国良站在台上，目光扫过在场的每一位师生。他的声音低沉而有力："'一方有难，八方支援'这句话，从小就在我们每一个人的脑海里生根发芽。今天，我看到了大家的爱心，看到了我们群星学校的团结与力量。"

他顿了顿，继续说道："感谢每一位老师、每一位同学的慷慨解囊。学校会尽快将善款通过正规渠道送往灾区，让大家的爱心能够及时传递到汶川地震灾区的人民手中，帮助他们渡过难关，重建家园。"

他的话音刚落，操场上响起了热烈的掌声。掌声中，有对灾区人民的祝福，也有对彼此爱心的肯定。

此次活动，私立群星学校为汶川大地震赈灾筹集了 43 万余元捐款。每一分钱都凝聚着师生们的爱心与关怀。赵国良看着募捐箱，心中充满了感动。他知道，这些钱不仅是数字，更是无数颗跳动的心，是无数份对灾区人民的牵挂与祝福。

活动结束后，操场上渐渐恢复了平静。然而，那份温暖与感动却久久萦绕在每个人的心头。小丽抱着空空的存钱罐，脸上露出了满足的笑容。她知道，自己的小小举动或许微不足道，但无数个像她这样的"小小举动"汇聚在一起，就能成为一股强大的力量，帮助灾区人民渡过难关。

赵国良校长站在操场中央，望着渐渐散去的人群，心中默默祈祷："愿灾区的人民早日重建家园，愿我们的爱心能给他们带去一丝温暖。"

德育的大动作，讲究的是工作的深入细致，全力防范流于形式、走过场。他总是充分利用一些重大节日，通过重大活动进行爱国主义、集体主义、社会主义教育，精心策划，精心组织。

赵国良不由地想起那年在抗洪赈灾活动中，开动员大会，办宣传窗，收听看广播电视，使学生了解灾情和赈灾捐款的意义；再召开主题班会，让每个人都有机会谈认识、表态度，人脑动情；整个活动在“情系灾区，奉献爱心”文艺晚会达到高潮，学生的社会责任感和爱国热情被极大地激发起来，全校师生捐款捐物人均达150元。

他想起了2001年，文科班的吴东明、张兴龙、何妍蕾3位同学，响应金华市妇联发出关爱贫困地区女孩上学的“春蕾行动”倡议，隐姓埋名，每年用自己节省的钱资助3位女孩上学。每年资助600元，时达两年，直到《金华晚报》记者找到学校才被发现。

学生吴佳敏，每星期都要上福利院看孩子、做义工，一年达50多次。

首届初中学生赵佳，毕业后从18岁开始，年年参加无偿献血，获全国无偿献血金奖两次，银奖一次，铜奖一次，并成为市爱心公社成员、民间应急救援队专业队员。

被美国哈佛大学录取为研究生的王颖同学，读大学期间，每年暑假一回家就来母校学前儿童夏令营当老师做义工。在美国读书期间，看到非洲儿童遭受战争和疾病的折磨时，毅然到苏丹当志愿者……

许多毕业多年的学生都非常自豪地说“群星留给我们印象最深刻的就是做人教育”。

每年寒暑假，来看望老师的在校大学生总是络绎不绝，他们中不乏成绩名列前茅的佼佼者，但更多的是从原来的“丑小鸭”变成“白天鹅”的后来居上者。因为他们更深切地感受到，老师为改变他们命运所付出的辛劳和智慧，马晓君就是其中一位。2004年，马晓君转学到群星学校初二年级时学习基础较差，全年级排名100名（共163人）。但班主任和全体课任老师并不因此嫌弃她，而是鼓励她树立信心，帮助她制订系统周密的学习计划。老师们不知牺牲了多少休息时间为她免费辅导补课，终于促使她的基础从弱到强，学习成绩不断进步。中考竟然考出全校第一名的优异成绩，最终被义乌中学录取，从而创造了从一百名到第一名的奇迹，一时成为街谈巷议的美谈。

其实，像马晓君这样成绩中下的学生，到群星学校就读后进步显著的例子不胜枚举。正因为群星初中能坚持面向全体学校，特别是关注中下学生的成长，使得群星初中出现了独特的“回归”“集聚”现象：702 班学生何舒南在开学后经历了一番波折，他转到金华某名校就读一个月后，又要求转回群星。群星几乎每年都有几位这样的学生，先是慕名转到公办名校，一段时间比较体验后，发现还是群星初中好，特别是群星老师责任心强，于是又千方百计要求转回群星。

义乌本地的张先生及亲戚有四个孩子都在群星学校读初中，毕业后都相继考入义乌中学等重点中学。在群星学生中，这种沾亲带故的“裙带”现象十分突出，都是亲朋好友相互介绍来的。其中一个重要原因就是群星学校平等对待学生，不放弃每一个学生。群星多年来把“面向全体”放在教育工作的“首席”位置，近年来又实行了培优转差“导师制”，要求每一个教师与几个中下学生结对，以责任制的形式扎实推进转差工作，促进落后生思想转变与学业成绩的提高。

在时光的长河中，有一些印记，无论岁月如何冲刷，都无法抹去。它们深深镌刻在赵国良生命的底色里，化作沉甸甸的责任，指引着他前行的方向。

第二十一章

星光照亮角落

冬天过去，春天来了，大地万物复苏，田野里一片生机勃勃。积雪化成水渗进地里，嫩绿的小草偷偷钻出地面，像给田野铺了层绿毯子。田埂边的柳树抽着嫩芽随风晃，跟跳舞似的。

晨光斜斜地切进校长办公室的玻璃窗，在办公桌上投下一道银亮的边。赵国良放下手中的《青少年心理健康教育指南》，目光穿过窗帘的缝隙，落在操场上嬉笑奔跑的学生身上。可看着这么有生机的情景，他却皱起了眉头。

那是一个清晨，天色尚暗。一位学生家长心急如焚地奔向学校，大门紧闭，他竟欲强行闯入，幸得保安眼明手快，及时将其拦下。

一问才知道，这家的孩子周日跟妈妈吵架，离家出走找不着了。两口子大半夜才在街上逮着人。自此，孩子便将自己反锁于屋内，拒绝上学。其父焦急万分，天未亮便匆匆赶来学校，眼中布满血丝，焦急之情溢于言表。

正在食堂喝粥的赵国良听保安说完，撂下筷子就嘱咐道："快请家长去办公室，我这就来。"要说着急，赵国良心里那团火可比家长烧得还旺。干了一辈子教育，遇上学生出状况，他比谁都坐不住。

保安手脚麻利，转眼就把家长带到了办公室。

"您先坐。"赵国良拎着暖壶给家长倒了杯热茶，"喝口水缓缓，慢慢说。”

等家长气儿顺了点，他才开口：“这事搁谁家都着急，您看需要学校怎么配合?”

家长攥着茶杯直叹气：“孩子现在像变了个人，能麻烦老师帮忙开导开导吗?”

“是要心理辅导？我们这有专业老师。”赵国良往前探了探身子。

教学楼走廊的尽头，是学校新设立的心理咨询室。淡蓝色的墙面，柔软的沙发，墙上挂着的手绘涂鸦，让这个十平方米的空间充满温度。两年前，这里还只是堆满杂物的储物间。赵国良在一次教师会议上提出改造计划时，有人质疑：“经费紧张，建这东西有用吗?”他没有直接回应，而是带着老师们观看了一段视频——镜头里，一个沉默寡言的学生在心理咨询室里，终于向老师倾诉了父母离异带来的痛苦。

“我们的学生，远比我们想象中更需要一个倾诉的角落。”赵国良的话掷地有声。面对重重阻力，他没有退缩，他深知，改变必须从观念开始。

赵国良每天都会抽空到心理咨询室了解情况。他发现，很多学生的心理问题都与家庭环境和学习压力有关。为了更全面地帮助学生，他决定开展“家校连心”计划。每周五下午，学校的会议室变成了家长课堂。

在他的推动下，心理健康教育课程正式纳入了学校的课表。他邀请专业的心理专家来学校讲座，组织教师参加心理健康教育培训。学校还成立了“心灵守护者”社团，学生们可以在社团中分享自己的故事，学习心理知识。

“要不先让老师看看？要真需要治我们肯定配合。不过……”家长搓着手，“也可能没那么严重？但咱也不懂啊。这孩子以前就爱窝家里，怎么劝都不出门……”

“要不……趁午休时间?”家长试探着问，“别耽误上课。”

“可以！”赵国良拍板，“中午让孩子跟您在食堂吃饭，我让心理老师在咨询室候着。您陪着孩子过去，先给孩子打打气。”

家长连连点头，茶杯里的水晃出一圈圈波纹。

转眼就到下午两点多，赵国良今天没回家午睡，提前吃了午饭在办公室候着。家长和孩子跟心理老师谈完后，立马来敲门汇报：“赵校长，评估结果已经出来了，确实需要进行心理辅导。”

“那咱们接下来让心理老师排课？”

“对对，麻烦您了。还有个请求，这段时间能不能让孩子走读？”

“住宿的事我们可以再商量，最重要的是孩子的身心健康。我会让学部主任尽快与班主任对接。”

“太感谢了！说真的，把孩子送来这儿真是选对了。咱们学校师资这么齐全，您和老师们又这么上心，完全超出我预期。”

看着家长满意地离开，赵国良心里暖洋洋的。既帮家长解决了难题，更欣慰的是真正履行了校长和教育者的职责。

傍晚，赵国良像往常一样在校园里散步。夕阳的余晖洒在教学楼的墙面上，拉出长长的影子。他路过心理咨询室，看到里面亮着灯，老师正耐心地倾听着学生的诉说。操场上，几个学生在打篮球，欢笑声此起彼伏。“心灵花园”里，新种下的郁金香含苞待放。这一幅幅画面，在赵国良眼中，都是最美的切片，记录着学生们的成长与蜕变。

夜深了，校长办公室的灯依然亮着。赵国良在笔记本上写下：“校园的每一个空间，都是学生成长的舞台。我们要做的，就是让每一个角落都充满阳光，让每一个学生都能健康快乐地成长。”窗外，月光如水，洒在宁静的校园里，仿佛在为明天的朝阳积蓄力量。

清晨七点，第一缕阳光刚刚爬上群星学校的校训石，赵国良已经站在校门口迎接学生了。他习惯性地观察着每一个走进校门的孩子：有的脚步轻快，脸上洋溢着朝气；有的低头沉默，眼神闪躲。日复一日的观察，让他敏锐地察觉到一些细微的变化。

此时赵国良的目光直视，久久未动。顺着他的视线望去，只见一名男生正嬉笑着站在不远处。正是这名男生让他颇为头疼——他的早恋问题被家长察觉，男孩的父亲接连给他致电，恳请学校协助管教。

可每次赵国良想开口说教，男生就摆出那副嬉皮笑脸的模样，搞得他话到嘴边又咽了回去。

谁不曾拥有过青春？谁年轻时未曾暗暗倾心于某人？

“算了，改天再说吧。”看着男生晃悠着进教室的背影，赵国良把话憋了回去。

等学生们都进了教室，他转身向办公室走去。还没走到办公室门口呢，楼下突然炸开了锅。

趴在栏杆上往下一瞅——这不是那个女生的家长吗？怎么突然到学校来了？

赵国良二话不说，赶紧电话招呼年级德育主任到办公室。

趁着人还没到，他打听了下情况。原来男生早恋的事传到女生爸爸耳朵里，当爹的觉得丢人，回家就把闺女揍了一顿。小姑娘当场就嚷着要退学，家里闹得鸡飞狗跳。更糟的是，原本成绩拔尖的女生，这周考试直接滑铁卢。这不，女生爸爸直接冲到学校，说要追究老师没尽到教育的责任。

女生家长和班主任刚进办公室，赵国良就招呼他们坐下喝茶。班主任端着茶杯直撇嘴，好几次想插话，都被赵校长用眼神按住了。

屋内静谧，唯有茶水在壶中激荡的细微声响清晰可闻。喝完一壶茶后，突然又进来个中年男人。班主任赶紧起身：“家长好！”女生爸爸一脸懵，赵国良从容不迫地介绍道：“这位是男同学的父亲。”说着又添了个座位。

赵国良捧着茶杯开了口：“我念书那会儿啊，也暗恋过班上女生。

在座各位年轻时候，有没有和同学谈过恋爱啊？”

这话一出，屋里三个大人唰地红了脸。

赵国良接着说：“早恋和正常恋爱，其实就差在一个‘早’字。说白了就是孩子开始谈恋爱的年纪比咱们家长想得要早。并且一旦早恋了，遇到什么事情都不愿跟父母、老师说了。这时候孩子和父母之间就像突然砌了堵墙，大家说，这话在理不？”

“可不嘛，这学期开始女儿都不愿跟我们出门玩了。”

“我家小子现在连日记都不写了。”

两位家长跟着接话。

赵国良目光转向班主任：“给说说俩孩子具体情况。”

班主任搓了搓手：“这两个孩子在班级里的成绩一直名列前茅。每次大考不是男生拿第一，就是女生拿第一。不过因为都有偏科，在班里组织的学习互助小组里，不知怎么的俩孩子就牵上手了。但他们成绩一直稳定，早恋之事难以察觉，况且未对学习造成影响。我得知后未及时应对，此事的确有我的疏忽之处。”

赵国良抬手打断班主任的话，转头看向憋着话的男生家长。

这时女孩爸爸插话：“我这些年就盼着女儿能考个好大学，多亏校长和各位老师费心，孩子成绩才这么稳定。谁承想上周接她放学，同小区的家长跟我说女儿有男朋友了。当时就觉得这么多年心血全白费了，这种窝心劲儿大家能明白吗？”

他接着说：“那天她回家，我刚问两句，没忍住甩了她一巴掌。接下来一周女儿都不搭理我。我知道不该动手，可那时候火气噌噌往上冒。要不是想让她接受最好的教育，我能咬着牙送她来这儿吗？”

赵国良校长点点头：“这位家长，您的心情我特别能理解。我有个朋友，他家孩子初中时也早恋了，可没你家孩子这么聪明，谈恋爱还能稳住成绩。当时俩孩子成绩哗哗往下掉，可把我那朋友急得哟，不过他没选择硬来。”

赵国良说完，微微一笑，沉默了一会儿。

他瞄了一眼男生家长，接着说：“咱们都是过来人，谁没年轻过啊？青春期那种朦朦胧胧的好感，那可是能记一辈子的。怎么轮到自家孩子，就非得急着戳破这层窗户纸呢？我不说现在谈恋爱对错，就是想以过来人身份，掰开揉碎讲清楚早恋的每个阶段。遇到这种事，需给予孩子充分的自由空间，古语云：强扭的瓜不甜，过分逼迫只会适得其反。得让孩子自己选，将来才不怨咱们。为啥举我朋友的例子？就因为他家孩子到现在还记着父母的不是。”

看三位听得认真，赵国良又举例子：“孩子们读了十年书，道理都门清。然而，知晓与践行往往大相径庭。正如众人皆知吸烟有害健康，却仍难以割舍。需巧妙地将那些他们未曾预料的难关，潜移默化地呈现在他们面前。只有心里真受触动了，才懂父母的苦心。就拿谈恋爱来说，就算现在谈得好，高考要是考不到一块儿，异地恋啥滋味？这些他们肯定听过不少吧？等大学毕业找工作，发展方向再不一样，又要经历多少波折……”

说到这儿，两位家长突然对视一眼，一个拍腿道：“校长是说让他们自己看清恋爱里的难关，用现实劝退？”

赵国良眼睛一亮，这家长倒是接得挺快。

“没错！俩尖子生要保持成绩，本来就费劲。突然谈恋爱觉得新鲜，自然如胶似漆。等新鲜劲儿过了，自然就收心了。咱们当家长的别把反对写脸上，要春风化雨地引导。这个年纪的孩子，哪有精力同时顾好学习和感情？这才是早恋逃不开的规律。”

两位家长直点头。

“可不嘛！学生时代的感情跟过家家似的。今晚我便与女儿促膝长谈一番。”

“赵校长说得在理。”

班主任瞧着两位家长的态度渐渐缓和，心中不禁松了一口气。

“最好的法子就是表面同意，别硬顶着来。给孩子留面子，让他们自己觉得愧疚。把利害关系摆清楚，让他们自己选。这样不论现在将来，都不会怨家长，还能学会对自己负责。这也是我们学校做人教育的精髓。”赵国良最后说道。

“多谢校长指点，这回我明白了。”

“我今晚回去定要好好冷静一番，把这事儿梳理清晰。”

看着家长紧握校长的手，班主任心里暖洋洋的。教书育人，求的不就是这份理解吗?

在教育的漫漫长路上，赵国良就像一颗明亮的星星，不仅照亮了学校的每一个角落，更用自己的行动为家长照亮了前行的道路。他坚信，只要用心守护，每一个孩子都能拥有一片晴朗的天空，都能在阳光下茁壮成长。

“老话说‘书中自有黄金屋’，说的是读书和物质的关系。我倒觉得读书最大的好处，是能养出人的精气神。”赵国良说，“读书改不了命，但能改气质。啥叫气质？就是一个人骨子里的风骨和神采。”

操场上，徐徐微风轻柔地拂过脸颊，带着丝丝凉意，却丝毫没有让人烦躁的气氛。阳光透过树叶的缝隙洒下，在地上形成一片片金色的光斑。操场上空偶尔传来几声鸟鸣，清脆悦耳，为这静谧的画面增添了几分灵动。

在钢筋水泥构筑的现代都市里，每一所校园都像是一座承载着青春梦想的城堡。然而，在光鲜亮丽的教学大楼背后，在熙熙攘攘的课间走廊尽头，总有一些角落被阴影笼罩，那里蜷缩着迷茫、焦虑、孤独的年轻心灵。

当越来越多的青少年心理健康问题浮出水面，赵国良用行动化作星光，执着地照亮这些被遗忘的角落，守护着孩子们的心灵成长。

第二十二章

行善教育映初心

赵国良第一次提出“行善积分制”这个概念时，会议室里鸦雀无声。他能感觉到老师们面面相觑，有人欲言又止，有人低头不语。他知道，这个想法既新鲜也陈旧，老师一时难以理解，他不得不把活动的由来说清楚。

“做人教育是我校的德育特色。经过十多年的苦心经营，做人教育已渐成品牌，学生、家长认可度较高，在社会上也有较高的美誉度。然而，随着时代变迁，我校在做人教育方面显现出创新思考不足、行动滞后、成效不显的问题。”

“目前，学生违纪行为鲜见，但积极行为亦不突出，多数学生动力不足，缺乏进取心和活力。管理层面上，众多班主任、教师及管理干部对学生的管理多局限于无过错的浅层次要求，没有关注或者很少关注学生良好习惯的内化和养成；学生管理制度层面，强调规范有余而激励不足，惩罚偏重、奖赏偏轻。”

以上现象的存在与我校发展需求很不适应，与做人教育的品牌地位也很不适应，亟须我们在做人教育的针对性、有效性方面做出新的积极探索。

上述种种问题，促使我们对新形势下学校德育工作的“两个命题”进行了认真思考。这两个命题就是“不犯错误就是好学生吗”“学习成绩好就是好学生吗”。经过认真反思，我们发现现阶段学校德育工作存在的种种弊端，都与对这两个命题的僵化认识有着密切的关系。

2012 年 11 月 8 日，党的十八大报告明确提出，把立德树人作为教育的根本任务，培养德智体美全面发展的社会主义建设者和接班人，引起广大干部、师生的热烈反响。“立德树人”关键在于“树人”，让赵国良更加坚定了实施做人教育的决心。

经过四年时间的实践，我校小学部的“星光优点小银行”储蓄活动取得了显著成效。该活动以积累和存储学生在学习和生活中的优点为主要内容，通过“优点储蓄”这一载体，激发学生在校园内外多做好事，开展积极的自我评价和自我激励。

这一活动深受学生喜爱，家长支持，并在社会上产生了积极影响，有效促进了学生的养成教育。我们认为这种优点小银行储蓄的做法，虽然不十分适合中学生，但通过激励评价促进学生良好习惯养成的本质内涵，却正是新形势下学校德育工作的急迫需要。

经过长时间的思考，我们提出了行善积分制这个课题，“开展行善积分活动，旨在激励学生主动行善，通过换取积分的方式，在实践、体验与感悟的过程中，逐步培养他们的爱心、责任感以及奉献精神”。

通过这个课题的研究与实践，一是想改善我校学生的管理现状，借此提升我校做人教育水平，二是想借此对改革传统学生评价制度做些努力与探索。

赵国良的一席话，让在场的教师们陷入了沉思。

一天，赵国良正在会议室听取各学部工作汇报，会议室门“哐当”一声被推开。闯进来个五大三粗的汉子，工装洗得发白，手上还沾着黑乎乎的机油，一看就是刚从厂子赶过来的。

“哪个是赵校长？”嗓门大得玻璃窗直颤悠。

赵国良站起来：“我是。”

“我是谭俊的爸爸。”他大步走到赵国良面前，“听说你要搞什么积分制？我儿子马上就要中考了，你让他去做好事？这不是耽误学习吗？”

赵国良示意他坐下，但他纹丝不动，像一座铁塔般矗立在那里。赵国良能闻到他身上浓重的机油味，看到他布满老茧的手在微微发抖。

“张先生，您听我解释……”

“解释什么？”他打断赵国良的话，“我儿子成绩本来就一般，现在还要分心去做这些？你们当老师的，能不能干点正事？”

说完，他转身就走，留下满室尴尬的沉默。

但赵国良没有放弃。第二天，他在全校大会上宣布了行善积分制的具体实施方案。台下学生们窃窃私语，赵国良能看到他们眼中的困惑和好奇。

没想到，第一个获得积分的，正是谭俊。

那天早上，李老师在公交车上看到谭俊给一位老人让座。老人腿脚不便，谭俊不仅让座，还搀扶着老人坐下。李老师把这个细节记在了积分本上。

当赵国良在晨会上宣布这个消息时，谭俊愣住了。他低着头，耳朵通红，似乎很不习惯成为焦点。

放学时，赵国良又见到了谭俊父亲。这次他直接冲进赵国良的办公室，把积分本摔在办公桌上。

“赵校长，你这是什么意思？”他的声音比上次还要大，“我儿子让个座，你就给他加分？这有什么用？能让他考上重点高中吗？”

赵国良站起身，直视着他的眼睛：“张先生，您知道谭俊为什么会让座吗？”

“这有什么为什么？不就是……”他突然语塞。

“因为上周，他在公交车上看到一位孕妇站着，却没有人让座。当时他也很犹豫，最后也没有站起来。那天晚上，他写了一篇日记，说很后悔。”赵国良从抽屉里拿出那篇日记，“您要看看吗？”

谭俊父亲愣住了。他接过日记本，粗糙的手指小心翼翼地翻动着纸张。赵国良看到他的喉结动了动，眼神渐渐柔和下来。

“这孩子……”他的声音突然哽咽了，“从来没跟我说过这些。”

“张先生，我们教育的不仅是知识，更重要的是做人。”赵国良轻声说，“您不觉得，一个懂得关心他人的孩子，比一个只会考试的孩子更让人欣慰吗？”

他没有说话，默默地把日记本还给赵国良，转身离开了办公室。

接下来的日子里，赵国良注意到谭俊的变化。他开始主动帮同学搬作业本，会在下雨天把自己的伞借给没带伞的同学。更让赵国良惊喜的是，他的成绩不但没有下降，反而在稳步提升。

一个月后的家长会上，谭俊父亲主动找到赵国良。这次他的态度完全变了，甚至有些不好意思。

“赵校长，”他搓着手说，“我想跟您道个歉，之前是我太固执了。谭俊现在……”他的眼睛突然红了，“他每天晚上都会给我捶肩膀，说我在工厂干活太累了。以前他从来不会这样……”

赵国良拍拍他的肩膀：“每个孩子都是璞玉，就看咱们怎么雕琢。”

“是是是，”他连连点头，“我现在完全支持您的积分制。昨天我还跟其他家长说，这个制度好，让孩子学会了做人。”看着他离去的背影，赵国良长舒一口气。尽管这只是漫长征途的起始一步，却已在家长心中种下了信任的萌芽。

赵国良推行的“行善积分制”其实大有门道：先在校内搭好制度框架，让师生明白什么是真正的善行；接着把活动延伸到家里，和感恩教育挂钩；第三步跟学习习惯培养打配合；最后成立志愿者俱乐部，让做好事从任务变成自觉。

起初，诸多家长尚存疑虑，然而目睹孩子日渐明理，反对之声便逐渐转为赞许。市教育局领导多次点名表扬，媒体也来采访了十几次，这星星之火还真在社会上烧出了正能量。

这天傍晚，赵国良在操场散步，副校长看他在散步，也走了过来，问："校长，您为何要坚持开展行善积分活动？"

"我的母亲是个大善人，她一辈子都在做好事。"赵国良说，"我想继承母亲的善良和意志，当然，也想给所有的孩子们做一个好的榜样，保护他们不受不良思想的侵扰，更不会受到不良风气的伤害。给他们树立正确的世界观和人生观，让他们的童心永远赤诚善良下去。"

副校长挠着头，还是不解，"您有这种理想情怀我太理解了，毕竟没有一点情怀是不可能辞去公职，创办一所民办学校的。"

赵国良会心一笑。

"可是，开展'行善积分'活动，对老师和学生的负担太重了吧？我看了各学部提交上来的方案，做些好事就能换积分，但要耗费孩子们多少精力和时间……"

赵国良不等对方说下去，就摆摆手，"你是说，孩子们的主要精力还是要放在学习上？一切不利于学习的活动都应该削弱或者减少？"

副校长瞪大了眼睛，仿佛在说，"你知道就好。"

"你也知道，随着社会环境的变化，学生所处的环境、面临的社会问题和关注的热点议题都发生了变化。因此，学校做人教育必须与时俱进，结合实际及时更新教育内容。这一点你得承认吧？"

副校长点了点头。

"之前学校发生的打架事情，你也知道，涉事孩子的父亲来的时候你也在场。如果是你家的宝贝遭遇到这种事情，你是愿意改变孩子的人生观，还是保护孩子的天真呢？"

"那肯定是保护啊。"副校长回答。

见副校长一步步落入了自己的“圈套”，赵国良撇了撇嘴，说：“那怎么到了你自己的孩子身上就知道要保护了？学校千千万万的孩子不都一样是咱们的孩子吗？跟自己家的孩子有什么区别？我们每天吃在一起、生活在一起、工作在一起，如果做一场活动能让孩子提升思想道德品质，那为什么不做呢？”

“但是，这项活动真的耗费时间和精力呀！”

“要培养孩子们的好品行，光说教哪够？得让他们真刀真枪地去干，去体会。育人这事儿不能三天打鱼，两天晒网，必须保证活动的持续性，要不断生成新的教育内容。”

“细水长流的道理我懂，但就是……”主任说不下去了。

“我记得当时你对于《基于行善积分制的做人模式研究》还是很认可的，怎么好不容易坚持下来了，快开始收官时，你反而摇摆了呢？”

“校长，您提出的这一项教育理念的出发点，我十分认同，就是怕分散了孩子们的学习时间和精力。”

“放心吧，孩子们的时间和精力一定会在可控范围内的。如果你对这个活动方案有疑问，那我们再召集有关人员重新论证一下。你的担忧完全没必要。”

一转眼便到了期末。这是一个收获成果的时间点，学校初中语文、科学教研组被评为了“义乌市先进教研组”，随后七年级教研组更是引领全市，成功举办义乌市七年级教学“高效课堂”教学研讨会，场面热烈非凡。

操场四下里静悄悄的，就听见风摇树叶的沙沙声，混着小溪哗啦啦的流水声，跟夏天自带的背景音乐似的。这里的一切都显得那么静谧美好，让人不由自主地沉醉其中，仿佛时间在这一刻静止，只剩下这无尽的温柔与宁静。

赵国良和副校长在跑道上一圈圈遛弯。两人肩膀挨肩膀，边走边聊。

“办学这些年，语文、数学、英语、计算机、体育这些科目市级和省级的奖项都拿过了，你怎么看？”

“校长，要我说够可以了，连思想品德课都捧回不少奖状呢。”

“可我觉得对于学校现在的发展来说还是不够。”

“扩大影响力，提升竞争力？”

“是的。扩大影响力已经是学校的日常工作了，也是需要持续推进的一项工作。未来需要更深入、更持续地提升学校的核心竞争力。目前美术和音乐方面的奖项，还是数量不够多、等级不够高，成绩固然可喜，但不能沾沾自喜。”

“沾沾自喜不是您的性格，更不是咱们学校的风格。我校之风，乃是低调行事，稳健发展。”

“这两门课的奖状确实不够打眼。我考虑需增加教研经费，并与教育局加强沟通，争取更多平台资源，以期迅速提升音美教师队伍的整体实力。”

“我觉得学校追求的是学生综合素质的发展，不能只花费精力钻研那些能吸引家长目光的核心学科，还要注重学生的全面素质提升。”

“说的很有道理，继续说。”

“语文、数学、英语、计算机、体育，包括思想品德这些科目的成绩，客观来讲，真的比较亮眼。尤其是做人教育、行善积分活动，这几年取得了不错的口碑，这是我们不能忽视的。所以我十分赞成学校花大力气进行研究。”

“给教科室主任打电话，让他来我办公室细聊。”

等赵国良回到办公室时，教科室主任已经在门口候着了。他有些紧张，因为，赵国良平常很忙，没什么特别重要的事，不会轻易叫他来。

“尝尝今年的新茶。”赵国良推过茶盏，手指轻轻敲了敲身后满当当的荣誉柜。

见他还愣着，赵国良起身拉开玻璃门：“办学这些年攒下的家当，快摆不下了。知道咱们靠什么走到今天吗?”

“靠您带着大家拼命干?”

“错!”赵国良突然提高嗓门，“靠的是认准方向就不回头的劲儿!靠不言败、不放弃、不停步的群星精神！一步错，步步错，严重点，有可能使学校停滞不前，甚至是倒退。所以，咱们面对每次抉择，一定要把握住正确的方向，然后，所有人朝着这一个方向努力。”

教科室主任捧着茶杯的手抖了抖。

“行善积分制这个课题，还有配套的换学分活动，是学校目前发展过程中的一个重要方向，现在需要深化。但是这个月已经收到两起家长投诉。”

赵国良从抽屉里抽出几份文件，说道：“有家长提出疑问，为何在社区捡垃圾能积 2 分，而连续一周帮助值日生倒垃圾却只能积 1 分。还有老师反馈，个别学生为了凑满 20 分以换取学分，竟在敬老院拉着老人反复拍照。”

“你是教科室负责人，说说想法?”赵国良端起紫砂杯呷了口茶，杯底磕在桌面的声响格外清晰。

教科室主任沉思了一会儿，说：“这事我早有思考。我的建议：一是要修订行善积分，出台新版本。在赋分机制上，根据服务难度系数、社会效益指数、持续时长因子进行加权计算。增设‘善意传递链’——当受助者成为助人者，原始积分将获得动态增值”。主任拿起茶杯抿了一口。

“二是从行善积分活动的可持续发展角度考虑，构建‘学分银行’体系，搭建起与综合实践、研究性学习之间的学分互认桥梁；并推行成长追踪计划，规划三年及六年的持续追踪机制，所有数据均纳入专用数据库管理。”

听到教科室主任的思考后，赵国良在笔记本上写下了一句话：“人生快乐来自善，天下财富藏于书。教育不是流水线上的标准化作业，而是唤醒沉睡星火的春风。”

看着主任快步离开的背影，赵国良摸着荣誉柜露出笑容——他的做人教育行动，又能继续推进了。

践行顾明远先生的四大教育信条：“没有爱就没有教育；没有兴趣就没有学习；教书育人在细微处；学生成长在活动中。”以此完善育人理念。以爱为基石，用兴趣激发学习动力，在细节中引导学生明辨是非，通过实践活动让学生获得切实的成长体验。注重学生的全面发展与人格塑造，让他们在爱的滋养中学会感恩与善良，在兴趣的驱动下培养探索精神与坚韧品格，从生活的细微之处领悟做人道理，在实践活动中提升社会责任感和人际交往能力。

第二十三章

脚步丈量远方

门吱呀一声开了，赵国良正在埋头批阅那份“行善积分制”总结报告。抬头看见来人，他愣了下——平常能说会道的副校长这会儿跟个刚报到的新老师似的，拘谨地站在门口。

“进来坐啊。”赵国良放下笔，指指沙发，“啥事儿这么郑重?”

副校长没有坐，只是将一份申请报告轻轻放在办公桌上：“校长，初中部打算去湖州市考察学习先进的教学经验。”

赵国良挑了挑眉。这倒是个新鲜事，往常都是自己主动提出考察计划，今天倒是太阳打西边出来了。他翻开报告，目光在几所学校的简介上扫过。

“湖州啊……”他若有所思地摩挲着下巴，“安吉昆铜中学确实不错。”

副校长的眼睛亮了起来：“是的校长，我们特别想学习他们在阅读教学方面的经验。您看……”

赵国良起身踱到窗前。四月的日头暖洋洋的，操场上有几个班在上体育课，笑闹声顺着风飘进来。他突然转身：“要不让高中部也派几个骨干跟着?”

“这……”副校长有些迟疑，“高中部最近在准备教学比武，恐怕……”

“教学比武是重要，但去学习别人的长处也很重要。”赵国良走回办公桌前，“你去安排吧，高中部那边我去说。”

看着副校长轻手轻脚带上门，赵国良往椅背上一靠。他心知肚明，这些教师终日埋头苦干，确需偶尔抬头望一望前行的方向。此次考察，或许能为他们打开一扇通向新世界的窗。

然而计划赶不上变化。就在考察前一天，高中部突然接到通知，教学比武提前举行，几个原本要参加考察的老师不得不留下来备战。

“校长，这……”副校长捏着名单直挠头。

赵国良却笑了：“让高中部老师安心准备比武。考察的事，等比武结束再续上。”

第二天一大早，初中部的老师们就出发了，赵国良在校门口挥手送别。等车子开远了，他的眼神不自觉地飘向旁边高中部的教学楼。几个老师正靠在走廊栏杆上讨论着什么，说得特别投入。

三天后，初中部老师考察回来，个个收获满满。汇报会上，语文组的李老师眼睛都亮晶晶的：“安吉昆铜中学的书香校园堪称一绝！图书馆内藏书丰富，就连走廊拐角也摆满了书架。学生们课间时分总能随手拾起一本，沉浸于知识的海洋。”

“上课同样别出心裁，”数学组的王老师补充道，“他们注重培养学生的思维方式，而非仅仅灌输公式，这与我们的传统教学方式大相径庭。”

赵国良边听边点头，忽然瞥见会议室后排坐着几个高中部老师，正认真地做着笔记。

散会后，赵国良特意叫住了高中部的老师：“怎么样，听出什么门道没有?”

张老师有些不好意思：“校长，我们这次没去成，真是太可惜了……”

“谁说你们去不成了?”赵国良笑了，“我已经和安吉昆铜中学联系好了，等你们比武结束，专门给你们开个考察专场。”

“赶紧备课去，”赵国良拍拍他的肩膀，“记住，教育不是闭门造车。你们比武要加油，考察也要用心。”

半个月后，高中部的老师们终于踏上了考察之旅。这一次，赵国良亲自带队。在安吉昆铜中学，他们不仅观摩了课堂教学，还深入了解了学校的课程设置和教学管理。

回程的大巴上，老师们热烈地讨论着。赵国良坐在前排，听着身后的欢声笑语，嘴角微微上扬。他知道，这次考察不仅让老师们开阔了眼界，更重要的是，让他们明白了教育教学的真谛：永远保持学习和进步的心态。

第二天一早，赵国良刚进办公室，就看见桌上放着一份厚厚的报告。翻开一看，是高中部老师们连夜整理的考察心得。翻到末页时，他手指顿了顿——整页纸签满了老师们的名字，空白处还画着一颗红彤彤的爱心。

他抄起电话拨给副校长：“今天通知下去，下周全校教师大会加个环节，让高中部的老师上台讲讲这次考察的心得体会。”

“明白!”电话那头传来会意的笑声，“校长您这是要搞二次传播啊。”

“没错。”赵国良望着窗外跳跃的阳光，教学楼传来朗朗书声，“教育这事儿啊，就得像传火种，一个人先点亮一盏灯，再传给更多的人。”

近年来，私立群星学校师生经常开展“走出去”“迎进来”的互访活动，在与同行的交流中学习先进教育教学经验，不断探索新的学法、教法。

12 月的义乌，凉风习习，但私立群星学校报告厅里暖意融融。全市九年级语文“高效课堂建设”主题研讨暨四星级教师课堂展示活动正在这里举行。礼堂内座无虚席，来自各校的教师们齐聚一堂，期待着这场教学盛宴。

在随后召开的学校中层例会上，赵国良神情严肃而又满怀期待地提出："我们要把教师外出学习作为学校发展的重要战略。老师们只有见识了外面广阔的教育天地，才能拓宽教学思路，提升教学水平，我们的学生才能享受到更优质的教育。"

为了确保教师外出学习能够取得实实在在的效果，他亲自主持制订了一套完善的外出学习方案。组织成立了由教学骨干、教研组长和行政人员组成的学习项目策划小组，对每一次外出学习的地点、学习内容、参与教师等进行精心筛选和安排。

在他的支持和鼓励下，一批又一批的教师踏上了外出学习的征程。教师在学习过程中，用心去感受、去学习、去思考，每一次的学习都让他们收获满满。

教师们外出学习归来，赵国良并没有让学习成果仅仅停留在个人层面，而是积极组织开展学习成果分享活动，让智慧的火花在全校教师中传递。

学校定期举办"外出学习教师分享会"，每一位外出学习的教师都要走上讲台，将自己的学习收获与全校教师进行分享。在分享会上，教师们通过生动的案例、精彩的 PPT 展示，详细介绍了自己在外出学习期间所接触到的新的教育理念、教学方法和教学技术。他们结合自己的教学实践，分享了如何将所学知识应用到实际教学中的经验和体会，同时也提出了自己在实践过程中遇到的问题和思考。

除了分享会，他还鼓励外出学习的教师开展示范课活动。通过示范课，教师们将所学的先进教学方法直观地展示给其他教师，让他们在观摩中学习，在学习中反思，在反思中进步。

教师外出学习活动改变了学校的教育生态。学校形成了积极向上、追求卓越的校园文化，教师们相互学习、相互促进，共同为学生的成长和发展努力奋斗。

每次教师外出学习回来后，赵国良都要参加分享会。感受到教师的成长，他感慨万千，他总是说："教师是学校发展的第一资源，只有让教师不断成长，学校才能充满活力。看到教师们在外出学习中不断进步，看到学校因为教师的成长而取得的显著成绩，我感到无比欣慰。这是一条正确的道路，我们将坚定不移地走下去。"

赵国良频繁外出参加各类教育活动，成为推动学校教育理念更新与发展的重要动力。每次外出学习，他的笔记本上都密密麻麻地写满了文字。不仅有对专家观点的摘录，还有自己即时的思考与感悟——这些理念如何能落地到自己的学校。

一个阴雨绵绵的日子，他应邀参加了在北京举行的"全国特色教育发展论坛"，论坛汇聚了全国各地的教育专家、知名校长以及一线优秀教师代表，大家围绕着"特色教育"这一核心议题展开深入探讨。

作为全国唯一的民办学校代表，赵国良以《创"做人教育"特色，走德育兴校之路》为题，结合自己学校的实际情况，分享了一些现有的管理措施以及面临的挑战。他的发言引起了共鸣，大家纷纷各抒己见，讨论气氛热烈非凡。

赵国良认真倾听每一位同仁的发言，汲取着不同的观点和经验。他深知，教育没有固定的模式，多听听不同的声音，才能找到更适合自己学校发展的道路。

会后，多位与会嘉宾主动同他交流和探讨做人教育。带着满袋的学习资料和笔记本回到学校后，他顾不上旅途的疲惫，就开始整理此次学习的收获。他将重要的资料分类整理，准备在学校的行政会议和教师培训中与大家分享。

随后，他又召集学校的骨干教师，召开了一场小型的座谈会，迫不及待地将自己在论坛上听到的、看到的、想到的，毫无保留地讲给大家听。

他深知，教师的精神生活对其工作状态和职业发展有着深远的影响。为了丰富教师的精神世界，营造积极向上的校园文化氛围，他采取了一系列举措。

在他的大力推动下，学校出台了《关于深入持久开展读书教育活动的决定》，专门腾出一间宽敞明亮的房间，精心打造了教师阅览室。他亲自挑选各类书籍，涵盖教育教学理论、文学艺术、历史哲学等多个领域，力求满足教师们不同的阅读需求。每天课余时间，教师们都会来到阅览室，沉浸在书的海洋中，汲取知识的养分。

有的老师在这里阅读最新的教育期刊，了解教育领域的前沿动态；有的老师则翻阅文学名著，陶冶自己的情操；还有的老师会与同事们一起分享读书心得，交流思想感悟。“阅览室就像我们的精神家园，在这里，我们可以放松身心，充实自己。”一位语文老师微笑着说。

2009 年义乌市中考发布会现场，一条令群星人无比振奋的消息从中传出：群星初中 904 班的毕业生潘思晨获得 2009 年义乌市中考状元！发布会现场一片轰动，在竞争异常激烈的义乌中考中，群星初中的学子能够勇摘桂冠，不能不说是一个大大的奇迹。面对兄弟学校热情的祝福和羡慕的眼光，赵国良却显得非常的平静，他知道这一天必定会到来，只是时间早晚的问题，因为群星有一整套成熟有效的培优机制，可以让优秀学生变得更加优秀。

潘思晨在这次中考中尤为引人注目的是她的科学、英语、数学三科成绩都位居全市前列。可人们并不知道，在刚进入初三的时候，潘思晨科学成绩并不突出，是明显的薄弱学科。原来，潘思晨以前并不在浙江读书，由于教材的原因，潘思晨科学基础很差，在科学学习上很不自信。到了初三，科学老师了解到潘思晨其他各科都不错，就科学不太好，老师看在眼里，急在心里。他一方面帮潘思晨树立科学学习的信心，另一方面专门为潘思晨制订了补弱计划。为了能让潘思晨学好科学，不拉总分，老师几乎牺牲了所有休息时间为潘思晨辅导。他专门为潘思晨一个人备课，出练习题，甚至特意为她一个人准备实验，一步一步为她演示，手把手教她操作……潘思晨平时英语、数学成绩虽然不错，但发挥不太稳定。经过分析，英语老师和数学老师发现潘思晨在考试中常常会犯一些低级错误，经常错一些不该错的容易题。于是，老师加强了对潘思晨考试技巧的指导和考试习惯的培养。每次考试后，都要专门找潘思晨分析考试的得失，并专门为她出错题强化练习。在各科老师的共同努力下，潘思晨的成绩越来越好，越来越稳定。这些为潘思晨这次考取状元做了最好的准备，可谓厚积而薄发。

群星从初一开始就会为潘思晨这样的优秀学生量身定做一套个性化的优生培养方案。首先是制定非常具体而明确的优秀学生成长档案和跟踪培养计划。内容包括该生的性格特点、学习品质和学习特点分析、优势学科和薄弱学科、培养目标、思想动态、分学科培养意见等。其次是定期召开优秀学生集体会诊会。各科任老师针对这一阶段学生的学习和思想方面存在的问题，拿出针对性的解决办法，调整下一阶段教育教学的侧重点。

“教育是一场永无止境的探索，我们用脚步丈量远方，用学习充实自己，最终都是为了给学生更好的教育。”这是他写给老师的话，也是老师每次外出学习时他必讲的话。

第二十四章

以心相交的教育

赵国良站在办公室的窗前，静静地望着操场上三三两两走过的教师。他们的身影在逐渐沉下的暮色中显得格外悠长，仿佛一天的疲惫都随着这缓慢的步伐被轻轻抛在了身后。远处的教学楼亮起了星星点点的灯光，就像是夜空中闪烁的群星，为这宁静的校园增添了几分温馨与神秘。

微风轻轻拂过，带来了一丝凉意，赵国良却仿佛毫无所觉，依旧沉浸在自己的思绪中。这些灯光，每一盏背后都是一个努力的身影，或是备课到深夜的同事，或是在为学生们答疑解惑的师长。它们不仅照亮了校园的角落，更照亮了学子们前行的道路。操场上偶尔传来几声低语和轻笑，那是教师们在交流着一天的见闻与感受，分享着彼此的喜怒哀乐。

赵国良的嘴角不禁微微上扬，这些平凡的瞬间，构成了校园生活的温暖底色。他深知，作为一名教育工作者，他们不仅是在传授知识，更是在用自己的光和热，引领着一代又一代的年轻人走向未来。这一刻，他的心中充满了责任感与使命感，也涌起了一股莫名的感动。

回到办公桌前，厚厚的工资表看得他直皱眉。这些表格他足足研究了一个月，每一页都写满了批注。作为私立学校的校长，他比谁都清楚老师是学校的财富，可眼前这些数字实在扎心。

“李主任，”他摁了下座机，“来我这儿一趟。”

人资部主管抱着笔记本小跑进来，金丝眼镜闪着光：“校长您找我?”

“坐。”赵国良把报表往前推，“我琢磨去年工资数据，发现个事儿。”

李主任麻利地调出表格：“是说骨干教师的待遇?”

“可不!”赵国良拍着报表，“张老师带三年高三，成绩不错，年薪才……陈老师的事迹全市推广，年薪才……这薪资哪留得住人啊?”

李主任扶了扶眼镜：“但要是全体涨工资的话，恐怕……”

“我明白了。”赵国良在屋内踱步，“我们能不能考虑提高教学奖、创新奖、科研奖这些奖项的奖金额度呢?”

李主任眼睛唰地亮了：“可以！既鼓劲儿又省钱。”

“还有……”赵国良突然停下脚步，“我们可以启动一个‘星光计划’，每年评选几位金牌教师，不仅给予物质奖励，还提供进修机会，并让他们参与学校决策。”

李主任手指在键盘上翻飞：“这样老师们既有钱拿，又能奔前程。”

“就这意思!”赵国良坐回椅子，“赶紧出方案，下周讨论。”

送走李主任，赵国良抬手看表，已经晚上八点多了。收拾完文件正要回家，路过实验室时，发现里头还亮着灯。

他轻手轻脚推开门，看见洪老师弓着腰在调试设备。这位信息中心的顶梁柱，去年刚带着学生在全国电脑机器人竞赛中摘得金奖。

“洪老师，这么晚还在忙?”

洪老师抬起头，有些惊讶：“赵校长？我在调试新的实验设备，下周要给学生演示。”

赵国良凑近实验台打量：“听说你研究出一个新的机器人?”

“是的。”陈老师有些不好意思地笑了笑，“我觉得电脑课不能光靠书本，要多动手实验。所以设计了一些新的实验项目。”

“想法不错。”赵国良点头表示赞同，话锋突然一转，“对了，听说有学校在挖你?”

陈老师手里的螺丝刀“当啷”掉在台面上，低头盯着脚尖：“赵校长，这事儿我……”

“甭紧张。”赵国良抬手打断，“他们开多少年薪?”

陈老师抿着嘴没说话。

空气安静了几秒，赵国良伸出三根手指：“要是咱们涨工资，加上教学质量奖、教改创新奖，年收入只多不少。考虑留下吗?”

“不急，回去慢慢想。”赵国良拍拍他肩头，“学校需要你们这些优秀教师，在这儿发展空间会更大!”

带上门出来，赵国良长长吐了口气。

加薪，这年头谁工作不图这个？要是还能顺带实现人生价值，那可真是打着灯笼都难找的好工作。

赵国良始终认为，没有激励就没有教师们增长创造力的爆发点，没有理想目标就不能刺激教学效果长足增长和提高。如果可以给教师群体在经济上增加刺激点，必然可以更好地激发教师们的智慧，那么学校的教育教学水平一定会有飞跃。

第二天天刚亮，赵国良就把校领导班子的成员都叫来开会。会议讨论了“星光计划”。他详细阐述了各项激励措施，包括提高各类奖项奖金、拓宽职业发展通道等。每一条都经过深思熟虑，既考虑到了教师的实际需求，又兼顾了学校的承受能力。

“方案是好方案，”副校长接话，“就是资金压力会不会有点大啊?”

“短期内确实会增加支出，”赵国良说，“但从长远来看，留住优秀教师，提升教学质量，最终会带来更好的生源和口碑。这是良性循环。”

经过两个小时的讨论，方案获得一致通过。当天下午，学校就召开了全体教师大会。

“没有你们这些优秀教师，学校就不会取得今天这么好的成绩。你们指挥教学、建立体系，你们辛勤耕耘、无悔奉献。没有你们，我的教育理念得不到实践检验；没有你们，做人教育就是一座空中花园。学校决定，今年提高奖金幅度，希望你们更好地发挥聪明才智，做出更大的成绩。”赵国良的话刚说完，会场就响起了热烈的掌声。

“你们能想象一场不在乎结果的球赛吗？不能。越是比分紧追，越能刺激紧张的赛事，越能让人们兴奋，从而燃起心中的斗志。教育教学是你们的事业，也是我的事业。你们将兴奋、价值和热情全部注入教学活动中，使‘做人教育’理念变得更有趣了，教学质量也在一直提升；也让学校的生源越来越广、越来越优质，让学校每年都能收获这么多荣誉和成就。”

“在群星，我将永远是你们坚强的后盾，我永远为你们加油打气！同时我也会用更多奖金、更高报酬来感谢你们。”

会场随即爆发出热烈的掌声。

赵国良朝大家摆了摆手，说：“时至今日，学校已经摒弃了短期发展，开始追求长远的目标，所制定的制度和策略也是针对学校更加长远的发展。当然，很多人可能要说了，学校本该如此。可是说来容易，做起来很难。例如制度过于宽松，就会有人抨击学校放松了管理；如果制度过于收紧，就会有人抨击教师变成机器，不够人性化。但是，我们一定要始终坚信，劣币是不可能驱逐良币的，市场是检验学校教学质量和成效的终极法宝。”

他话锋一转，说：“今年是学校发展的重要一年，做人教育的实施规划已经出来了，都收到通知了吧，仔细学习了吗？哪些方面是我们必须做的，开展哪些活动，确定下来了吗？准备工作做到位了吗？文件下发已经一周了，这项工作推进得如何了？你们开始主动思考，积极行动了吗？”

会场鸦雀无声，就像跟按了暂停键似的。

其实赵国良之前曾不止一次强调，作为一名优秀的教师，一定要有举一反三的能力。比如落实一项新的教育举措，必须在一个小时内拿出工作思路，思考哪些弊病是需要尽可能降低影响，哪些问题又要尽可能绕开。如果一小时内做不到，那就不是顶尖的教师群体。而如果一天内还不能做到，那就达不到骨干教师水平。

赵国良这一系列的问话掷地有声，一些安于现状的教师纷纷低下了头，因为实际上，他们确实还没有对这一项目进行有效研读。或许，经过赵国良的这番拷问，他们会深刻反思。

这并不是赵国良对待教师的要求过高、过于严格。在他看来，这些工作的高效完成完完全全就是一个骨干教师应有的水准。教师代表着学校的脸面，他们的水准代表着学校的水准。

一个月后，校园里就大变样了。老师们如同被激活了一般，教学创意层出不穷。最让人意外的是洪老师，非但没辞职，还主动揽下了教研组长的活儿。

这天傍晚，赵国良又在实验室“巧遇”了洪老师。看着洪老师风风火火的背影，他回忆起自己初为人师的日子，那时他同样满怀激情，渴望在教育领域有所建树。

如今，作为一校之长，他不仅要实现自己的教育理想，更要为所有教师创造实现理想的机会。这，或许就是教育管理者最大的价值。

夜深人静，教学楼内仍有灯光闪烁。赵国良深知，在这些灯光下，都有像洪老师一样执着于教育的追梦者。而他要做的，就是为这些追光者铺就更宽广的舞台。

校园里挺立着许多建校时栽种的梧桐树，它们宛如忠诚的守护者，默默见证着学校的发展与变迁。这些梧桐树有的掩映在教学楼间，与知识的殿堂相伴，静静地聆听着教室里传来的朗朗读书声；有的静立在操场边，注视着学生们在操场上尽情奔跑、欢笑，分享着青春的活力。

每当夕阳西下，那金黄色的余晖如同一层薄纱，轻轻地洒在这些翠绿的枝叶上。树叶在余晖的映照下，仿佛被镀上了一层金色，闪烁着迷人的光芒。

整个校园都被这温暖而宁静的氛围所笼罩，梧桐树也仿佛在这时刻焕发了新的生机。它们似乎在诉说着岁月的故事，承载着无数师生的回忆。

无论是风雨交加的夜晚，还是阳光明媚的午后，这些梧桐树始终坚定地守护着校园，见证着一代又一代学子的成长与离别，成为校园里不可或缺的一部分，也是时光的永恒见证者。

群星学校初中每年招生的时候都会出现这样有趣的现象：一些家长考察一番后，觉得什么都还满意，但最后因为一张作息时间表使他们拂袖而去。他们的疑惑是，初中是升学竞争最激烈的学段，许多公办学校家庭作业要做到晚上十点多，第二天天未亮就要起床。像群星学校九点钟不到就睡觉，早晨六点钟才起床，这样宽松，教学成绩怎么上得去？而另有一些家长就是看中了这张作息时间表，毫不犹豫地报了名。他们说，阶段教学抓得紧一点是应该的，但凡事都要有个度，无论如何不能以牺牲孩子身心健康为代价，身体是一辈子的大事。

这张惹人争议的作息时间表，睡眠时间有 9 个多小时（包括午休 1 小时），课余活动除了大课间 20 分钟，每天下午有半个小时课外活动，整天安排应该比较规范、合理，同教育行政部门的要求差不离。那么实际情况怎么样呢？下午课外活动时，大多数学生到操场上参加各种体育活动。也并不是所有教室都“清场”无人，有的在下棋，有的在参加“英语角”活动，有七八个学生每天下午定时到音乐室练葫芦丝。几乎每天下午课外活动时间，都可以看到一些老师还在为少数作业完成不理想的学生进行“日日清”辅导。每天早晨六点钟，学生已经在操场上开始跑步训练，中考体育技能测试分组在三个学年进行，作为寄宿制的学校占尽了优势，可以每天穿插开展经常性常态化训练，不但有利于培养良好的体育习惯，提高身体素质，同时明显提高中考体育成绩。

学校的教学时间并不都是争分夺秒为升学，有两个怪现象值得深思：一是每晚有二十分钟做人教育课，听讲自建校以来雷打不动；二是每周四晚上有一个小时课外书“静读”，听讲也是雷打不动，已经坚持多年了。而据最近一次对初一学生问卷调查表明，对这种丰富多彩校园生活的认同度达到100%，学生最感兴趣的校园活动依次为“英语节”“读书节”“行善积分制”。赵国良说：“寄宿制学校并不完全是教学时间更多，而是学生生活更丰富、更有意义，生活更有规律，更有利于学生良好习惯和能力的培养。用他的话说，就是不但要对学生的今天负责，更要对学生的明天负责。”

什么是好的教育？评价标准不能仅仅限于教学成绩，更应该从有利于健全学生人格、有利于学生健康发展方面考虑。对于这个过于理性的答案，广大家长的认识有待提高，教育工作者实践探索的路程也还漫长，赵国良无疑已经走出了坚实的一步。

这天办公室门突然被敲得咚咚响，赵国良抬头望去，只见门口伫立着一位身着工装的师傅，袖管上斑驳的灰尘记录着辛劳的痕迹。

“张工您怎么有空来？快坐快坐。”赵国良连忙起身，倒上一杯茶，递给来人。

张工接过茶杯一口气喝完：“赵校长，在您这干的工程已经完工，可以结账了吗？

兄弟们要回家过年，我寻思着给他们开点工钱。”

“好的，早就该结算的。”

赵国良喊来副校长："您带张工去财务室，把工程尾款付了。抓紧办，师傅们还等着回家过年呢。"

站在边上的张工喉咙像堵着棉花似的，心里暗暗发誓：我得拼命干活多挣钱，以后非得让孩子来这里念书不可，跟着校长学做人、学本事。

"张工，材料都带齐了吗？"

"哎哟，我忘记了！我这就回去拿。"

他说着转身就要走，财务主任赶紧拦住他："您等一会儿，我给您列个材料清单，您拿回去。"

攥着材料清单出门时，张工脚步都轻快了几分。

财务主任转头来到校长室："赵校长，刚那位张工的款子没结成，他资料没带，实在没法办。"

"清单给了吗？尽量让人家一趟办完，师傅跑一趟不容易。"

"单子都交到他手上了，下次肯定一次办好。校长，教室改建工程质量挺好，下回有活儿还可以找他们。"

"将心比心嘛，咱们真心待人，人家自然也会真心相待。"赵国良笑着说。

财务主任走后，办公室只剩下了他一个人。难得拥有这片刻的清静，赵国良一时间又陷入了长久的思考之中。"教育"这两个字，在他心里的分量重达千万斤，重于一切。他都担心有一天，自己会不会彻底老了，老到托不起这沉重的两个字了。

群星学校，集成了他多年的心血和付出，提高学校品牌影响力，提升核心竞争力，让学校持续发展不知不觉已经成了他的目标。而随着学校开办的时间越来越长，发展得越来越好，越来越多的人开始关注学校，关注赵国良，关注到从这里走出去的每一位学生们。

随着学校知名度的提升，学生数量不断增加，新的问题也接踵而至。学校的学位紧张，教学资源面临更大压力。所以教室改建才被提上了日程。如今张工到学校来结工程最后一笔尾款，这意味着建设工程终于全部完工，让他欣慰的同时感觉到心满意足。

事实证明，在古代，一个能开疆拓土立国的君王往往很难守业。而赵国良，如一位无畏的开拓者，以坚定的信念和非凡的勇气，在荆棘中踏出一条崭新的道路；又似一位忠诚的守护者，精心呵护着学校的每一寸发展。

他常说："在开疆守业的道路上，我们难免会遇到困难和挫折，但只要我们坚守初心，勇于面对，就一定能够克服一切障碍。"

从本质上讲，民办学校是教育需求个性化、多样化的产物。一所民办学校只有真正从教育规律出发，把学生发展放在第一位，争创办学特色、争创一流教学质量，才可能像群星学校一样葆有长青的魅力，并不断创造辉煌。

第二十五章

质疑声中筑基石

赵国良合上办公桌上那本《陶行知教育论著选》，手指头在发黄的封面上来回摩挲。外头梧桐树沙沙响着，树影子透过玻璃窗，在书皮上洒下一片碎金。他盯着封面上“生活即教育”几个苍劲大字，这是陶先生最核心的教育理念。一晃神又想起十多年前，刚创办私立群星中学的那个夏天。

那时候学校是租的破房子，墙皮斑驳脱落，课桌椅摇摇晃晃，教师资源匮乏。可最让赵国良忘不了的是，孩子们眼中闪烁着求知的光芒，如同夜空中最亮的星，照亮了他的前行之路。

“咚咚”敲门声打断了他的回忆。副校长抱着一大摞材料进来：“校长，《学校转型升级调研报告》请您过目。”

赵国良接过来翻开第一页，眉头就拧成了疙瘩。报告上白纸黑字写着，这些年城镇化搞得快，群星学校从刚开始几百人，到现在学生多得挤破门槛。虽说新教学楼都启用了，还是架不住这人潮。

“生源质量也往下溜，”副校长补了句，“现在家长就认升学率，咱先学做人那套，他们听不进去。”

赵国良起身踱到窗前。操场上，几个班级正在上体育课，欢声笑语随风飘来，令人心旷神怡。他突然想起十年前，那个交不起学费在办公室门口站了一下午的农村孩子。那孩子如今都考上重点大学了，年年教师节都寄明信片来。

“走，去操场透透气。”赵国良说。

下午的操场空荡荡的。两人并肩漫步，脚步声在空旷的操场上清晰可闻。

“辛苦了，这报告整得挺周全。”

赵国良望着远处的教学楼，说：“咱办学就得把指标搞到全市第一，像南京、南通、苏州等城市一样，让公立学校跟在后头学。国际部要闯新路子，小学部、初中部也得抢跑，这才对得起咱们的综合实力。”

“是的。”副校长点点头。

“除小学部、初中部及国际部需大胆创新外，咱们还需深化与全国各大高校的交流合作。学习这事儿可停不下来，要在一次次交流中吸收好经验，摸索出最适合咱们的发展路子。”

“那要是国外学校呢？”

“合作也要跟上。”赵国良敲了敲桌子，“教育不分国界，咱们要张开怀抱看世界。”

正说着，副校长手机突然响了。接完电话他脸色骤变：“校长，国外考察团的人已经在路上了，半小时就到。”

赵国良一皱眉：“不是说好下周吗？”

“说是行程有变动，车都开在路上了。”

校长室里顿时忙作一团。领导班子紧急碰头时，空气都快凝固了。

“这是要搞突然袭击啊。”副校长攥着笔记本直冒汗。

“我看未必是坏事。”赵国良转着笔，“人家主动上门，正说明咱们有分量。关键是得把主动权攥在手里。”

半小时后，一队西装革履的外宾准时到场。

“注意到没？他们三句话不离咱们的办学理念。”

“您是说……”

“他们更看重咱们的软实力。这就是咱们的底气。”

双方总算搭起了合作的架子。

客人一走，赵国良长长出了口气。他打开办公室窗户，夕阳把操场染得通红，几个值日生正拖着扫把晃悠，影子在地上抻得老长。

次日大会上，消息一公布，整个报告厅顿时沸腾起来。可赵国良紧接着的话语，让众人纷纷安静下来，陷入了深思。

“老师们，合作协议只是开头炮。我们要挖掘自身特色，把国际上的好经验融进来，蹚出一条‘全向’发展的新路子。这道路上肯定少不了磕绊，但只要我们守住初心，肯定能闯出一片天！”

掌声哗啦啦响成一片，赵国良挨个看着台下这些老伙计。恍惚间瞧见二十来年前在漏风教室里讲课的自己，看见那些裹着棉袄晨读的孩子，还有数不清的熬夜备课的晚上……

他心里明镜似的，这才刚起个头。他起身踱到窗前，夕阳给他勾了道金边：“教书不是灌水，是点火苗。照搬套路没意思，得琢磨出适合自家孩子的路子。”窗外一群鸟儿扑棱棱飞过，翅膀尖儿上驮着学校的明天。

2014 年 3 月的一个清晨，当和煦的朝晖爬上熙来攘往的站台，伴随着一声声汽笛的长鸣，赵国良拎着一个文件包，慢慢地涌出了站台，兴奋地打量着这个在他心中不知描绘与憧憬了多少次的城市——苏州。

已有 20 年办学经验的赵国良先生，成长于中国小商品之都浙江义乌，1995 年创办了义乌市私立群星中学，切身的成长经历与体会以及对教育事业的憧憬与期待使他在办学之初便在心底埋下一颗种子：教育不仅要对孩子的今天着想，更要对孩子的明天负责。

一切从实际出发，面向每一个学生促其向善。“做人有道，求知有方，成才有望”是他对学校教育的诠释，20 年的跋涉，铸就了自己的品牌。

然而面对成绩，他深深知道：群星的教育模式，归根到底还是在做应试教育文章，这种模式不改变，群星只有今天没有明天。群星学校必须坚持自己的追求和个性，必须摆脱对过去的发展经验的路径依赖，跳出自己发展的“舒适区”，寻求再出发的动力和契机。

学校要提供优质的教育给社会，并向大而强不断发展，这是群星人努力奋斗和不懈追求的终极目标。作为学校的创办人，他真心希望学校能在健康发展的轨道里走得更远。他要尽自己所能反哺生养自己的土地，服务家乡的孩子们，让孩子们的童年像童话故事，丰富、立体、鲜活而又多姿绚烂。

然而，当梦想照进现实，总不如脑海中事先勾勒的那般美好。随着时间的流逝，挫败、困惑、迷茫、不安一股脑儿的袭来，逼迫着他在艰难与逆境中迅速地成长。

为了实现转型升级的梦想，他义无反顾地登上了北上的列车。他深信，列车将要抵达的那座城市，有机遇，能够让学校找到适合自己的教育模式；有平台，能够让踌躇满志的他生命拔节；有梦想，太多未知的精彩与成功的案例吸引着他只身探索。

一切都是机缘。在苏州，他见到了不一样的教育理念，不一样的教育课程，不一样的教学资源，不一样的教育文化，不一样的管理系统……这些独具的一个个亮点，形成了一串耀眼的美丽珍珠，会聚成耀眼的光环，炫眼耀目。

赵国良在苏州的所见、所闻、所思、所感、所学……这一切的一切仿佛为他开启了一扇能够眺望更多绚丽景色的窗。他贪婪地汲取着精致化、国际化、多元化教育的养分，情感上的共鸣，思维上的共振，使转型升级的种子悄然生长。

2014 年 5 月 18 日，义乌。

坐在办公室的沙发上，赵国良校长目光深邃，沉思良久，毅然做出这样一个决定：全面引进新的教育模式，全力实施转型升级行动，推进品牌化建设。他要对自己以往的办学模式来一次颠覆。

“一个人否定别人容易，而要否定自己，特别是要否定曾经有过成绩的自己，是很艰难的，但再痛苦，再艰难，为了孩子有一个优质的教育模式，也要义无反顾地转型。”他的话语重心长，让人肃然起敬。

这是一项勇于创新的伟大壮举！这是一份品牌提升的世纪宣言！

20 年积淀后的转型升级，是理想与现实的碰撞，点燃的是品牌打造的燎原之火，使学校品牌得到了进一步提升。一晃一年过去了。经过新教育多层次的熏陶和全方位的历练，学校的管理团队已经从当年的“年少无知”，蜕变成长为爽直干练的强者。他们在各自的轨道上执着地追逐着自己的梦想，共同打拼，齐头并进，“底力”前行！

2015 年 10 月 8 日，赵国良看着手里的一篇报告，感慨万千。

“学校坚持国际化视野，注重中西合璧的文化教育，在国际化办学的道路上积极探索。特别是把国际先进教育理念和课程与义乌社会经济文化发展水平及学生家长对国际化教育的诉求有机结合，努力打造成一所植根义乌、辐射浙江的民办学校，做义乌教育行业国际化的领跑者。”

看到这些，他的心情怎么也不能平静。他不由得陷入了沉思：转型一年了，我们的起点在哪里？已经走了多远？我们丢失了什么？收获了什么？于这些情境中，他的眼前自然浮现出一个个特写镜头：

为实现学校的整体转型与变革，群星的管理团队以作风变革为起点，依托管理变革、课程变革两大载体，通过贴地式深度介入的方式，在理论与实践双向转化、双向滋养、双向建构中，赋予了学校发展的“底力”。

学校有了“底线”：把学生当宝贝，把教师当财富，把家长当朋友；学校有了“底蕴”：有中国文化传统作为办学的底蕴，也有本校特色的西方文化传统作为学校发展的底蕴；学校有了“底色”：将“做人教育”的新价值观、新理念化入学生生活的“毛细血管”之中，实现“日常化”。

学校有了“活力”：以科学务实的态度做好教育教学，获得了绵绵不绝的内生力；用自强不息的信念要求专业成长，获得了更新和再造的内动力；用追求完美的精神面对日常细节，守底线，护底蕴，铺底色，产生了朝着价值“标杆”直线跑的内定力。

学校教育要培养什么样的人？通过什么样的途径和方式去培养？面对这一系列的问题，赵国良陷入了更深的思考。他的目光越过眼前的学校，越过眼前的学生，超然于广阔而长远的未来。

群星外国语学校，需要“底力”前行！需要不一样的教育！

他欣慰地笑了！他找到了一条适合学校发展和特色建造的最佳出路；他找到了曾经许下的“让老师和学生找到幸福感”的承诺的答案。

奋进者眼里只有前方！置身于这样美好的教育改革氛围中，你是断然想不到“转型”这个词的。然而，这种美好又的确是从“转型”中演变而来的。“要么不做，要做就要做精！”这是群星团队发自内心的声音，那一刻让赵国良深刻认识了新教育“科学务实、自强不息、追求完美”的严谨作风。正是这些看来似乎过于“霸道”的规定和纪律，培育了群星团队在义乌教育界的崇高声望。

无论多么绚丽的梦想，无论多么伟大的设计，当最后一道工序完成时，站在旁边默默擦汗的一定是赵国良。

他是义乌群星外国语学校转型升级的钢轨和基石，他如同春蚕，用自己的爱和生命，默默吐出一条流光溢彩的“转型之路”。在他的“教育词典”里，“学会做人”无可辩驳地占据了首席，而“做人、求知、成才”也成了学校教育特色的经典阐释。

义乌群星外国语学校秉承“做人、求知、成才”的教育理念和教育体系，历经20年的沉淀和发展，终于在义乌大地上画出最新、最美的图画。学校现代教育和国际教育创新成就一鸣惊人，傲立于浙中，并在商城大地上一举打响“国际教育”的最优品牌。

在群星，先学做人，学校精神系统成就家国担当者，培养最优秀的人；在群星，博慧校园，学校物质系统成就身心合一者，培养最健康的人；在群星，中西学问，学校行为系统成就独创执行者，培养最智慧的人；在群星，包容尊重，学校制度系统成就弘扬自我者，培养最幸福的人。

……

办学实践中内求精微，外彰文化。赵国良真真切切感受到了学校大气磅礴的无穷魅力！同时，也让他看到了群星学校未来的曙光！

诚如家长所说：“真正的大师办学，专家治校，这样的学校是值得信托的，它必定是义乌国际教育的典范，引领义乌民办教育的航标！”

“孩子只有在这样的学校里耳濡目染，从小亲身接受传统文化与国际视野的熏陶，长大后才能独立于社会，行走于世间，而真正让我们家长放心。”

义乌群星底蕴深厚，特色鲜明，品牌显著。不难看出，涓涓细流显露出“做人教育”海纳百川的蓝天碧空。正如赵国良所说：“我们在路上！”是的，目标清晰，方向明确，沿途风景至善至美，何尝不是一种豁达，一种奋发向上的坦途！

以核心能力的再造为主线，砥砺奋进，全力推进学校主体创新以至整个管理模式的战略转变，实现了整个教育链条的融合与共生，彰显了学校的成长、成熟与成功。

赵国良的坚持，终将美好！

2015年11月20日，是学校建校20周年校庆日。清晨5点，赵国良习惯性地摸向床头的老式机械表。金属表链在指腹下发出细微的沙沙声，这是20年来他每天第一个听到的声音。月光透过百叶窗在褪色的教案本上切割出明暗相间的格子，那是他昨夜修改讲话稿时留下的痕迹。

清晨六点，树影刚爬上教学楼灰白的墙面。他推开办公室的木门，铜锁发出熟悉的钝响。窗台上那盆君子兰的叶片沾着露水，二十年了，它总在春分时节准时抽穗。

"校长，这是我们准备的纪念画册。"副校长轻轻叩门，送来一本大红色封面的册子。翻到第三页创业篇，是1995年，他和创业团队五个人在校门口的合影；"义乌市私立群星中学"的校牌挂在铁栅栏门上，在斑驳的中国人民解放军海军军徽旁，更显沧桑；简陋的办公室里，10位教师认真备课。这些不由得让他的回忆逐渐清晰起来。

上午10点，他上台致辞时，掌声像潮水般涌来。聚光灯在他发间镀上银边，台下坐满了嘉宾、校友和学生。有些面孔已模糊成记忆中的剪影，但他发现了台下第一排坐着当年建校时的10位老师，他们鬓角的白发在灯光下格外刺眼。

"各位校友，今天是我们共同的生日……"讲话稿在讲到"艰难岁月"时突然卡住。他的眼睛泛着水光，他不由得低头看向讲稿，看讲稿是否被水渍洇模糊。当触及胸前的红花时，他认识到自己在做什么。

"群星发展过程犹如一个人过独木桥，困难确实很多，能够走到今天，我最要说的话是感恩！当年学校征地建校协调会上，土管局负责人带头支持表态；办学次年资金出现困难，校园建设工程难以为继，十多位家长争相主动借款；当学校发展遭遇瓶颈陷入困境时，政府部门相继下发一个个解困助力的红头文件；还有当年公办教师流动政策发生变化，在我校工作的多位公办教师毅然决定放弃公职，决心继续留在'群星'……

“那情那景，时隔多年，至今历历在目，暖人心窝，感人肺腑，催人奋发。可以说，没有各级党委、政府的关心支持，没有社会各界的鼎力相助，没有广大家长的信任和配合，没有广大教工的拼搏和奉献，就没有‘群星’的今天

“‘群星’不是我的，它属于所有相信做人教育力量的人!”五十多岁的门卫老傅在角落里偷偷抹泪——二十年来，他见证了太多带着困难走进来的孩子，最终带着梦想飞向远方。

夜幕垂落时，赵国良避开庆典的喧嚣走向校史馆。明亮的灯光照着墙上的奖状：1997 年金华市社会力量办学先进单位，2000 年浙江省优秀民办学校，2003 年浙江省示范性小学，2006 年金华市群体师德创优先进集体，2009 年全国民办教育先进集体，2012 年全国特色学校，那些烫金的字幽幽发亮，像永不熄灭的星火。

回到办公室，他翻开纪念册扉页，写下一行小字：“教育不是雕刻时光，而是点燃星火；不是建造围栏，而是拆除心墙。百年群星，百年的做人教育!”他轻轻合上办公室的门，钥匙在锁孔里转动三圈——这是二十年养成的习惯。

傍晚独自走在塑胶跑道上，夕阳把影子拉得老长。他弯腰捡起一片梧桐叶，叶脉里藏着二十年前种下的那棵树的年轮。校园里的路灯次第亮起，照亮了镌刻在大理石上的校名，也照亮了他鬓角未干的泪痕。

2016 年 1 月 28 日，70 岁的赵国良退休了。

20 年就跟翻书似的，眨眼工夫赵国良头发都花白了。快 70 岁的人，站在自家阳台上望出去，整个小区泡在暖乎乎的暮色里。

日头正往楼缝里钻，把西边天染得跟橘子汽水似的。云彩像打翻的颜料盒，金红紫粉搅和在一块儿，泼得满天都是。晚霞跟画儿似的铺开，越往天边颜色越浓。

太阳的余光照在对面玻璃窗上，晃出细碎的金点子。楼下的小树随

风轻轻摇曳，叶子在晚霞的映照下晶莹剔透，宛如悬挂了一树的璀璨宝石。

长椅上，几位老人正谈笑风生，脸上的皱纹仿佛都洋溢着幸福的笑容。跟这黄昏天儿似的，热闹了大半辈子，眼下就剩点温乎气儿，等着安生歇下。

“老赵，开饭啦！”厨房传来老伴的声音。

四菜一汤冒着热气，全是他们几个爱吃的家常味。

“这些年辛苦你了。”赵国良扒拉着米饭，“要没你在后头撑着，我这摊子早散架了。”

老伴往他碗里夹了筷子青菜：“说这干啥，趁热吃。”

收拾完碗筷，赵国良从书柜底下掏出本旧相册。几个老人都端着茶杯挨着他坐下，杯口的热气儿直往上飘。

“还记得这张不？”赵国良指着一张发黄的照片。照片上两个人站在新刷的教室前，后头挤着三十来个学生，衣裳都洗得发白。

“咋能忘？”老吴眯着眼笑，“1995 年刚搬海军营房那会儿。那天你……”

老成摩挲着照片：“那时候是真难，有回……”

“您对往后学校发展有啥盼头？”吴老师问。

赵国良深吸一口气：“教育这行当得常变常新。盼着群星能守住‘育人先育德’的老理儿，放开手脚搞创新，整出个国际范儿的外国语学校。”

“退休后还管学校的事吗？”

“学校这块我肯定还惦记着，”赵国良眯起眼，“不过更多是当个看客。就像天上的星星，虽说自己不发光了，可永远看着这片亮堂堂的星空。”

他下意识去抓茶杯，却摸了个空。转头看见杯子里插着支新鲜的野菊，金灿灿的花瓣上还凝着水珠。

聊了一会儿，几个老朋友便告辞回家了。送老友出了家门，他便趁机在小区里转了几圈，平时他很少有机会在小区遛弯。等赵国良走到家楼下时，就瞧见爱人在楼下等着他呢。夕阳如同画家，轻轻地在她周身勾勒出一圈金边，连发梢都沐浴在温暖的光辉之中。

“累了吧？”爱人伸手替他整了整衣服。

赵国良摆摆手，一把拉住爱人的手：“走，回家看电视。”

“担心吗？”爱人问。

赵国良抬头看天，星星跟撒了把冰糖似的：“这二十年啊，我天天守着座宝矿。看着小石头们慢慢被打磨成玉，瞧着煤块儿炼成钻石。如今矿灯传给儿子，让他接着往下挖。我担心什么，他比我聪明，有干劲！有想法！”

夜风卷着硝烟味掠过。二十年前他在这儿埋了颗桃核，如今枝丫都伸到云彩里了，一树的花骨朵儿在月光下扑簌簌地开。

第二十六章

责任的更迭

2016 年 1 月 29 日，清晨七点，赵国良像往常一样提前半小时走进校长办公室，却没像往日那样翻开待批文件，而是坐在皮椅上，静静看着玻璃柜里陈列的建校纪念章。银色徽章在晨光里泛着温润的光，下方整齐码着四十本工作日志，最上面那本的封皮已磨得发亮——那是 1995 年学校初创时的第一本记录。

八点整，儿子赵松苗推门进来时，看见父亲正用指腹摩挲着办公桌上的木质台牌。“爸，您昨晚整理到几点啊?”赵松苗注意到父亲鬓角的白发比上次见面时又多了些，办公柜最下层的纸箱里，整齐码着他这些年积累的日记本和听课笔记。

“刚来。”赵国良指了指对面的椅子，赵松苗坐了下来。

“记得你刚来学校那年吗?”赵国良忽然开口，“你在笔记本上写下心愿，要办一所没有围墙的学校，让每个孩子都能找到属于自己的那片星空。”

赵松苗愣了一下，没想到父亲会提起这件事。那时他刚从保险公司辞职来到学校，满脑子都是创新教育理念，而父亲的学校已经在应试教育浪潮中站稳了脚跟。

玻璃柜里，1995 年 10 月 19 日拍的那张照片格外醒目。泛黄的照片里，依稀可以看到四张褪色的办公桌，桌上摆满学生的作业本，赵国良正坐在一张办公桌备课。

“办学校是个良心活儿，得把良心当基石来打地基。办学校的人，首先得把自己当成守护者。”父亲的手指划过照片里自己年轻的面庞，“不要忘记曾经，我是在什么样的情况下创办的学校。”

“当年办学的第一笔启动资金，是把我们的房本押在银行作担保的。你妈问我，万一学校办不下去怎么办？我说，办不下去就去做手工，但绝对不能让学生感觉，知识成了标好价格的商品。”

赵松苗看着父亲办公桌上的台历，退休这天被画了个红圈，旁边用小字写着：“接力棒可以传给别人，可是心要一直留在校园里。”他忽然想起上周巡查校园时，父亲特意带他走风雨长廊，走校史馆。

赵国良走过去撕下了这一页，这一页背面有他写的一段话：“教育不像接力跑，更像传火把。火苗时大时小，火把方向调一调，但举着火把的人啊，手一定要稳稳地朝着亮光走。”他把纸页折好，放进儿子的掌心。

“现在的教育环境变了。”赵国良从抽屉里拿出一个 U 盘，“这是我二十年的做人教育资料，但我知道你们这代人有自己的想法。”他的语气里带着一丝不易察觉的感慨，仿佛看见当年自己在破土动工的荒地上种下第一棵树苗的情景。

“现在你接手了，”赵国良忽然正色，从口袋里掏出一串钥匙，铜制的校长室钥匙已经磨得看不出花纹，“硬件设施可以更新，但责任不能变。”

“爸，我担心自己做不好。”赵松苗坦言，“您把学校办得这么好，我怕辜负了您的心血。”

“教育是一场接力赛，总要有人接过下一棒。”赵国良走到办公桌前，从抽屉里拿出一本泛黄的笔记本，“这是建校时我写的几条办学理念，这么多年，有些内容已经过时，但有些理念，我希望你能一直坚持。”赵国良的语气平静，却难掩眼中的不舍与期待。

谈话持续了两个小时，办公桌上的搪瓷杯里，赵国良常喝的龙井茶续了三次水。当赵松苗拿出新制订的转型升级方案时，赵国良的手指在“转变工作作风”的条款上停留许久，那是他当年发起的师德师风建设的升级版。“教育这事儿啊，可不是百米冲刺，而是一棒接一棒的长跑。”赵国良忽然握住儿子的手，“你记住，不管外面怎么变，咱们做人教育的那份温度不能丢。这才是最最要紧的事，比啥升学率都金贵。”

临近中午，赵国良从衣架上取下藏青色校服外套，这是他二十年来每天穿的衣服。“退休可不是人生的终点，而是换种活法继续发光发热。”他把写着“赵国良”的胸牌摘下来，郑重地放在儿子面前，“我们去操场走走，听听孩子们的笑声——那是咱们这行最宝贵的东西。”

赵松苗看着父亲走出办公室的背影，忽然发现他的步伐比平时慢了些，但脊背依然挺直。阳光穿过走廊的玻璃窗，在父亲身上投下长长的影子，与墙上悬挂的二十年校庆时的教师合影重叠在一起。那些照片里，有青涩的笑脸，有奋进的目光，还有一代代教育者用岁月写下的答案。

操场上传来轻微的脚步声。赵国良知道，这所承载着他一生心血的学校正迎来新的守护者。而教育的责任，就像操场边那些历经风雨的梧桐树，年轮在更替，枝叶在伸展，但深扎大地的根脉，始终传递着相同的力量。

阳光洒落在两代校长的肩上，一片洁白，如同教育最初的模样 —— 简单，纯粹，却承载着整个“群星”的重量。

责任的更迭，不仅是学校管理权的交接，更是教育理想与情怀的传承。赵国良用他的一生诠释了什么是责任，什么是担当。而赵松苗，也将沿着父亲的足迹，继续在教育的道路上前行，用自己的行动诠释着对教育事业的热爱与坚守。从赵国良到赵松苗，他们相信，只要心中有梦，脚下有路，教育的火种就会代代相传，照亮更多孩子的未来。

第二十七章

风雨中的初心

2016年9月8日晚上。

“嘟嘟嘟……”赵国良的爱人独自在家时，客厅里突然响起了一阵电话铃声，她连忙从厨房走出来拿起电话。随后，赵国良按捺不住的激动声音便传了进来：“我获得‘风雨’奖了。”

爱人听到这句，一个激灵接连问着，“什么？风雨？什么风、什么雨？”爱人举着沾满菜叶的手，对着话筒直瞪眼，透过厨房纱窗能望见楼下晾衣绳在暮色里晃悠。

电话那头的赵国良瞬间有点无语，解释道，“不是见风就是雨！”

爱人此时也是一脸的不高兴，搞不懂这赵国良激动半天葫芦里卖的是什么药，搁这儿到底是风还是雨呢？她有些生气地继续怼道：“没刮风，没下雨！退休了还顶风冒雨？”

“我跟你讲不清楚。是学校教师节表彰会，给我也评了个奖！”

“好好好，确实挺好的，但是你对这个学校可比对我重视多了。一天天的就学校这学校那的。”

“哎呀，没那么严重。我当选了咱们学校评选的‘风雨奖’，你高兴不高兴吗？”

“那肯定还是高兴的。这是学校所有员工对你的认可。”爱人为了赵国良不太那么扫兴，终于也顺着他的兴致说道。

赵国良此时的言语里似乎有点沾沾自喜，他继续道，“那不就成了、学校认可，说明我还是有点价值的。”

“那当然，那当然，等等，你啥意思？是不是要退休不退岗？你要不要命了？”

听着爱人又急切地为自己考虑和着想，赵国良赶紧继续耐心地解释道：

“不是，就是颁奖。”“那都颁什么奖啊？”

“丹心奖、火炬奖等十几个奖。”

“是不是跟那些电影奖的那些奋斗奖一个意思？”

“ 风雨代表着困难、挑战、坚守。”

“那还有点意思哈，可以。”

“满意了？”

“满意了。今晚回来给你煮面条，加鸡腿。”

“好的。”

学校用一场盛大且隆重的颁奖典礼，宣告了创办学校20余年来众多创始人和优质教师的辛勤没有错付。承诺、担当、责任、进取、忠诚、奉献、拼搏、服务、敬业、奋进……这些朴实的精神元素汇聚在一起，伴随着汗水与泪水深深镌刻在群星外国语学校转型升级的路上，同样也深深地镌刻在学校每一位教职工的心里。

颁奖典礼结束后，赵国良谢绝了庆功宴，独自坐车回家了。

车窗外掠过的霓虹灯里，他恍惚看见自己带着学校从废弃的一栋营房到如今的教学楼林立，想起那年暴雨夜用自行车驮着试卷往家赶，车轱辘在泥地里轧出深深浅浅的沟壑。

带着这样的情感，赵国良回家时的心情久久无法平静。他坐在车里，一个人静静地思考着自己在群星所干的那一番事业，一瞬间他又骄傲又感动。当他再次低头看向自己手里捧着的奖状时，又是那么的满足和自豪。

到家后，他刚进客厅，爱人便给他盛了一碗热气腾腾的面条过来。

“怎么，回来有点晚啊！顶风冒雨回来的?”爱人又稍微用了些埋怨的语气。但说归说，她还是细心地帮赵国良拿来了筷子，又在碗里搅动了几下。

老赵盯着碗里晃悠的香油花，喉头突然发紧。爱人凑过来问：“颁奖时咋评价你的?”

“做人、求知、成才是他不变的办学宗旨，不仅要为学生的今天着想，更要对学生的明天负责是他不变的教育情怀。20多年的坚守，20多年的付出，他似乎忘记了岁月的斗转星移，默默谱写着季节的春华秋实。群星在他的呵护培育下，逐渐从一株幼苗长成了今天的参天大树。但他没有停下脚步，为了给孩子提供更加优质的教育，历经艰辛、几经周折，终于引进了新的教育模式，学校从此走上了更加宽阔的发展道路。

这不停的脚步来自责任的动力，这奉献的情怀源于心底对学生的爱，更是源于对教育事业的执着。您走过的路，竖起来就是一座至圣至善的丰碑。获得‘风雨’奖当之无愧，是他一手带着群星从稚嫩走向茁壮，从默默无闻走向扬名四方。”

赵国良捧着手机，每个字都念得郑重，屏幕光映着他眼角的皱纹，像照着老樟树的沟壑。

读完，他轻轻把奖状打开，放到灯光可以照到的地方，他想让灯光最先照亮那些在风雨中坚守的面容。翻开台历，在今天的日期旁边写下：“风雨奖不是终点，而是开启另外一个新征程的起点。初心是河床上的鹅卵石，越是冲刷，越能显出它的纹路。”

钢笔尖在纸上游走时，窗外的桂花香混着墨香，漫过案头那盆养了十五年的文竹。

第二十八章

“双十佳”的传奇

2020 年 11 月 17 日，北大附属台州书生学校报告厅。主持人念出“双十佳办学者”名单时，74 岁的赵国良的膝盖重重磕在前排椅背上，他不自觉地抓紧了西装下摆，深蓝色布料在他手里皱得像团墨色星云。

会场空调明明开得很足，他却感觉后背浸湿了整片衬衫。接过证书那刻，这位退休五年的赵国良校长眼眶湿润，仿佛又看见二十五年前那个改变人生的清晨——天还没亮透，他推着载满课本的三轮车，碾过结霜的柏油路时发出的吱呀声，至今还在耳畔回响。

1995 年，49 岁的赵国良干了个让人惊掉下巴的事——辞了铁饭碗，跑去办群星中学。有人说他疯了，有人说他傻，连菜场卖豆腐的大娘都拉着他说：“赵老师，体制里的金饭碗说摔就摔？”可他心里就憋着一股劲：“不能让孩子们没学上！”他蹬着自行车满城找校舍，车筐里塞着被油纸包了三层的办学许可证。招生启事是手写的，糨糊还没干透就被风掀走半张。

台下有人问他：“是什么支撑您走过二十多年？”他望向窗外的香樟树，树影间仿佛浮现出孩子们的笑脸，他缓缓说道：“教育不是当蜡烛烧自己，是拿心点亮心。”他摩挲着证书的烫金封皮，“当我看到孩子们眼中的光芒，就觉得所有的苦都值得。”

陪同的爱人一言不发，只把保温杯往他手边推了推。只有她知道退休后的赵国良经常翻看相册，而相册的第一张照片，是一幅泛黄的照片：那是1995年冬天，五个老师和一个废弃军营。照片背面用钢笔写着：做人、求知、成才。

浙江省民办中小学“双十佳”参评推荐表上是这样写的：“学校从建校的156人到现在的2700人，金华市的教育名片：浙江省优秀民办学校、全国优秀民办学校。”双十佳的密码往往藏在教育创新深处。

1995年至今，学校做人教育活动每年有规划、每学期有计划、每周有安排，并且每一天有一节雷打不动的20分钟做人教育课，坚持有反思、有总结。义乌市教育局先后在群星学校召开了6次德育工作现场会。学校先后被评为浙江省示范小学、浙江省优秀民办学校、浙江省创建适合学生发展实验学校。

2000年5月，《中国教育报》以《德育为首，做人为本——浙江义乌民办群星学校做人教育纪实》为题，在头版头条大篇幅报道了群星学校做人教育的成果。创业之路，是崎岖、坎坷，充满艰辛的。“群星办学，必须坚持自己的追求和个性。”他如同春蚕，用自己的爱和生命，默默吐出一条流光溢彩的做人教育之路。

2005年10月，国家总督学顾问、原国家教委副主任柳斌在群星办校十周年校庆时指出：“群星对做人教育进行了深入的研究和探讨，积累了丰富的经验，取得了明显的成效，在义乌、在浙江乃至在全国都有一定的影响。”他把平凡的事做到了极致，让身在远乡的人们感受到了教育的光芒和幸福。

2012年7月，因德育特色突出，经省市教育行政部门层层推荐，群星学校被授予“全国特色学校”，赵国良作为全国民办学校的唯一代表在北京举行的颁奖大会上作了典型发言。当责任和尊重外化为一种实际的道德认识与实践时，平添的是人们对他的人格的尊重，对做人教育的敬畏。

2015 年 11 月，在学校二十年校庆庆典暨成果汇报大会上，面对省内外媒体，他对做人教育进行了诠释："做人教育是以'学会做人'为核心的人的身心全面、和谐、主动发展的活动，是以生为本，关注道德，凝聚智慧，德智合一的教育。"他简单而朴实的讲话承载的是丰富而智慧的教育理解，深刻而创见的教育思想。

2023 年 3 月，学校以德育促进智力开发的经验竟被写进金华党史第三卷。

他在废墟上播下希望的种子，在质疑中锻造教育理想，在改革中书写教育传奇，赵国良是民办教育的破冰者，是素质教育的播种机，是做人教育的守望者，更是学生未来的雕塑家。

列举这些事实，不是为了记录他的高光时刻，而是试图呈现他最本真的教育样态：每道皱纹里都藏着教育的故事，每根白发都连着教育的根系。他正用最朴素的坚守，在时光长河里镌刻着关于教育的密码。

由大智中产生大勇，由理解中加强信心，是最坚毅的大勇与最坚强的信心。一切从实际出发，面向每一个学生促其向善。"做人有道，求知有方，成才有望"是他对学校教育的诠释。

赵国良以"捧着一颗心来"的情怀，"敢教日月换新天"的勇气，"千磨万击还坚劲"的韧性，在民办教育改革的征程上书写了最佳篇章。

深夜归程，司机播放着轻音乐。赵国良靠着车窗，看见城市的霓虹灯在玻璃上折射出七彩光晕。他突然发现车窗外掠过那片熟悉的街区，月光给"群星学校"四个大字镀上银辉。立交桥的霓虹透过车窗，在他霜白的鬓角投下流动的光斑。

第二十九章

终身奉献的时光

2024 年 12 月 27 日，金华市荣光学校报告厅。当赵国良接过“终身奉献奖”奖状时，台下响起的掌声持续了两分十四秒。这个浙江民办教育界的首个终身成就奖，不仅是对个体的致敬，更是对浙江民办教育 30 年风雨历程的集体回望。

义乌市群星外国语学校 1995 年创办至今，经过近三十年的艰苦创业与发展，现在已经成为占地面积 170 亩，拥有学生 4118 人，教职工 430 人，集小学、初中、高中、国际部于一体的寄宿制学校。2000 年被浙江省教育厅命名为优秀民办学校，成为浙中地区具有相当规模的现代化学校。这些事实背后，是赵国良终身奉献的真实写照。

1947 年出生的赵国良，教育理想萌芽于务农时光。在 30 多度的屋子里，他克服困难勤勉读书。“教育是改变命运的唯一出路。”这个朴素认知，是他 40 年教育生涯的原点。

1973 年从杭州大学中文系毕业后，怀揣着对教育事业的满腔热忱，踏入校园。第一次站在斑驳的木质讲台上，他用微微颤抖的手在黑板上写下“学而不厌，诲人不倦”八个字，从此开启了长达四十年的执教生涯。

1995 年创办群星学校时，摆在赵国良面前的是：租借的校舍，6 间教室，10 个教师，156 名学生。更严峻的是在应试教育盛行的情况下，他主张："我们要培养的不是考试机器，而是大写的人。"他力排众议，推行"做人教育"模式：以德育带动智力开发。

建校 29 年，凸显脚踏实地的坚守！

做人教育是他思考最多，也是用心最多和寄希望最大的一项教育实践活动，浓缩了他对人生与教育的理解和感悟，也彰显了他办学的初衷与追求。也正由于追求的是与众不同的教育，所取得的成绩格外珍贵，格外亲切，倍感自豪。

只有勇气才是精彩的亮点！勇气是什么？勇气是胆量，是智慧，是自信。当"做人、求知、成才"的办学宗旨被刻在群星学校最醒目的墙面上的时候，不仅是在倡导一种理念，展示一种认知，更是在印刻一条足迹，一条由他所开辟的教育探索和实践探知之路。

1995 年，他针对"做人教育与学校发展"的关系，把以"日常行为规范"为核心的养成教育，作为改革的起点和依据，对原有的传统教育中不合理的思维方式和行为方式进行了变革，总结出了养成教育的六个系列，从学习、生活、卫生、纪律、安全、礼仪等方面对学生进行教育，初步奠定了做人教育的基础。以一颗无尘的心，还原生命的本真。

2000 年，他针对"做人教育与学生素质"的关系，形成了以《德育》读本为整体框架、以行为规范为主体工程、以多形式活动为配套工程的三结合教育网络，被吸收为"九五"规划国家级重点课题"整体构建学校德育体系的实验研究"的子课题。加强了做人教育的针对性、实效性和时代性，使做人教育具有了底色和斑斓。

2005 年，他针对"做人教育与育人效果"的关系，在回顾反思过去，分析研究未来的基础上，理顺出人生基础教育的六个因子：守纪律、懂礼仪、尽责任、健身心、讲诚信、求进取，丰富了做人教育内涵，被吸收为"十五"规划国家级重点课题"整体构建学校德育体系深化研究与推广实验”的子课题。使教师多了一份人生的幸运和充实。

2010 年，他针对“做人教育与行为发展”的关系，通过开展行善积分活动，引导学生主动做好事，“换取”一定的积分，在实践、体验、感悟中，培养学生的爱心、责任意识和奉献意识。同时成功申报了浙江省教育科学规划 2009 年度研究课题“基于行善积分制的做人模式研究”，彰显了他的教育理想和宏大理想的智慧！

2015 年 12 月，他退休了。20 年的风雨，他演绎了群星从倡导做人教育开始稳步走向成功的历程，将群星外国语学校建设成为义乌市乃至全国具有影响力的品牌学校，彰显了“教育不仅要对学生的今天着想，更要对学生的明天负责”的教育情怀。

勇气，始于对以人为本的实践；坚守，源于对教育理想的追求。赵国良，一个人带动一群人，继而带动一个学校教育的发展创新，这正是一个名校长能为教育、为社会做出的最好贡献。

如今的群星学校，已成为民办教育的一面旗帜。校园里的“聆书亭”“风雨长廊”，无声诉说着赵国良的故事。每年新生入学，学校都会亲自为他们上“开学第一课”，讲述学校的历史和教育的意义。

颁奖典礼结束后，赵国良写下了这样的获奖感言：“教育是最美丽的遇见，我们永远在路上。”这句话，既是对群星外国语学校近三十年发展的深情回望，更是对学校未来的美好期许。在这个教育变革的时代，赵国良正用坚守与创新书写着学校教育的新篇章。

第三十章

永恒的星光

在历史的漫漫长河之中，总有一些闪耀的瞬间如同永恒的星光，穿透岁月的迷雾，照亮前行的道路。赵国良以卓越的德育工作，书写了一段被载入金华市党史的不凡篇章，成为那熠熠生辉的星光。

2025 年，对于赵国良来说是重要的一年。学校建校 30 周年，9 月要举行隆重的庆祝仪式。想到自己创办的学校即将迎来 30 周年的庆典，他心里是说不出来的兴奋，所以他时常翻看相册，翻看校志，更不用说 9 月份还有他 78 岁寿辰。

爱人望着赵国良略显兴奋的面庞，问：“创办群星学校，你最骄傲的是什么？有学生考上了清华？”

“不。”赵国良的眼睛突然亮起来，“是有个学生告诉我，他学会了做人。”

赵国良的回答，让爱人不禁回想起 2020 年 9 月，他们去云南大理游玩，路遇一个女孩子突然跑过来，叫了声：“赵校长好！我认识你，你是义乌群星学校的赵校长，我是群星学校的学生，现在已经参加工作了，我认识您。我还记得做人教育！”一个称呼，一个记得，让赵国良感动了很久。

女孩是学校首届高中毕业生，叫蒋笑蓉。因为已经毕业二十多年，赵国良自然认不得她，但她认出了赵国良，显得十分激动，意外相逢，赵国良也十分高兴。

令赵国良惊喜的是，分手后的次日，蒋笑蓉给赵国良发来的微信中表露出来的对学校和老师的眷恋之情，特别是对校训“做人、求知、成才”自然稔熟而充满深情的解读，使赵国良有种近乎震撼的激动。

当老师的，谁不希望自己的学生个个成大才，人人成大器，但在为人处世方面，如能做到学校提倡和要求的一二，便该知足了。那时那刻赵国良觉得自己是世界上最快乐、最幸福的人。

回到义乌后，他遇见熟人就会谈起此事，让朋友们感慨不已。

爱人知道赵国良怀旧，便和他一起聊起了往事，一些关于做人教育的往事。其中提到了原《金华日报》高级编辑何成明，30 年来不间断报道群星学校发展的新闻，可以说是群星学校创办及成长的见证人，他现在是金华、义乌党史第三卷的编撰者，承担 1992 至 2002 年这段时间历史的撰写任务。他告诉赵国良：“从收集到的两地党史资料中，了解到两地市委、市政府对群星学校办学宗旨的肯定和赞同。”

1999 年的金华市教育工作会议上，时任市委书记在讲话中表扬了群星学校的素质教育：“义乌群星中学坚持以德育为首的做人教育，改善了学生的精神状态。广大学生明确了学习目的性，培养了良好的学习习惯，激发了学习热情与动力，开发了学习潜力，促使教育质量稳步提高。做人教育受到了广大学生、家长的欢迎。”

“群星学校以德育促进智力开发的经验在这段时间里是全市的正面教育成果，要写进党史。”何老师说。

赵国良深知，这不仅是一份荣誉，更是一份沉甸甸的责任。他回复说：“我们只是做了我们该做的事情，没想到能得到如此高的认可。这份荣誉将激励我们继续努力，把德育工作做得更好，为培养德智体美劳全面发展的社会主义建设者和接班人贡献我们的力量。”

聊到这里，赵国良不由得打开抽屉，拿出了学校提供的资料。文稿是这样阐述的：

1995 年 6 月 22 日，赵国良创办义乌市私立群星中学（现更名为义乌市群星外国语学校）。

学校以“做人、求知、成才”为办学宗旨，明确做人教育为立校之本、兴校之基、发展之源并总结并提出习惯教育、纠偏教育和内化教育三个层面的教育主张。习惯教育，以“做学习的主人、做生活的主人、做集体的主人”为线，挖掘德育“生长素”，以德启智；纠偏教育，以“守纪律、懂礼仪、尽责任、讲诚信、求进取、健身心”为点，清除德育“障碍物”，以德促智；内化教育，以“读书教育、规范教育、多元教育”为面，增强德育“免疫力”，以德养智。以点牵线，以线带面，以面撑点，构建一个协同的“以德育带动智力开发”教育体系。

“德育为首，做人为本”“转化一个差生，等于培养一个大学生”。学校构建了方向正确、内容完善、学段衔接、载体丰富、常态开展的德智交融体系。学校坚持以德育为首的做人教育，改善了学生的精神状态，广大学生明确了学习目的，培养了良好的学习习惯，激发了学习热情与动力，开发了学习潜力，促使教育质量稳步提高，受到了广大学生、家长的欢迎。以德育带动智力开发，发挥了精神文明建设辐射源的作用，对优化社会大环境做出了自己的贡献。

2000 年 5 月 27 日《中国教育报》第一版，报道了学校“以德育带动智力开发”的经验；先后接待了上海、山东等多个外地教育厅厅长带队的教育工作考察团的参观；义乌市教育局先后在学校召开了 6 次德育现场会，推行学校的“以德育带动智力开发”的经验。

看完资料后，赵国良小心翼翼地将材料收进档案盒。盒盖上“德育档案”四个烫金字有些脱落，露出底下深褐色的木纹。

他拉起了爱人的手，说：“走，我们去散散步。”

雪峰西路边的公园里，赵国良目视前方。一溪之隔的群星学校操场上，校旗在微风吹拂下轻盈地摆动，仿佛在诉说着“群星”的故事，展现出一种独特的魅力，给人一种宁静而又美好的感受。

“你们让做人教育像星光一样，既照亮来路，更指引前程。”想起金华党史研究室专家的话，他不由自主地哼唱起了校歌《我是一颗闪亮的星星》。

“在美丽的商城有一个明星，响亮的名字叫群星。学会做人，学会求知，沐浴醉人的书香，奔向美好前程。群星群星，亮丽的星群，今朝挥洒青春，明日燃烧激情。群星群星，多娇的星群，群星是我们成长的摇篮呀，我是一颗闪亮的星星，我是一颗闪亮的星星。”声音中饱含着满满的自信与自豪。

在未来的日子里，他相信“群星”的德育故事将如同永恒的星光，在教育的天空中持续闪耀，引领着更多的学校在德育工作的道路上奋勇前行，书写属于自己的辉煌篇章。

夜风掠过脸颊，带着木棉花的清香，赵国良忽然明白：真正的星光不在天上，而在孩子们澄澈的眼睛里。

二十多年来，赵国良把自己的青春和热血都奉献给了“群星”。他眼前划过“化工路 230 号—宗泽路 36 号—南门街 302 号—铁西路 5 号—机场路 577 号—丹溪北路 579 号”，这是他的拓荒路线图，也是他从创办学校到退休的关键节点。他的头发从乌黑变得花白，但他的眼神依然坚定。

教育从来不是燃烧自己的烛火，而是彼此辉映的星辰。赵国良或许不会再出现在聚光灯下，但他眼里的光，早已化作星辰，落在孩子们仰起的脸庞上。那些被知识点亮的眼睛，又会成为新的光源，照亮更辽阔的夜空。

此刻，月光漫过操场，照见墙根处不知谁用粉笔画的星星。掠过静谧的走廊，把“做人、求知、成才”的校训，映照得熠熠生辉，仿佛无数个日夜在此刻重叠，化作永恒的星光，在民办教育的苍原上，永远闪烁。

（全书完）

后　记　明烛耀星途

2025 年 9 月，晨曦温柔地洒落在群星外国语学校的校园里。赵国良站在行政楼前，注视着孩子们背着书包欢快地跑进校园，脸上流露出欣慰而温暖的笑容。

微风轻轻拂过他鬓角的白发，掀起衣角，却无法吹散他眼中坚定的光芒。他深知，这所承载着无数孩子梦想的校园，正静静地诉说着一个关于教育传承与创新的故事。而这个故事的起点，正是源于顾明远先生的教育信条。

赵国良初次接触顾明远先生的教育理念是在 1995 年，那一年他创办了群星外国语学校。当时，学校正深陷教育理念亟待更新的困境。传统的填鸭式教学方法让学生逐渐失去了学习兴趣，教师们也陷入了教学方向的迷茫。

一次偶然的机会，赵国良在《中国教育学刊》上拜读了顾明远先生的文章。文章中强调的“爱”与“兴趣”的核心地位，犹如一束光照进他的心田，使他瞬间明确了做人教育的实践方向。自那时起，赵国良便秉持着“教师对学生的爱是教育成功的基础”“兴趣是学生主动学习的根本动力”的理念，并将其付诸实践。

1995 年，六个环节，规范养气。“学习、生活、卫生、纪律、安全、礼仪”。

1998 年，三个模块，习惯养身。“读书教育、规范教育、多元教育”。

2001 年，六个因子，纠偏养正。“守纪律、懂礼仪、尽责任、健身心、求进取、讲诚信”。

2009 年，一个轴心，修身养性。“知善、寻善、扬善”。

如今，校史档案室中珍藏的赵国良反复翻阅的教育期刊，书页间夹着标注顾明远教育思想的便签，默默记录着他教育理念转变的起点；教研会上，教师们热烈探讨如何将“爱与兴趣”融入日常教学，眼神中流露出对教育事业的无限热忱；而孩子们在校园活动中绽放出的灿烂笑容，则生动地印证了顾明远教育信条落地生根后的蓬勃生命力。

这些画面所串联起来的，不仅仅是一个关于赵国良的教育改革故事，更是无数教育工作者对理想教育执着追求的缩影。

2010 年 9 月，顾明远先生在北京三十五中举办的教育教学研讨会上发表题为“让懂教育的教育家来办学”的讲话，首次以统一、凝练且富有号召力的方式完整公开了四条教育信条：没有爱就没有教育；没有兴趣就没有学习；教书育人在细微处；学生成长在活动中。

此后，赵国良迅速构建了一套以爱为核心的育人实践路径，丰富和完善了做人教育体系，即“以爱为基石，用兴趣激发学习动力，在细节处引导学生明辨是非，通过实践活动让学生获得真实的成长体验”。他注重学生的全面发展和人格塑造，致力于让孩子们在爱的氛围中学会感恩与善良，在兴趣的驱动下培养探索精神与坚韧品格，从生活的细微之处领悟做人道理，并在实践活动中提升社会责任感和人际交往能力。

2015 年，赵国良校长退休。20 年的风雨，他演绎了群星从倡导做人教育开始稳步走向成功的历程，将群星外国语学校建设成为义乌市乃至全国具有影响力的品牌学校，彰显了“教育不仅对学生的今天着想，更是对学生的明天负责”的教育情怀。赵国良离岗退休后，由他的儿子赵松苗接班传承。赵松苗站在时代的高度重新审视学校教育，明确了“立足于做人教育，培育对话世界的未来精英”的办学使命，立德树人，深化做人教育综合改革。

2015 年，四个维护，静心养惠。“华夏根基、家国情怀、国际视野、领袖素养”；丰富做人教育内容。

2018 年，四个向度，怡性养神。“自信心、领导力、沟通力、合作力”，更新做人教育动力。

2022 年，一条主线，守正养志。“以文化的方式发展做人教育”，再造做人教育内涵。

时至今日，依然在践行顾明远先生的四大教育信条。

赵国良深知，顾明远先生的四大教育信条，犹如四颗充满生命力的种子，已然在群星外国语学校的沃土中生根发芽。从做题到做事，从考试到创新，从分数到做人，从知识到素养。“没有爱就没有教育”这一理念，让校园化身为一个充满温情的家园；“没有兴趣就没有学习”则点燃了学生们求知的热情之火；“教育在细微处”提醒我们关注教育过程中的每一个细节；“学生成长在活动中”则为学生搭建了一个广阔的成长平台。

赵国良将这些信条转化为切实可行的实践，使抽象的理念变得生动可感。这种传承与创新，正是推动教育事业不断前行的动力。通过赵国良的故事，更多人能够深刻体会到顾明远教育信条的独特魅力。

在顾明远先生教育理念的引领下，赵国良的做人教育取得了丰硕成果。如今的群星外国语学校，已然焕然一新。学生们脸上洋溢着自信的笑容，他们热爱学习，积极进取；教师们满怀热忱，不断探索并创新教学方法；学校的教育教学质量显著提高，赢得了家长及社会各界的广泛赞誉。

阳光逐渐变得灿烂明媚，给人们带来温暖和愉悦的心情。孩子们的欢声笑语在空气中回荡。赵国良凝视着这片充满生机与活力的景象，心中满是欣慰与期待。他深知，顾明远先生的教育理念将在这片土地上继续传承与发扬，照亮每一个孩子的成长之路，指引学校的教育方向。